현자의 제자를 자칭하는 현자

12

티리엘

캐트시

에테노아

카

마리아나

루나

류센 히로츠구 저자

후지 초코 일러스트

정대식 옮김

GC

She professed herself pupil of the wise man
story by hirotsugu ryusen, illustration by fuzi

현자의 제자를

She professed herself
pupil of the wise man.

자칭하는 현자

⑫

$$\langle 1 \rangle$$

　대륙 북쪽에 위치한 그림다트. 그 영지 근처에 위치한 그란 링스의 고급 여관에서 미라는 마음껏 호사를 누리고 있었다.

　이 도시의 지하에 펼쳐진 던전, 고대지하도시에서 극비 임무인 아홉 현자 찾기에서 한 명을 더 찾아낸 덕분인지 기분이 매우 상쾌했다.

　미라는 무사히 사령술의 아홉 현자, 소울하울과 재회하여 귀국 약속을 받아냈다. 발렌틴과 카구라에 이어서 세 명째다.

　더불어 기분이 들뜬 가장 큰 이유는 고대지하도시에서의 만남이었다.

　정령왕 다음 가는 힘을 지녔다는 시조정령 마텔. 그리고 신수(神獸) 펜릴. 아이젠파르드조차도 능가하는 힘을 지닌 엄청난 동료들을 만났기 때문이다.

　그뿐만 아니라 저택정령이라는 지금껏 알지 못했던 정령 소환술도 습득할 수 있었다. 그것은 많은 가능성을 지닌 새로운 계통의 술식이었다.

　그리고 초귀중품인 마키나 가디언의 소재까지 얻었다.

　고대지하도시의 아래에 감춰져 있던 지하연구시설은 미라에게 더욱 커다란 놀라움을 안겨주기도 했다. 현대 일본의 흔적이 드문드문 남아 있던 그 시설은 이 세계의 수수께끼를 해명하는 데 도움이 될 것이다.

소울하울을 찾는 것이 목적이었지만, 고대지하도시 공략 도중에는 그밖에도 많은 것을 얻을 수 있었다.

"그나저나 정말이지, 너무 많은 일이 있었던 것 같구나."

미라는 최근 일주일 남짓 동안 있었던 일들을 돌이켜보고는 솔로몬에게 어떻게 보고할지를 생각하며 다소 귀찮게 됐다는 듯 쓴웃음을 지었다.

그렇게 얼마동안 소파에서 느긋하게 쉬고 있던 미라는 계속해서 현재 상황에 대한 정리도 하기 시작했다.

그 내용은 다음 행선지에 관한 것이다.

이 여관의 로비에서 어떤 여성들이 학스트하우젠이라는 도시에 괴도 퍼지다이스가 나타난다는 이야기를 하고 있었다.

퍼지다이스는 수많은 고아원에 기부를 하고 있다고 한다. 어쩌면 아르테시아가 있는 고아원에 관한 정보를 가지고 있을지도 모른다.

하지만 이번 여행에서도, 한시라도 빨리 솔로몬에게 보고해두고 싶은 일과 중요한 정보가 잔뜩 있었다.

소울하울에 관한 것과 마키나 가디언 격파로 인해 나타난 기계장치 인형이 남긴 의문의 메시지와 의문의 금속판. 거기에 의미심장한 내용이 적힌 일기 한 페이지.

이것들을 솔로몬에게 가져가면 성에 있는 우수한 두뇌들이 열심히 해석해줄 것이다.

그리고 그 아래에 있던 연구시설에 관해서도 보고해두고 싶다.

하지만 한 번 돌아가서 그것들을 맡기고 학스트하우젠으로 향하기는 좀 그랬다.

'흐음~. 여기서 돌아가는 데 사흘. 그리고 다시 알카이트에서 학스트하우젠으로 가는 것도 사흘은 걸릴 테지. 합치면 엿새인가….'

소문에 의하면 퍼지다이스가 예고한 날은 5일 후. 계산상 알카이트를 경유해서는 늦는다.

일을 마친 괴도가 그 후에도 도시를 어슬렁거릴 리는 없다. 미라는 퍼지다이스에게서 이야기를 들으려면 예고일 전에 도착해 둘 필요가 있지 않을까 하고 생각했다.

"이곳에서 직접 가면 어찌어찌 늦지 않을 터인데…."

아홉 현자의 정보를 쫓는 일을 우선시하자면 이대로 학스트하우젠으로 향해서 출발하는 게 정답이다. 가루다라면 학스트하우젠까지 하루 이틀이면 도착할 테니.

보고를 뒤로 미루고 이대로 현지로 향하면 퍼지다이스와 접촉할 가능성은 크게 높아진다. 그러면 아르테시아에 관한 정보를 얻을 가능성 역시 크게 오를 것이다.

이번에 얻은 중요 정보와 물건을 가지고 빨리 돌아갈지, 아르테시아에 관한 정보를 알지도 모르는 괴도를 노릴지, 그것이 문제다.

"흐음, 어찌하면 좋을꼬."

그렇게 중얼거리며 미라는 커다란 소파에 벌렁 드러누웠다.

하루에 15만이나 하는 방은 가격만큼이나 호화스러웠다. 미라는 웰컴드링크로 놓여 있던 과실주를 홀짝거리며 여관 거리를 일망할 수 있는 커다란 창문으로 시선을 돌렸다.

오늘밤은 날씨가 좋지 않다. 달도 별도 보이지 않고 창문에는 물방울도 약간 맺혀 있었다. 아무래도 비가 내리기 시작한 모양이다.

이대로 내일은 비가 내릴까. 하지만 가루다와 왜건만 있으면 비가 오는 하늘도 아무렇지 않게 날아갈 수 있다. 하늘을 바라보며 그런 생각을 하던 중에 미라의 머릿속에 묘안이 떠올랐다.

"아니, 가만…… 보고만이라면 이대로 달성할 수 있을지도 모르겠군….."

실로 간단한 이야기다. 어느샌가 왜건에 장착되어 있던 통신 장치를 사용하면 그만인 것이다. 중요 물품인 의문의 금속판은 전달할 수 없지만 그 이외의 것은 전달할 수 있는 것이 대부분이다.

그러한 발상 덕분에 선택지가 하나 더 늘었다. 그것은 통신 장치로 보고를 하고 그대로 학스트하우젠으로 향한다는 것이었다. 하지만 이에는 한 가지 문제점이 있었다.

'흐음~ 이럴 때에 대비해 연락을 취하는 방법을 물어봤어야 했는데…. 카구라 때처럼 수화기를 들기만 해도 연결이 되면 좋으련만.'

그렇다. 미라는 통신 장치를 사용하는 법을 잘 몰랐다. 이전에 이스즈 연맹 세인트 폴리 지점에서 본거지로 연락했을 때는 수화기 부분을 들기만 해도 연결이 되었다.

하지만 그때 사용한 통신 장치와 왜건에 부착된 통신 장치는 모양새부터 전혀 달랐다. 버튼과 레버가 잔뜩 붙어있어서, 수화기를 들기만 해도 연결될 가능성은 낮을 듯했다.

어쩌면 좋을까. 미라가 그런 생각을 하던 중에 문을 두드리는 소리가 들렸다.

'일단 내일, 적당히 손을 대보도록 할까!'

사용방법을 모르는 이상, 적당히 만져보는 수밖에 없다.

보고와 괴도에게 접촉하는 것. 양쪽을 달성할 수 있을 듯한 방법을 찾았으니 시험해보는 수밖에 없지 않은가. 하지만 그건 그거고. 미라는 문을 연 후, 실로 상쾌한 동작으로 테이블에 늘어선 호화로운 저녁 식사 앞으로 나아가 만면에 미소를 지었다.

"식사가 끝나시면 문 옆에 있는 종을 울려주십시오. 식기를 치우러 오겠습니다."

식사를 가져온 담당원들은 그렇게 말하고서 방을 떠났다.

미라는 임무에 관한 일은 일단 옆으로 치워두고 눈앞에 늘어선 진수성찬에 달려들었다.

과연 하룻밤에 15만이라고 해야 할지. 이날 저녁 식사는 왕궁에서 했던 식사에 뒤지지 않을 정도로 근사했다.

두툼한 로스트비프에 흑후추의 매콤한 맛과 향이 절묘하게 조화를 이룬 소스. 신선하면서도 화사한 빛을 띤 샐러드와 포타주. 그리고 식욕을 자극하는 향을 풍기는 갈릭라이스가 메뉴였다.

"역시 고기는 맛있구먼!"

두께가 2센티미터는 될 로스트비프에 가장 먼저 손을 댄 미라는 그 부드러운 육질과 넘쳐나는 육즙에 자신도 모르게 미소를 지었다. 옅은 핑크색을 띤 로스트비프는 그렇게 두꺼움에도 불구하고 부드러워서, 입안에서 살살 녹아 없어졌다.

평범한 로스트비프는 이렇지 않다. 요리에 관해서는 잘 모르는 미라도 상당히 공을 들였다는 것을 실감할 수 있을 정도의 일품 이었다.

'며칠 전의 저녁 식사도 최고이기는 했지만, 이건 이것대로 그 와는 비교할 수 없는 맛이 있구나!'

며칠 전 저녁 식사. 그것은 마텔이 대접해주었던 신종 채소와 과실 풀코스를 두고 하는 말이었다. 미라의 저녁 식사로 마텔이 특별히 준비한 그것들은 그야말로 최상의 질을 자랑했다. 채소의 질이 모든 것을 좌우하는 샐러드라는 부문에서 그것을 능가할 것 은 세상 그 어디에도 없을 것이다.

말하자면 최상을 경험한 미라의 몸은 어지간한 샐러드로 만족 할 수 없게 되어버린 셈이다.

하지만 분야가 다른 고기 요리는 그렇지 않다. 그것은 마텔의 전문 분야 밖인 데다, 인류의 지혜 중 하나인 요리라는 개념이 가 미된 것이다.

"역시 요리란 건 훌륭하구나."

화려한 색채의 샐러드는 마텔에게 패배했지만 그것을 제외한 갈릭라이스와 포타주와 같은 조리된 음식은 자연 그대로의 것을 먹는 것과는 전혀 다른 맛이 났고, 무엇보다도 그 따스함이 이상 한 안심함을 가져다주었다.

마텔이 만들어낸 최상급을 능가한 지고의 채소와 과일. 그것에 대항할 수 있는 것은 요리밖에 없다. 미라는 테이블에 늘어선 호화로운 요리를 즐기며, 언젠가 마텔에게 맛있는 요리를 먹여줘서 놀라게 해주고 싶다는 생각을 했다.

저녁 식사가 끝나 식기를 물리게 한 후, 미라는 욕실로 향했다. 하루에 15만이라는 가격답게 옆에는 커다란 객실 목욕탕이 있었다.

"이것 참, 절경이로구나."

탈의실에서 옷을 벗은 미라는 욕실에 들어가자마자 정면에 위치한 커다란 창문으로 보이는 경치를 앞에 두고 탄성을 흘렸다.

욕조 바로 옆에 있는 그 창문으로는 그란 링스의 거리가 한눈에 보였다. 곧바로 욕조에 몸을 담근 미라는 빗줄기로 흐려졌기에 더욱 빛나 보이는 거리를 바라보며 한껏 기지개를 켜면서 "끄응~" 하고 신음했다.

"저쪽은 아직 떠들썩해 보이지만, 이 근처는 조용한 것 같구나."

멀리 떨어진 여관 거리 너머, 모험가 종합조합이 있는 방면은 수많은 빛으로 가득했다. 분명 모험가들이 아직 잔뜩 남아있는 것이리라. 그에 반해 여관 거리는, 특히 고급 여관이 늘어서 있는 이 주변의 분위기는 상당히 차분해져 있었다.

눈 아래로 보이는 거리에는 사람의 수가 적어서, 가로등이 조용한 빛을 밝힌 채 드문드문 늘어서 있는 것이 유달리 잘 보였다.

"오, 저것은 순찰 중인 경비병인가? 수고가 많구먼."

똑같은 갑옷을 입은 2인조 기사가 여관 옆을 지났다. 이따금씩 거리에서 보았던 경비병이다. 그런 경비병이 2인조로 순찰을 돌다니, 과연 고급 여관 거리라고 해야 할까. 방범 면에서도 완벽한 것 같다는 생각에 미라는 감탄했다.

바로 그때, 기사 두 사람이 묘한 움직임을 보였다. 어째서인지 둘이서 어딘가를 바라보며 몸을 웅크린 것이다.

무슨 일일까. 미라는 궁금해져서 관찰을 계속했지만, 알고 보니 매우 시답잖은 일이었다.

들고양이였다. 딱히 비유 같은 것이 아니다. 두 명의 경비병은 길가에서 마주친 고양이에게 말을 걸며 부르고 있는 듯했다.

경비병은 들고양이를 안아 올려, 둘이서 귀여워하기 시작했다. 그리고 어디선가 꺼낸 먹이를 주었다. 들고양이는 상당히 사람들이 익숙한지 경계하는 낌새도 없었다. 경비병들은 저 고양이에게 먹이를 줘서 길들이고 있는 중이 아닐까 싶은 광경이었다.

"……지금이라면 마음껏 빈틈을 찌를 수 있겠구먼."

저래서야 방범 문제는 괜찮은 것일까. 미라는 아주 조금 걱정이 되었다. 고급 여관이 늘어선 이 근처는 유복한 상인이며 큰맘 먹고 찾아온 관광객들이 잔뜩 모여 있다. 그런데 경비병이 일도 대충하고 고양이에게 푹 빠져 있다니. 금품을 노리는 악당에게 이곳은 상당히 조건이 좋은 사냥터가 아닐까.

하지만 미라는 문득 생각했다.

'그러고 보니 이 근처에는 상급 모험가들도 많이 묵고 있었더랬지. 이 근처에서 섣불리 수상쩍은 짓을 했다가는 눈 깜짝할 새에 붙잡히겠구나.'

그렇다. 이 고급 여관 거리에는 모험가라는, 경비병들을 능가하는 악당 헌터들이 잔뜩 있는 것이다. 때문에 이 근처에서 법을 어기려면 그 우수한 이들을 상대해야만 한다. 이토록 수지가 맞지 않는 일도 없을 것이다.

경비병이 나설 일은 모험가들끼리 싸움이 붙었을 때 중재하는 일 정도뿐일지도 모른다.

'그렇기에 저렇게 나사가 풀린 것일지도 모르겠군그래.'

다시 한번 경비병에게로 시선을 돌려보니 한 사람과 두 마리가 늘어 있었다. 멀리서 보았을 때 여성인 듯한 한 사람은 아무래도 근처에서 묵는 모험가인 모양이었다. 그리고 두 마리 쪽은 양쪽 모두 새끼고양이였는데, 처음 있던 고양이의 새끼로 보였다. 여성 모험가가 아이템박스에서 이런저런 것들을 꺼내 고양이들에게 주고 있다.

조용한 밤의 고급 여관 거리는 상당히 평화로워 보였다.

간접 조명이 은근히 비추고 있는 욕실. 욕조에서 휴식을 취하며 바깥 풍경을 바라보던 미라는 "평화롭구나아"라고 중얼거리며 욕실 안으로 시선을 돌렸다. 바로 그때.

"흠… 저게 무엇이지?"

사치스럽기 그지없는 욕조 구석에 유리벽이 있었다. 그리고 그 건너편에 커다란 나팔 같은 것이 붙은 장치가 놓여 있었다.

대체 무엇일까. 궁금해진 미라는 욕조에서 일어나 그곳으로 다가갔다. 그렇게 가까서 보니 확실하게 알 수 있었다.

"이것은 분명…… 축음기라는 물건이었지."

유리벽 너머에 있던 것은 축음기. 다시 말해서 레코드플레이어다. 심지어 평범한 플레이어와는 달리 상당히 커다란 그것은 스위치 하나로 여러 개의 레코드를 교환할 수 있는 하이테크 레코드플레이어였다.

'레코드라……. 이러한 물건도 만들어졌군그래.'

돌이켜 보니 이 세계의 음악은 그다지 접한 적이 없었던 것 같다고 미라는 생각했다. 기억에 있는 것은 소리의 정령 레티샤의 것. 그리고 방금 생각난 음유시인 에밀리오, 그리고 철도여행 중에 어느 여관에서 연주하고 있는 것을 들었던 일이 다소 기억에 남아있을 뿐이다.

'언젠가 에밀리오의 노래가 이렇게 레코드가 되는 것을 볼 날이 올까.'

그의 노랫소리는 근사했다. 분명 레코드 제작에 종사하는 이가 들으면 바로 스카우트할 것이다. 그런 생각을 하며 미라는 유리 안쪽을 들여다보았다. 그곳에는 레코드플레이어에 장착된 레코드 표지들이 늘어서 있었다.

"그나저나 목욕탕에 축음기라니, 꽤나 운치가 있군그래."

분명 유리는 물에 젖는 것을 막고 습기를 방지하기 위한 것이리라. 레코드플레이어 본체를 만지기는 어려울 듯했지만 그것을 조작하는 스위치는 비닐 같은 것으로 뒤덮인 채 앞에 놓여 있다. 욕조에 몸을 담그며 음악도 즐기라는 취지이리라. 그것은 그야말로 하루 15만이라는 가격에 걸맞은, 실로 우아한 행위인 듯했다.

"어디 보자…… 어떠한 곡이 있을꼬."

이왕 이렇게 되었으니 우아하게 즐겨보자고 마음을 정한 미라는 곧장 레코드 표지를 훑어보았다.

그곳에는 대충 열다섯 곡 정도가 늘어서 있었다. 어떠한 기준으로 선택한 것인지는 알 수 없었지만, 『새벽에 서다』 『로리크 성가』 『민들레 부케』 『달 아래 뛰노는 토끼』 『너에게 매지컬 ☆ 해피 스마일』 『아무리 밭을 갈아도 감자만 나오네』 『파는 전골에 들어가나요?』 등등. 진지해 보이는 타이틀부터 아이돌 같은 타이틀, 그리고 개그가 가미된 듯한 타이틀까지, 고급 여관치고는 상당히 과감한 라인업이었다.

"…이런 종류는 제외한다 치고, 다른 것들은 들어봐야 알겠구먼."

그렇게 선곡을 마친 미라는 곧장 해당 곡의 스위치를 눌러 보았다. 그러자 작은 구동음과 함께 레코드플레이어가 움직이기 시작해서, 하부에 장착된 암(arm)이 레코드를 운반해 턴테이블에 내려놓았다.

레코드가 돌기 시작하자 바늘이 천천히 그 위로 내려갔다.

머지않아 바늘이 레코드에 닿자 복고적이고도 그리운 분위기를 풍기는 소리가 흘러나와 욕실 안에 퍼져 나갔다.

"호오, 이거 나쁘지 않군그래."

아무래도 미라가 선택한 것은 클래식 같은 계통인 듯했다. 듣기에 편한 선율은 우아한 입욕이라는 테마와 퍽 잘 어울렸다.

미라는 한층 더 고급스러워진 듯한 분위기 속에서 욕조에 다시 몸을 담그고 "천국이 따로 없구나~"라고 만족스럽게 중얼거렸다.

〈2〉

매우 고급스러운 여관에서 하룻밤을 보낸 미라는 얼마간 눈을 뜨기를 거부한 후에 화장실에서 볼일을 본 후, 아침 목욕으로 잠기운을 떨쳐냈다. 그리고 지금은 아침 식사를 하는 중이다.

"역시 고기로구나. 고기는 정의이고말고."

이날의 아침 식사는 콘소메 스프와 과일 주스, 그리고 속을 꽉꽉 채운 햄버거였다.

로스트비프와 치즈에 토마토, 양상추가 들었다. 아침이기는 했지만 양이 넉넉하고 바질 소스가 잘 어울리는 그것은 미라가 어제 주문해둔 것이었다.

과연 하루에 15만이나 하는 방이라 해야 할지, 이곳에 숙박하면 여관 제일의 요리상에게 아침으로 먹고 싶은 음식을 만들어달라고 할 수 있는 특전이 있었다. 미라는 그것을 이용해서 저녁 식사에 나왔던 로스트비프를 아침에도 먹고 싶다고 주문했다. 그 결과가 이 호화 햄버거였던 것이다.

"이토록 사치스러운 아침 식사를 먹을 기회는 그리 흔치 않지."

하나를 냉큼 먹어치운 미라는 두 개째로 손을 뻗으며 신이 나서 중얼거렸다. 이 햄버거는 그냥 빵 사이에 재료를 넣은 것이 아니었다. **로스트비프**가, 치즈와 토마토, 그리고 양상추를 감싸고 있는 것이다.

그 끝내주는 로스트비프를 아낌없이 사용한 극상의 일품이다.

그런 것이 하나 더. 심지어 로스트비프와 양상추만 그대로 나머지 재료는 다르다. 치즈가 크림치즈로 바뀌었거나 달걀과 버섯 볶음 등등이 쓰여서, 첫 번째 버거와는 맛이 달라 미라는 아침부터 무척 만족스러웠다.

만족스러운 아침 식사 후에 체크아웃한 미라는 페가수스의 등에 타고 그대로 모험가 종합조합으로 향했다.

조합은 많은 모험가들이 모이는 도시답게 아침부터 무척 붐볐다. 각종 수속과 기타 등등의 일을 처리하러 온 이들로 혼잡하기 그지없다. 하지만 이번에 미라가 이곳에 온 목적은 따로 있었다.

미라는 소란스러운 실내를 흘끔 쳐다보고서 사람들 틈새를 지나 조합 구석에 위치한 재활용 상자 앞에 섰다.

"이런 규칙은 착실하게 지켜야지."

은근히 성실한 미라는 사용하고 난 고대지하도시의 출입 허가증을 재활용 상자에 넣었다. 그러자 작은 소녀의 환영이 나타나 미소를 띤 채『협조해줘서 고마워』라고 말하고서 사라졌다. 몇 번을 보아도 의미를 알 수 없는 기술이다.

이 이른 시간부터 재활용 상자에서 목소리가 난 탓인지, 그곳으로 시선을 돌린 이들 중 일부가 수군거렸다. 저기 있는 게 혹시 정령여왕이 아닐까?

그러자 주변에 있던 이들이 일제히 미라를 쳐다보았다.

글래머러스한 미녀라고 소문이 난 정령여왕은 사실 귀여운 소녀다. 미라가 고대지하도시를 공략하는 동안 그 사실이 알려진 것인지 "정말이네" "저게 정령여왕짱이구나" "귀여워" 따위의 긍정적인 말이 여기저기서 들려왔다.

'흠, 이제 이 몸도 셀로처럼 유명모험가가 되었구나!'

자신에게 날아드는 기대 섞인 시선에 미라는 내가 바로 정령여왕이라는 듯 당당하게 가슴을 폈다. 그러자 다가오는 이들이 더 늘어났다.

당시 싸움에 관한 것이며 정령왕과의 관계, 함께 싸웠던 잭그레이브에 관해서는 어떻게 생각하는지, 엘레오노라의 권유를 거절했다는 것이 사실인지, 레전드 오브 아스테리아라는 카드게임은 아는지, 이니셜 M.T 씨라는 팬에게서 선물이 도착했는데 어느 조합 창구에 맡기면 될지, 팬티는 무슨 색인지 등등, 격렬한 질문 공세가 미라에게 쏟아졌다.

"……미안하다만, 급한 볼일이 있어서 말이다!"

끝난 기미가 없는 질문 공세를 견디지 못하고 미라는 '공활보'를 써서 자신에게 몰려든 자들의 머리 위를 뛰어넘어 도주했다. 그러던 도중에도 자신에게 득이 될 만한 것은 귀신같이 알아듣고 답을 하는 것도 잊지 않았다.

"루나틱 레이크 조합에 맡겨다오."

"알겠습니다~."

조합원이 그렇게 답변하는 가운데, 안타까워하는 목소리가 조합 여기저기에서 터져 나왔다. 개중에는 잽싸게 도망친 미라를 보고 훌륭하다고 감탄하는 이도 있었다. 나아가 생각지 못한 타이밍에 질문에 대한 답을 얻어낸 한 사람은 천장을 올려다본 채 만족스러운 미소를 띠고서 "물색이구나"라고 중얼거리기도 했다.

"후우, 그 후로 일주일 남짓 밖에 안 지났건만, 꽤나 상황이 바뀌었구먼."

멀리 떨어진 세인트 폴리의 정보가 이제야 전해진 것인지, 아니면 왔던 날에 미라가 직접 했던 말이 효과를 거둔 것인지, 그도 아니면 둘 다인지. 지금은 글래머러스한 절세의 미녀라는 잘못된 정령여왕의 이미지가 완전히 미라의 본래 모습으로 알려진 모양이다.

"그나저나 이건 이것대로 힘들구나."

미라는 유명인이 되는 건 힘든 일이라는 생각을 하면서도 칭찬 세례를 받은 것은 기분이 좋았던 것 같아 살짝 우쭐해졌다. 그리고 다시금 순간적으로 자신이 들은 말을 떠올렸다.

'이 몸의 팬이라니, 뭘 좀 아는군그래!'

그렇게 자화자찬을 하며 미라는 유유하게 걸어 나갔다.

자신의 지명도를 재확인한 미라는 이대로만 가면 소환술이 다시 번성할 날도 그리 멀지 않을 것이라는 생각에 신이 나 미소를 지으며 조합 부지 안에 있는 주차장으로 향했다.

주차장에는 마차뿐 아니라 말 이외의 것이 끄는 것을 전제로 설계된 왜건도 잔뜩 늘어서 있었다. 다시 말해서 그만큼 사령술의 견인 골렘과 같은 존재들이 활약하고 있다는 뜻이다.

모험가에게 마차나 왜건은 귀한 재산인 동시에 일종의 스테이터스이기도 했다. 가격도 가격이거니와 유지비도 들어서 초보 모험가는 엄두도 못 내는 물건이다. 때문에 고정된 그룹을 지닌 모험가들은 첫 번째 목표로 삼기도 했다.

때문에 여러모로 편리한 마차와 왜건은 안정된 지위에 있거나 벌이가 좋다는 것을 나타내는 간판처럼 여겨졌다.

그런 간판이 이곳에는 잔뜩 늘어서 있다. 다시 말해서 그 정도 수준의 인물들이 이 도시에는 이만큼이나 모여 있다는 뜻이다.

'좀 전까지 본 것들은 다들 비슷비슷하게 생겼었지만, 이곳에 있는 마차들의 디자인은 천차만별이로구나.'

주차장 담당자에게 번호가 적힌 보관증을 건네고 그 장소까지 안내를 받는 동안 미라는 주변을 둘러보며 특징적인 마차들을 관찰하고 있었다.

미라의 왜건이 있는 곳은 상급 모험가 전용으로 지정된 지붕이 있는 주차장이었는데, 그곳으로 가는 길에 지붕 없는 주차장을 가로지르게 되었다.

그때 무수히 많은 마차를 보기는 했지만 대부분이 비슷비슷한 디자인의 천막 마차라서, 정말이지 전형적인 모험가 마차 같다고 미라는 생각했더랬다.

하지만 지붕이 있는 주차장은 그렇지 않았다. 그곳에 늘어선 마차 중에는 디자인이 같은 것이 단 하나도 없었던 것이다.

거주성과 주행성, 그리고 내구성. 상급 모험가의 마차는 하나같이 특별한 개조가 이루어져 있어서, 척 보아도 상급 같은 분위기를 풍겼다. 하지만 보아하니 모두 다 견인용인 듯해서, 상부에 비행용 기둥이 붙어있는 미라의 왜건은 그중에서도 특별해 보였다.

그 때문인지 주차장을 이용하는 모험가들이 이래저래 주목하고 있는 듯했다.

'어디, 우선은 통신 장치를 쓸 수 있을지 부터 봐야겠구먼⋯⋯.'

안내 담당자에게 고맙다는 인사를 하고서 모험가들의 눈을 피하기라도 하듯 잽싸게 왜건에 올라탄 미라는 곧바로 벽장의 문을 열고, 그 안쪽에 설치된 통신 장치를 확인하기 시작했다.

통신 장치가 든 검은 상자는 벽장 안에 고정되어 있는 것인지 움직일 수가 없었다. 때문에 미라는 상체를 벽장 안에 집어넣고 무형술로 만든 조명에 의지해 확인 작업을 해나갔다.

밖에서 왜건의 창문으로 들여다보면 팬티가 훤히 보일 자세이기는 했지만 미라는 당연히 아랑곳하지 않았다.

검은 상자의 덮개는 열어서 아무렇게나 바닥에 내려두었다. 상자 안에는 검은 기기가 들어 있었다.

기기에는 수화기가 있어서, 미라는 카구라와 통신 장치로 대화했을 때처럼 귀에 대기만 해도 연결되기를 바라며 그것을 집어들었다.

"이봐라~ 솔──."

솔로몬이라고 말하려던 참에 미라는 퍼뜩 무언가가 생각나서 수화기를 내려놓았다. 만약 이대로 연결될 경우, 미라는 국가기밀을 보고하게 될 것이다.

현재 주변에는 주차장을 이용하는 많은 모험가들이 있다. 어디

서 누가 귀를 쫑긋 세우고 있을지 모를 상황이다. 이대로 보고했다가 그것을 누군가가 들을 경우, 아홉 현자 탐색에 대한 온갖 억측이 난무할 것이 뻔하다.

지금은 아직 한정부전조약이 유효한 기간이다. 그것은 전쟁과 그에 준하는 모든 행위를 금지하는 조약으로 행방불명된 자국민을 수색하는 중이라고 하면 문제는 없을 듯하지만, 아홉 현자라는 존재를 전력으로 헤아릴 경우, 당연히 사정이 달라질 수밖에 없었다.

사실 다가올 조약 기간 만료에 대비해 방어력을 확보하기 위해 최강의 창이자 방패인 아홉 현자를 모으고 있는 행위는 상당히 위험하다고 할 수 있었다.

경우에 따라서는 현재 미라가 수행하고 있는 임무인 아홉 현자 탐색은 전쟁을 위한 행위로 간주되어 각국의 규탄을 받을 우려도 있다.

하지만 자국민을 찾는다는 명분이 있는 이상, 규탄을 받는다고 해도 최종적으로 위반으로 간주될 걱정은 없을 것이다. 그러나 아홉 현자가 모두 모이는 것을 탐탁지 않게 여길 자들이 앞으로 미라를 방해하려 들 터다.

그렇게 되면 매우 귀찮아질 것이라고 생각한 미라는 도청을 당하지 않도록 대책을 강구하기로 했다.

왜건 안에 '로자리오 소환진'이 떠올랐다. 그리고 그것은 미라의 영창이 이어질수록 옅어지더니, 소환술이 발동하자마자 안개처럼 사라졌다.

"오늘은 매우 좁은 곳에서 부르셨군요."

기적도 없이 나타난 것은 정적의 정령 워즈랑베르였다. 마키나 가디언과의 전투가 끝나고서 얼마 되지 않아 소환된 그는 왜건 안을 둘러보며 그렇게 말한 후, "아아, 자세히 보니 미라 씨와 처음 만난 장소로군요"라고 어쩐지 기쁜 듯 미소를 지은 채 말했다.

"그때 이 몸은 자고 있었지만 말이지."

그에 반해 미라는 쓴웃음을 지은 채 답했다.

처음에는 왜건에서 잠들어 있던 미라를 워즈랑베르가 몰래 납치했었더랬다. 그리고 미라는 호수 속에서 정신을 차렸었다.

"그러고 보니, 그랬군요."

상대를 인식한 순간을 첫 만남이라고 부른다면, 미라는 깜깜한 호수 속이라는 다소 찜찜한 곳에서 워즈랑베르를 처음 만난 셈이었다. 하지만 워즈랑베르에게는 그 역시 즐거운 추억인 모양이다.

"그래서 오늘은, 어쩐 일이십니까?"

상황으로 미루어 지금은 명백하게 전투 중이 아니다. 워즈랑베르는 창문을 통해 밖을 확인하며 미라에게 그렇게 물었다.

"음, 실은 말이다. 지금부터 다른 이에게 새어 나가서는 안 되는 비밀 이야기를 할 예정이라 말이다. 그대에게는 도청 방지를 부탁하고 싶구나."

"과연, 알겠습니다. 그 정도는 간단하죠."

워즈랑베르는 흔쾌히 승낙하더니 곧바로 정적의 힘을 행사했다. 겉으로 보기에는 변화도 없어서 수수하다는 인상은 지울 수 없었지만 그 효과는 곧바로 나타났다.

"음, 역시 굉장하구나!"

주변에 소리가 전달되는 것을 완전히 차단하는 정적의 힘. 그 효과는 희미하게 들리던 바깥의 소음도 완전히 차단해서, 왜건 안은 작은 호흡 소리까지 들릴 정도의 정적에 휩싸였다.

"이제 연결이 될지가 문제인데⋯⋯."

준비는 완벽하다. 남은 문제는 통신 장치로 솔로몬과 연락을 취할 수 있는가 하는 것이다.

미라는 다시 벽장에 상체를 처박고 수화기를 집어 들었다. 그리고 연결되어 있기를 바라며 "솔로몬~ 들리느냐~"라고 말했다.

5초쯤 지나 다시 한번 불러보았다. 그리고 5초 후에 다시 불렀다. 하지만 역시나 수화기를 들기만 해서는 연결이 되지 않는지 전혀 반응이 없었다.

"흐음⋯⋯. 역시 어떻게든 조작을 해야 하나보구먼⋯⋯."

수화기를 제자리에 돌려놓은 후, 미라는 통신 장치에 있는 여러 가지 버튼과 레버를 조사하며 신음소리를 냈다.

"미라 씨, 그게 뭡니까?"

미라가 아무도 없는 데도 검은 물체를 향해 말을 하는 것이 이상했는지, 미라의 뒤에서 통신 장치를 훔쳐보던 워즈랑베르가 그렇게 물었다.

"이것은 말이다, 마도공학이라는 기술로 만들어낸 통신 장치다. 멀리 있는 이와도 대화가 가능한 일품이지."

미라는 이리저리 장치를 만지작거리며 다소 의기양양한 투로 답했다. 통신 장치는 아직 비싼 데다 규제도 엄격해서 일반인들에게는 보급되지 않고, 군용이나 일부 귀족용으로 제작된 왜건에나 배치되어 있었다. 때문에 미라의 왜건은 특별하다 할 수 있었다.

그런 이야기를 솔로몬에게 들었으니 미라가 의기양양해 할만도 했다. 하지만 그러한 사정에는 그다지 관심이 없는 워즈랑베르에게는 그다지 의미가 없는 이야기였다.

"과연. 멀리 있는 이와 대화하기 위해 인간은 이러한 도구를 사용하는군요."

워즈랑베르는 감탄한 듯한 눈으로 통신 장치를 다시 쳐다보았다. 또한 정령들에게도 멀리 있는 이와 연락을 취할 수단은 있었다. 정령들이 일반적으로 사용하는 그것은 '바람 소식'이라 불리는 수단이었다. 바람의 정령들이 말을 바람에 실어 먼 곳으로 옮겨다주는 것이다.

"뭐어, 사용방법을 알아야 가능한 이야기지만 말이지……."

멀리 있는 이와 대화가 가능한 편리한 도구. 하지만 도구라는 것은 사용 방법을 모르면 잡동사니와 다를 것이 없다. 미라는 다시 한번 수화기를 귀에 가져다 대며 쓴웃음을 지은 채 중얼거리고는 결과가 달라지지 않았음을 확인하고 털썩 엎드렸다.

"아, 이런 상황에 말씀을 드리자니 좀 그렇지만. 미라 씨, 전언이 있는데 말이 나온 김에 말씀드려도 되겠습니까?"

미라가 어쩔까 하고 고민에 빠진 참에 워즈랑베르가, 뭔가가 떠오른 듯 다소 주저하며 말을 꺼냈다.

"전언이라?"

자신에게 전언이라니. 대체 누가? 그 상대가 누구인지 전혀 짚이는 바가 없어서 미라는 약간 놀란 얼굴로 고개를 돌리며 "누가 전언을 부탁했기에?"라고 되물었다.

"네, 실은…… 그게, 안루티네의 전언입니다. 다음에 미라 씨가 소환하면 '제발 소환 계약을 맺어주세요'라고 전해달라고 부탁을 받았지요. 지난번에는 말을 꺼낼 수 있는 분위기가 아니라 그대로 돌아갔더니, 무척 실망을 해서……."

워즈랑베르는 쓴웃음을 지은 채 그렇게 된 경위를 설명했다.

가장 큰 원인은 정령왕의 가호에 의한 인연의 끈이었다. 이 가호를 통해 이어지는 힘의 작용으로 미라가 계약한 정령들은 서로 멀리 떨어져 있어도 대화가 가능한 상태가 되었다는 모양이다.

그리고 그것은 정령들이 경애하는 정령왕과도 연결이 된다는 뜻이었다.

그것만으로도 절대적인 은혜라 할 수 있지만 요전에 미라는 식물의 시조정령인 마텔과도 계약을 맺었다.

마텔은 매우 오랜 시간동안 행방이 묘연했었다. 그 재회는 정령계에 격진을 일으켰을 정도다.

워즈랑베르의 말에 의하면 현재 미라, 그리고 미라와 계약한 정령들은 다른 정령들에게 동경의 대상이 되었다는 듯했다.

"허어, 일이 그렇게 되었나……."

미라에게 있어서는 상당히 편하게 말을 섞을 수 있는 존재가 되기는 했지만 역시나 정령왕이라는 존재는 특별한 모양이다. 그리고 마텔 역시 정령들에게는 그에 뒤지지 않을 정도로 특별한 듯했다.

"어떻게 보면 당연한 일이라고 할 수 있을지도 모르겠군요. 우리 정령들에게 정령왕님과 시조정령님은 부모와도 같은 존재니 말입니다. 곁에 있지 않아도, 목소리만 들을 수 있어도 마음의 안식을 얻을 수 있는 것이죠."

소환술사인 미라와 소환계약을 맺으면 언제든 정령왕, 마텔의 목소리를 들을 수 있다. 멀리 떨어져 있어도 가까이 느낄 수가 있다. 그것은 매우 행복한 일이라고 워즈랑베르는 힘주어 말했다.

하지만 상크티아와 함께 살고 있는 그 장소에서 안루티네만 정령왕과 마텔의 목소리를 직접 들을 수가 없는 것이다. 그 소외감은 보통이 아니리라. 그 때문에 풀이 죽어 있다가 결국 전언을 부탁한 것이라는 말로 워즈랑베르는 이야기를 매듭지었다.

3

"호오……! 그렇게 된 게로군……."

정적의 정령 워즈랑베르, 그리고 성검의 무구정령 상크티아. 이 둘과 함께 있는 물의 정령 안루티네가 미라와 계약하고 싶다는 모양이다.

그런 말을 워즈랑베르를 통해 들은 미라는 놀란 동시에 기쁘기도 했지만, 동시에 고민이 되기도 했다.

그 당시에는 정령왕의 가호도 없었던 데다 애초에 물의 정령과는 이미 계약을 한 탓에 안루티네와 계약을 한다는 선택지는 없었다. 그리고 그렇게 해도 딱히 문제는 없었다.

하지만 정령왕의 가호를 얻고 정령왕 네트워크가 구축되기 시작한 현재는 당시와 상황이 다르다.

워즈랑베르와 상크티아는 정령왕, 마텔과 의사소통이 가능한 상태임에도 불구하고 혼자서만 그러지 못하는 안루티네의 심정은 어떠했을까.

"이 몸도 계약을 해주고 싶기는 하다만……."

안루티네가 원한다면 전언에 응해 계약을 해주고 싶다.

하지만 문제가 하나 있었다.

"소환술사의 계약에는 같은 종족, 혹은 같은 속성의 정령과 중복 계약을 할 수 없다는 제한이 있어서 말이다. 새로 계약을 하려면 지금의 계약을 해제해야만 하지. 지금 계약 중인 운디네는 태어날 때부터 키워온 딸 같은 존재라 말이다…….”

혼자 겉도는 듯한 상태가 된 운디네의 서운함은 충분히 이해가
된다. 하지만 소중히 키워온 운디네와 이별하는 것도 미라에게는
어려운 일이었다.

“그러했습니까……. 그러한 제한이…… 그때 물의 정령은 이
미 있다고 말씀하신 것은 그런 의미였군요.”

그렇다고 다른 인연을 끊으라고 할 수는 없는 일이다. 안루티
네와의 계약은 어렵겠다는 생각에 워즈랑베르는 자신의 일처럼
풀이 죽었다.

소환술사의 정점에 있는 미라도 소환술사의 제한에는 거스를
수가 없었다.

그렇다. 지금까지는.

『그거라면 이제 문제는 없다. 그 제한은 계약으로 인해 맺어진 인
연의 끈이 엉키는 것이 원인이었으니. 내가 정리하면 그만이야.』

마치 노리기라도 한 듯한 타이밍에 정령왕의 말이 머릿속에 울
려 퍼졌다. 그 말은 워즈랑베르에게도 들렸는지 그의 표정이 확
밝아졌다.

“무어라?! 그런 것인가!”

같은 속성 정령과의 중복 계약. 뭉뚱그려 정령이라 부르기는
하지만 계약하는 정령에 따라 능력은 천차만별이다.

게임이었던 시절, 사대 속성의 정령은 처음부터 취향에 따라
키울 수 있는 샐러맨더, 운디네, 실피드, 노옴(노미드)이 주류인 동
시에 최강이기도 했다. 전투를 좋아하는 미라도 당연히 이 넷과

계약을 맺었다.

　그럼 앞서 말한 것 이외의 정령과 계약하는 것에 따른 이점으로는 무엇이 있을까.

　첫 번째 이점은 계약 직후부터 실전 투입이 가능할 정도로 강력하다는 것이다.

　그리고 두 번째 이점이자 가장 큰 매력은 육성으로는 얻을 수 없는 특수 능력을 지니고 있다는 것이리라.

　실제로 미라도 당시에는 이 때문에 한참을 고민했었다. 하지만 주류인 넷으로 마음을 정한 것은 특수 능력의 종류가 지나치게 많아서 확인하는 데 터무니없이 많은 시간이 걸리기도 하거니와 전투에 맞지 않는 능력이 대부분이었기 때문이다.

　이 세계가 현실이 된 현재, 정령을 보는 미라의 시점은 크게 바뀌었지만 게임이었던 당시에는 전력적인 측면을 중시했더랬다.

　때문에 무작위성이 강한 기존의 정령보다 취향에 맞게 육성할 수 있는 쪽을 택한 것이다. 그리고 실제로 미라가 계약한 사대정령은 상급정령에 필적할 정도로 성장했다.

　그런 이유에서 계약을 포기했던 정령과도 계약이 가능하다니. 정령왕의 그 제안은 안루티네뿐 아니라 미라에게도 복음이나 다름없었다.

　『미라 공을 통해 교류를 하는 동안, 소환 계약이라는 것의 형태는 대략적으로 이해했다. 때가 되면 내게 맡기도록. 어떻게든 정착시켜 보이겠다고 약속하지.』

　아무래도 정령왕은 인연의 끈을 통해 정령들과 교류하며 소환술사에 관한 이해도 넓힌 모양이었다. 정령왕은 자신만만하게 말하더니 끝으로 중재할 수 있는 계약은 정령과의 계약뿐이라고 말을 덧붙였다.

정령 이외의 인연에 간섭하는 것은 어렵다는 것이다. 다시 말해서 현재 계약한 페가수스 이외의 페가수스들과 새로 계약을 맺어 하늘을 달리는 기마군단을 소환하는 것은 불가능하고, 하늘의 황룡인 아이젠파르드뿐 아니라 땅의 황룡도 키워서 계약을 맺어 천지최강을 뽐내는 것도 무리라는 뜻이다.

하지만 그럼에도 정령과 중복 계약이 가능해진 것에 따른 이점은 이루 헤아릴 수가 없을 정도였다.

"그렇다면 기꺼이 계약하도록 하지."

중복 계약이 가능하다면 거절할 이유가 없다. 정령 쪽에서 원한다면 더더욱 거절할 수가 없다며 미라는 흔쾌히 승낙했다. 그러자 워즈랑베르는 한시름 놓았다는 듯 안도한 표정으로 "고맙습니다" 하고 감사 인사를 했다.

"분명 그 호수는, 천칭의 성채와 환영회랑 사이에 있었더랬지……."

계약을 하려면 우선 안루티네가 있는 장소로 갈 필요가 있다. 미라는 맵을 펼쳐 만났던 당시의 일을 떠올리며 어디쯤이었는지를 추측하기 시작했다.

그때는 휴식을 위해 들렀던 것뿐이라 호수의 정확한 위치를 확인하지 않았던 것이다.

오즈슈타인측에 위치한 천칭의 성채. 그림다드측에 위치한 환영회랑. 이 둘을 연결하는 선상에 워즈랑베르 일행과 만났던 호수가 있다. 그 선은 현재 위치에서 가루다를 타고 남쪽으로 하루 정도 날아가야 하는 지점을 통과하고 있었다. 그 근방이라면 그다지 시간은 걸리지 않을 것이다.

"분명 여기 즈음이었던가."

어디 보자, 어느 호수일까. 미라가 그렇게 장소를 특정하기 시작하려던 그때.

『미라 씨, 미라 씨. 티네짱 쪽에서 오겠대. 미라 씨를 이 이상 번거롭게 할 수는 없다면서.』

마텔의 목소리가 문득 머릿속에 울렸다. 아무래도 저쪽에 있는 상크티아를 통해서 안루티네에게 이 일을 전달한 모양이다.

그 결과, 안루티네는 호수를 뛰어넘어서 이미 지하수맥을 통해 미라에게 오고 있다고 한다. 그녀에게는 어지간히 중요한 일이었는지 엄청난 행동력이었다.

『딱히 번거롭지는 않았는데 말이지. 뭐어, 오겠다면 기다리도록 하겠네. 해서, 며칠 정도 걸릴지는 알 수 없는 겐가?』

안루티네가 호수에서 이곳에 오려면 며칠 정도가 걸릴지 미라가 묻자 마텔은 딱히 그곳에서 기다릴 필요는 없다고 말했다.

『정령은 있지, 인연이나 유대에 민감해. 소환계약을 맺지 않았어도 미라 씨와 티네짱은 인연으로 엮여 있어서, 마음만 먹으면 정령은 그 흔적을 더듬어 갈 수 있어. 그러니 미라 씨는 신경 쓰지 말고 볼일을 보라고 티네짱이 전해달래.』

아무래도 안루티네는 미라의 위치를 추적하고 있는 모양이다.

인연의 흔적을 더듬을 수 있다니, 꽤나 굉장한 능력이다.

미라는 새로이 알게 된 정령의 능력에 놀람과 동시에 문득 게임 시절에 있었던 '정령 스토커 의혹'이라는 안건을 기억해냈다.

그것은 특정 정령과 친해진 일부 플레이어들의 경험담이었다.

그 사람은 강력한 마물을 상대로 고전을 하고 있었다. 그리고 검은 부러져서 이제 틀렸구나, 하고 체념했을 때 친해졌던 정령이 씩씩하게 도와주러 와주었다는 모양이다.

덕분에 그는 마물에게 승리해서 전리품을 얻어 무사히 귀환할 수 있었다. 운 좋게 친한 정령이 근처에 있어서 살았다. 처음에는 그렇게 생각했지만 이런 일이 한두 번이 아니었다는 모양이다. 필드로 한정된 일이기는 했지만 위기에 빠질 때면 상당한 빈도로 그 정령이 구하러 와주었다는 것이다.

이 일을 두고 플레이어들은 분명 정령과 친해진 것에 따른 특전일 것이라며 환영했다.

위기에 처했을 때 구하러 와주는 정령의 존재는 매우 듬직하게 느껴졌다. 하지만 필드에 있을 때면 어디서든 구해주러 나타난 탓에, 설마 계속 근처에서 지켜보고 있는 것은 아닐까 하는 의혹 아닌 의혹이 생겨나더랬다. 그것이 '정령 스토커 의혹'이다.

그리고 오늘, 정령에게는 확실히 그렇게 할 수 있는 능력이 있다는 사실이 판명되었다.

만약 사사건건 정령들의 도움을 받았던 이들이 현실이 된 이 세계에 와 있다면 어떻게 되었을까…….

미라는 깊이 생각하지 않기로 했다.

정령왕 덕분에 정령과의 중복 계약이 가능해졌다. 현재 미라는 정령계에서 여러모로 화제의 인물이 되어서, 어쩌면 안루티네를 계기로 소환 계약을 맺고 싶다는 정령이 더 찾아올지도 모른다.

그런 이야기를 워즈랑베르에게 들은 미라는 얼마든지 환영이라며 너그러운 태도를 보였다. 뭐어, 반쯤은 정령이 지닌 특수한 능력에 대한 관심 때문이기도 했지만.

"어디 보자, 볼일을 계속 보려 한들 이걸 어떻게든 해야 할 터인데……."

첫 번째 중복 계약 대상인 안루티네가 자신을 포착해서 헤매지 않고 올 수 있다면 이곳에 머무를 필요는 없다. 따라서 미라는 다음 안건으로 넘어가려 했지만 이다음 진로가 어디가 될지는 눈앞에 있는 통신 장치에 달려 있었다.

"이 타이밍에, 저쪽에서 통신을 해주면 더 바랄 것이 없을 텐데……."

미라는 통신장치를 바라본 채 그렇게 중얼거렸다. 키메라 클로젠과의 싸움이 끝난 후, 세인트폴리에서 돌아가는 길에는 통신 장치가 갑자기 울렸었다. 이번에도 그래 준다면 얼마나 좋을까.

'이 몸은 정령들과 이어져 있는 것처럼, 그대와도 뭔가로 이어져 있다고 믿는다!'

미라는 절친한 친구인 솔로몬을 생각하며 통신 장치를 작동해라, 연락을 취해라, 라고 기도했다. 판타지 설정의 이 세계에서는 소망이나 인연이 특별한 힘이 되기도 한다. 그러니 분명 통할 것이다.

솔로몬이 알아채 주기를 바라며 미라는 수상쩍은 동작을 취하면서 기도를 했다. 등 뒤에 선 워즈랑베르는 그 요상한 움직임을 보고도 구태여 말을 하지 않고 정적의 정령답게 침묵을 지켰다.

결과적으로 5분 정도를 기다려 보았지만 통신 장치에서는 찍소리도 나지 않았다. 솔로몬은 결국 기도에 답해주지 않을 모양이다.

'뭐어, 그러할 테지.'

우스운 짓이라는 것을 알고도 시험해보고 싶어 하는 것이 미라의 안 좋은 버릇이었다.

"그럼, 어찌해야 할꼬."

미라는 아무 일도 없었다는 듯 통신 장치를 조사하기 시작했다. 이번에는 더욱 적극적으로.

수화기를 손에 들고 아무 번호나 눌러보았다. 솔로몬에게 들은 바에 의하면 이런저런 약정으로 인해 통신 장치는 사전에 서로 등록해둔 상대하고만 연결이 된다는 듯했다.

다시 말해서 설사 같은 번호가 있다 해도, 해당 번호를 누르면 이미 아는 상대하고만 연결이 되는 것이다. 등록을 위해서는 이래저래 귀찮은 수순을 밟아야하지만 그것만 하고 나면 마음껏 통화를 할 수 있다고도 했다.

그렇듯 엉뚱한 상대에게 연결될 우려가 없게끔 되어 있기에 미라는 과감하게 생각을 행동으로 옮길 수 있었다.

"1, 2, 3, 4, 5, 6, 7……. 흠, 안 걸리는구먼."

미라는 1부터 순서대로 눌러 나갔다. 왜건에 설치된 통신 장치에 등록된 상대가 얼마나 될지는 모르겠지만 미라의 상황상 알카이트 왕국과 관련된 이들밖에 없을 터다. 그리고 솔로몬에게서 연락이 왔던 적도 있었으니 분명 하나는 등록이 되어 있을 것이다.

때문에 어딘가와 연결이 되기만 하면 솔로몬이 받을 확률은 높았다. 만약 다른 장소와 연결되더라도 솔로몬에게 다시 연락을 해달라고 부탁을 할 수는 있다. 혹은 솔로몬과 연락이 되는 번호를 가르쳐달라고 할 수도 있을 것이다.

"나 원, 솔로몬 녀석. 이런 것은 처음에 가르쳐줬어야 할 것이 아니냐."

20까지 시험해본 미라는 엉겁결에 푸념을 늘어놓았다.

과거에 살았던 세계의 전화와 달리 통신 장치가 세상에 보급되지 않은 탓에 번호도 그다지 복잡하지 않을 것으로 예상했건만. 이쯤 되니 미라의 마음속에 혹시나 하는 불안감이 싹텄다.

통신 장치는 군사적으로도 이용되고 있는 도구다. 미라로서는 예상할 수 없는 사정이 있어서 번호를 복잡하게 지정해두었을지도 모른다. 그러면 우연히 연결되기를 바라기는 어려울 것이다.

"21, 22, 23——."

미라는 번호 맞추기를 재개하며 차라리 보고를 나중으로 미루고 이대로 고아원을 찾으러 가버릴까 생각했다. 일이 모두 끝나고 나서 돌아가 한꺼번에 보고해도 되지 않겠는가.

"그런데 미라 씨. 좀 전부터 하고 있는 그건, 무슨 의식입니까?"

기계적으로 버튼을 계속 눌러대는 미라의 모습을 바라보던 워즈랑베르가 문득 그런 말을 입에 담았다. 확실히 숫자가 적힌 버튼을 하염없이 누르는 미라의 모습은 요상한 의식이라도 하는 것처럼 수상쩍어 보였다.

"그러한 것이 아니다. 이 통신 장치라는 것은 여기 있는 번호를 올바르게 눌러야 상대편과 연결이 되도록 되어 있거든."

워즈랑베르는 통신 장치가 어떤 물건인지 알지 못했다. 그런 그에게 미라는 간단하게 통신 장치의 사용법을 설명했다. 정해진 번호를 눌러서 상대를 불러내고, 상대가 수화기를 들면 목소리가 전달되게끔 된다고.

"하지만 뭐어, 지금은 그 번호를 모르는 상태란 말이다……."

미라는 쓴웃음을 지은 채 순서대로 번호를 누르며 간단한 설명을 마쳤다. 통신 장치의 원리를 대충이나마 이해한 워즈랑베르는 "그래서 좀 전부터 숫자를……"이라고 중얼거리며 미라가 만지고 있는 통신 장치에서 그 옆으로 시선을 옮겼다.

"그런데 미라 씨. 숫자라는 말이 나와서 말이지만, 거기 있는 케이스 같은 것에 숫자가 적혀 있는데, 그것과 상관이 있지 않을까요?"

워즈랑베르가 그런 말을 했다. 그 시선 끝에는 미라가 통신 장치에서 벗겨낸 덮개가 나뒹굴고 있었다.

"뭣……이라고?"

케이스 같은 것. 미라는 워즈랑베르의 그 지적에 손을 멈추고는 놀란 얼굴을 하고서 벽장 구석으로 시선을 돌렸다.

거기에는 통신 장치의 덮개가 아무렇게나 나뒹굴고 있었다. 미라가 조심스럽게 그것을 집어 들어 자세히 보니, 확실히 덮개 뒷면에 '의뢰인 0172'이라고 적힌 종이가 붙어있었다.

의뢰인이란 아홉 현자 수색을 미라에게 의뢰한 솔로몬을 말하는 것이리라. 그것과 같이 적힌 숫자는 통신 장치의 덮개에 있었던 것으로 미루어 높은 확률로 통신용 번호일 터다.

"오오, 이거다! 분명 이걸 누르면 연결될 게야! 나 원, 이렇게 찾기 어려운 곳에 붙여두다니. 큰 공을 세웠구나, 잘 발견해 주었어!"

번호는 오히려 찾기 쉬운 곳에 붙어있었던 것 같은 기분이 들지만……. 아무튼 미라는 벽장에 상체를 처박은 채 솔로몬에 대한 푸념을 내뱉으면서도 번호를 발견했다는 사실에 매우 기뻐했다.

워즈랑베르는 그 등 뒤에서 미소를 띤 채 "도움이 되어서 다행입니다"라고 말했다.

4

미라는 곧바로 수화기를 들고 방금 발견한 번호대로 버튼을 눌렀다. 그러자 놀랍게도 지금까지 전혀 반응이 없었던 통신 장치에서 삐삐 하고 소리가 나기 시작했다.

확실히 이 번호가 맞는 모양이다. 그리고 지금은 상대를 호출하는 중이고, 이 소리는 대기음일 것이라고 미라는 직감했다. 무선기 같으면서도 전화 같은 통신 장치다.

『여기는 반지의 왕.』

소리가 울리기 시작하고서 몇 초 정도가 경과했을 즈음, 수화기에서 그토록 기다리던 목소리가 들려왔다. 조금 딱딱하기는 했지만 그 목소리는 분명 솔로몬의 것이었다. 반지의 왕이라는 것은 응답용 코드네임 같은 것이리라.

음량은 그럭저럭 커서 왜건 안에 울렸다. 그 때문인지 워즈랑 베르는 어디에선가 들려온 목소리에 놀란 얼굴을 하고는 이것 참 굉장하다며 통신 장치를 주목했다.

"오오, 연결되었구먼! 이 몸이다, 이 몸!"

불안하기는 했지만 무사히 회선이 연결되었다. 미라는 그 사실에 기뻐하며 수화기를 향해 그렇게 말했다.

『아아, 너였어? 네 쪽에서 연락을 하다니 별일인걸. 무슨 일 있었어?』

상대가 미라라는 사실을 알자마자 솔로몬의 말투가 평소처럼

41

돌아갔다. 평소와 같은 친구의 목소리를 듣고 있자니 어쩐지 그리움마저 느껴졌다. 가만히 안도감을 느끼던 중에 미라는 현재의 상황을 입에 담았다.

"있기는 했다만, 뭐어 이래저래 보고할 것이 있어서 말이다. 우선은——."

미라는 이번 원정의 목표였던 소울하울에 관한 일을 전달했다. 무사히 고대지하도시에서 소울하울과 재회하는 데 성공했다고.

그리고 그때 소울하울은 상급 술식을 사용할 수 없는 상태였고, 정령왕의 힘을 빌려 그 봉인을 해제했다고 설명했다.

『그랬구나. 상급 술식을 대가로⋯⋯. 그럼에도 불구하고 계산과 일치하는 장소에 있었다니, 지금의 소울하울의 실력은 그만큼 대단하다는 뜻이구나.』

어쩐지 기대감으로 가득한 투로 솔로몬이 말했다.

성배 제작을 위해 온 대륙을 전전하고 있는 소울하울의 목적지로 고대지하도시를 지목한 것은 소울하울의 당시 실력을 감안해서 계산한 결과였다.

상급 술식을 사용할 수 없는 상태라는 것은 모른 채로 계산했건만 결과적으로 계산한 대로 소울하울과 조우할 수 있었다. 다시 말해서 소울하울은 중급 술식만 사용해도 상급 술식까지 사용할 수 있었던 당시와 실력이 비슷하다는 뜻이다.

"뭐어, 그런 셈이지. 그렇기에 둘이서 마키나 가디언을 토벌할 수 있었던 것이야."

진화한 소울하울의 술식을 직접 목격한 미라는 그렇게 긍정한 후, 마키나 가디언과의 전투에 관해서도 언급했다.

대규모 레이드 보스인 마키나 가디언. 그것을 고작 둘이서 쓰러뜨리는 데에 이른 사역 계열 두 사람이었기에 가능했던 전술에 관해서.

그야말로 철벽이라 할 수 있을 수준이 된 소울하울의 거벽. 그리고 성검을 지닌 군세에 의한 인해전술. 어지럽게 변화하는 전장, 마키나 가디언의 행동 변화.

다소 이야기를 부풀리기는 했지만 자신만만하게 말하던 미라는,

"그렇게 토벌하고 나니, 안에서 기계장치 인형이 나오더군그래."

──라고 말을 이어 그 인형이 남긴 의문의 메시지와 건네받은 금속판에 관해서도 이야기했다. 의문의 메시지는 똑똑히 메모했던지라 한 글자도 틀리지 않고 전달할 수 있었다.

『으음, '검은 달이 떠오를 때, 어둠은 찾아온다. 나의, 지고의 가디언을 토멸하고, 시련을 극복한 자들이여. 우리의 힘을, 계승할 자격이 있다고 판단했다. 이를 가지고, 다가오고 있는 침략자들과의 싸움에 대비하라'라고? 의미심장한걸. 그리고 의문의 문양이 새겨진 금속판도 같이 받았다 이거지?』

무언가에 메모를 하고 있는지 솔로몬은 재확인을 하듯 천천히 메시지를 다시 읽었다.

"음. 지금까진 없었던 일이 아니냐. 그리고 일기 같은 것도 발견되었는데, 문자가 누락되어 있어서 말이다. 도통 무슨 소리인지 알 수가 없지만, 이쪽 역시 꽤나 의미심장하더구나."

미라는 그렇게 운을 떼더니 "메모할 준비는 되었더냐?"라고 말

하고서 읽을 수 있는 부분만 음독했다.

마키나 가디언의 잔해에서 나온 일기 같은 것. 불에 타서 첫 번째 페이지만 남았지만 읽을 수 있는 부분만 보아도 일본 지부와 같은 신경 쓰이는 단어가 적혀 있어, 실로 의문스러운 물건이었다.

"――이러한 내용이었다. 이 세계의 비밀과 연관이 있을 것 같다고 소울하울 녀석과 이야기를 했었는데, 그 뒤에 더 터무니없는 일이 일어났지 뭐냐!"

어쩐지 으스대는 투이기는 했지만 입이 근질근질한지 미라는 "이야기를 하자면 길어진다만――――" 하고 말을 이었다.

그 내용은 7층 아래에 다른 시설이 있었다는 것이었다.

숨겨진 입구에 기나긴 계단. 그 안쪽에는 광대한 연구시설이 있었다.

미라는 그것을 발견했을 때의 흥분감을 떠올리며 조사 결과에 관해 이야기했다.

그 연구시설은 명백하게 현대와 관련이 있는 장소였다는 이야기를.

"해서, 그대는 어떻게 생각하느냐?"

대충 보고를 마친 미라는 끝으로 솔로몬에게 그렇게 물었다. 그러자 솔로몬은 얼마간 침묵하더니 『그럴 가능성이 매우 높아.』라고 답했다.

고대지하도시와 현대는 어떤 식으로든 관련이 있다.

일본어 표기는 물론이거니와 현대에 판매되었던 애니메이션 영상 디스크며 서적 등, 관련성을 입증하기라도 하는 듯한 증거가 연구시설에 잔뜩 남아 있었던지라 솔로몬 역시 당연하다는 투로 그 가능성을 인정했다.

『고대지하도시의 역사는 우리가 이 세계에 지낸 것보다 오래되었어. 그런 오래된 시대부터 있었던 장소 깊숙한 곳에 그런 시설까지 있다니. 조사반이 기뻐하겠는걸. 굉장히 재미있는 수수께끼야.』

히노모토 위원회에는 이 세계에 관해 연구 조사를 행하고 있는 부서가 있다. 그곳에 있는 자들이 뛸 듯이 기뻐하는 모습이 눈에 선하다며 솔로몬은 웃었다.

하지만 솔로몬 본인도 그 일에 상당히 관심이 생긴 모양이었다.

그는 지하 깊숙한 곳에서 발견된 연구시설. 그것과 의문의 메시지를 남긴 이는 관련이 있을까. 그리고 힘을 계승한다는 말과 금속판은 관련이 있는 것일까. 혹시 이것들은 우연히 같은 장소에 있었을 뿐, 다른 안건이 아니었을까 등등을 생각하기 시작했다.

"헌데 솔로몬. 이 금속판은 빨리 가지고 돌아가는 것이 좋겠느냐?"

솔로몬이 이러쿵저러쿵 계속해서 중얼대기에 미라는 그렇게 말을 꺼냈다. 중요한 일은 대부분 구두로 전달했지만 많은 수수께끼가 숨어 있을 금속판은 돌아가야만 전달할 수 있다.

그럴 필요가 있을지 확인하는 것이 굳이 통신 장치를 이용해서 보고를 한 목적이었고, 어떤 의미에서는 지금부터 할 이야기가 본론이기도 했다.

『그야 뭐어, 실물을 보고 싶기는 하지만……. 군이 그걸 물어본 걸 보니, 뭔가 이유가 있어서 통신 장치를 사용한 것 같은걸?』

보고 등은 평소처럼 귀환하고 나서 집무실에서 직접 하는 편이 편하다. 하지만 이번에 미라는 그것을 통신 장치로 했다.

도전 정신이 싹터서 그 이유가 무엇일지를 추리해 보고 싶어졌는지. 솔로몬은 『좋아, 잠깐 생각해 볼 테니까 기다려 봐』라고 말하더니 또다시 생각을 하기 시작했다. 마치 퀴즈에 도전하기라도 하듯.

"힌트는 지금까지 한 말에 들어있다. 그대가 답을 도출해 낼 수 있을까?"

미라 역시 곧바로 이유를 말하지 않고 출제자라도 되는 양 당당하게 가슴을 펴고 말했다. 오랜만에 두 사람의 장난이 시작되었다.

『그래, 알아냈어!』

1, 2분 정도가 지났을 즈음, 솔로몬이 희색이 섞인 목소리로 말했다. 아무래도 미라가 군이 통신 장치로 보고를 한 이유를 알아챈 모양이다.

"해서, 답은?"

『요컨대, 고아원을 찾으러 가려는 거지?』

"끄응…… 정답이다."

『역시 그랬구나~. 하지만 확실히 보고를 하러 돌아오기보다는 거기서 찾으러 가는 편이 빠르기도 할 테고 효율적이겠네. 오히려 나는 네가 그 방법을 생각해낸 게 신기할 정도인데.』

미라가 분한 투로 긍정하자 솔로몬은 웃음 섞인 목소리로 그렇게 말을 이었다. 이래저래 바쁘게 뛰어다니고 있는 이 타이밍에 알아채다니 제법이라고.

"당연한 일이 아니냐. 이 몸을 뭘로 보는 게야."

사실은 여관 로비에서 괴도 퍼지다이스가 나타났다는 소문을 듣고서 그것을 통해 떠올린 것이지만, 당연히 미라는 그 사실은 언급하지 않고 당당하게 말했다.

『그래, 역시 대단해. 그래서 첫 번째 질문에 대한 내 답을 말하자면, 그렇게까지 서두를 필요는 없어.』

솔로몬은 자신감으로 가득한 미라의 말을 흘려 넘기고서 빨리 가지고 돌아가는 편이 좋겠느냐는 물음에 그럴 필요는 없다고 답했다.

『지금 우리 두뇌노동팀이, 엄청 바쁘거든.』

쓴웃음 섞인 투로 그렇게 말한 솔로몬은 고대신전 네뷸러폴리스의 지하에 있던 대공동의 조사가 진전되었다고 말했다.

놀랍게도 대공동 안에서 말라비틀어져 있던 식물들의 정체를 알아냈다고 한다.

그것은 특정 장소에서만 채취되는 식물들이라는 모양이다. 그리고 그 특정 장소는 온 대륙에 점재하는 하얀 기둥을 둘러싼 꽃밭이었다.

"호오, 그곳에서……."

중얼거리며 미라는 온 대륙에 점재하는 하얀 기둥의 꽃밭을 떠올렸다.

그 기둥이 무엇인지는 알 수 없다. 다만 그 주변은 엔젤 드롭이라는 특수한 약초를 채취할 수 있는 것으로 유명하다.

또한 그 약초로 치료할 수 있는 병의 이름은 '망자병(亡者病)'이다. 이름 그대로 살아 있음에도 죽은 자처럼 되어, 이윽고 정신을 잃는 무서운 병이다.

『그 사실을 알아낸 순간, 그 구멍이 무엇이었는지도 짐작이 되었거든.』

대공동에 있었던 깊이가 100미터도 더 되는 구멍. 그것은 상황상 거대한 하얀 기둥이 세워져 있던 자리였을 것으로 예상된다고 한다. 그 점을 전제로 구멍을 자세히 조사한 결과, 그 아래에는 거대한 영맥이 흐르고 있다는 사실이 판명되었다는 모양이다.

영맥이란 예부터 여러 가지 사건과 연결되어 있었던 중요한 역장(力場)이다. 그곳에 있던 하얀 기둥이 모종의 요인으로 인해 사라졌다. 그리고 그것은 상황상 흑악마가 한 모종의 행동으로 인한 것으로 추측된다.

『뭐어, 조사는 여기까지 진행됐는데, 그 뒤로 난항을 겪고 있거든.』

애초에 영맥 위에 있던 하얀 기둥은 어떠한 역할을 띠고 있었을까. 사라져 버린 탓에 그것을 밝혀내는 일은 어려울 수밖에 없었고, 지금은 대륙 각지에 남은 하얀 기둥을 대신 조사해 보자는 방안이 제기되었다고 한다.

다만 기둥이 사라진 요인이 흑악마인 만큼 불길한 예감밖에 들지 않는다고 솔로몬은 중얼거렸다.

"그렇군. 악마가 얽혀 있는 이상, 아무것도 아닐 리는 없으니……."

『그런고로 우리 두뇌노동팀은 근면하다고 해야 할지, 이런 의문을 규명하는 일이라면 사족을 못 쓰는 사람들투성이라 엄청 바빠. 지금 네가 그 금속판을 가지고 돌아오면 흥밋거리가 두 개로 늘어나잖아? 그렇게 되면 분명 말 그대로 잘 시간을 깎아가며 일에 몰두할 거야.』

특히 슬레이만은 요즘 미라가 가지고 돌아오는 이야기며 정보를 듣는 것을 무척 기대하고 있는데, 거기에 이번 일까지 합쳐지면 과로사하는 게 아닐까 싶다고 솔로몬은 농담 반 진담 반인 듯한 투로 말을 이었다.

"흐음…… 그러하군. 너무 무리하게 할 수는 없는 일이지. 게다가 기둥 쪽도 신경은 쓰이니 말이다."

솔로몬이 서두르지 않아도 된다고 말한 이유를 이해한 미라는 그 요인에 해당되는 하얀 기둥에 관심이 생겼다.

하얀 기둥. 대륙 이곳저곳에 점재하는 의문의 구조물이다. 그 존재 이유는 밝혀지지 않았으며 플레이어들은 특수한 퀘스트에 사용하는 아이템의 채취지점으로만 인식하고 있었다.

하지만 이 세계가 현실이 되어 모든 사물에 역사와 의미가 생겨난 현재, 하얀 기둥은 대체 무엇인가 하는 의문은 더욱 증폭되었다고 할 수 있었다.

'역사와 수수께끼라…….'

플레이어라면 누구든 게임이었던 시절부터 이 세계가 광대하다고 느꼈을 것이다. 심지어 그냥 광대하기만 한 것이 아니라 곳곳에 여러 가지 요소가 흩어져 있었다.

하얀 기둥뿐 아니라 대륙에는 완전히 관측할 수 없을 정도의 수수께끼가 다수 존재하는 것이다.

그리고 그 존재 의미를 규명하려 하는 별난 플레이어들 역시 드문드문 있었더랬다.

미라는 오랜만에 단말에서 프렌드 리스트를 띄워, 거기에 있는 이름을 훑어보았다. 그리고 한 사람의 이름을 찾아냈다.

그 이름은 아우토디 돌핀. 고고학자를 자칭했던 별난 플레이어 중 한 명이었다.

"방금 알아보았다만, 돌핀 박사도 이 세계에 와 있는 모양이로군. 녀석이라면 뭔가 알고 있지 않겠느냐?"

아우토디 돌핀은 끝없는 수수께끼와 로망을 추구하여 온 대륙을 뛰어다녔다. 당시와 변함없이 호기심이 왕성하다면 당연히 확인된 모든 하얀 기둥을 조사하고 돌아다녔을 터다.

조사대를 보내기보다는 그를 찾아 묻는 편이 낫지 않을까. 미라가 그렇게 제안하자 솔로몬은 『그것도 좋은 생각이긴 하지만……』하고 말을 흐렸다.

『문제는 어디까지 조사를 했는가 하는 점이야.』

"아…… 듣고 보니 그렇군그래."

고고학자를 자칭하는 아우토디 돌핀. 그의 고고학 조사 신조는 '마음 내키는 대로'였다. 심혈을 기울여 조사하고 있는 것이 눈앞에 있다 해도 그보다 흥미를 끄는 것이 나타나면 곧장 그리로 달려가 버리는 성격인 것이다.

다 끝나면 돌아오기는 하지만 틈만 나면 한눈을 팔아대서 어정쩡하게 멈춰 있는 수수께끼도 잔뜩 있었다.

『게다가 찾아서 물어보고 싶어도 개인 채팅으로 직접 연락을 취할 수 없는 현재로서는 그에게 연락할 수단도 딱히 없으니 말이야. 찾을 수나 있을지 모르겠어.』

하얀 기둥에 관해서는 어떻게 생각하는지. 그것만이라도 물어볼 수 있으면 좋겠지만, 그처럼 진득한 구석이 없는 고고학자(자칭)도 없을 것이다. 붙잡으려면 아홉 현자 수색에 맞먹는 노력이 필요하리라.

"연락할 수단이라아……."

그렇게 중얼거리던 미라는 문득 '연결'이라는 단어를 통해 생각했다. 정령왕의 가호의 힘은 '연결하는 힘'이었다. 어쩌면 돌핀과 이어진 인연을 더듬어 찾아내는 일도 가능하지 않을까. 미라가 그렇게 옅은 희망을 품은 순간.

『미라 공. 잠시 뭣 좀 물어도 되겠나?』

본인의 목소리가 머릿속에 울렸다. 뭔가 궁금한 것이 있는 모양이다.

『무엇이든 물으시게나.』

미라는 별일이라고 생각하며 그렇게 생각했다. 그러자 정령왕은 미라의 예상을 뛰어넘은, 돌핀을 찾을 이유가 사라질 정도의 질문을 던졌다.

『좀 전부터 이야기에 등장하는 하얀 기둥이라는 것은, 혹 '천지전환의 기둥'을 말하는 것인가?』

놀랍게도 정령왕이 밝혀진 바가 하나도 없어서 어쩌면 좋을지 의논 중이던 하얀 기둥의 정식명칭 같은 것을 입에 담으면서.

"뭣……이라고……?"

곰곰이 생각해 보니 유구한 시간을 살아온 정령왕이라면 저 하얀 기둥의 정체를 알고 있어도 이상할 것이 없다. 오히려 가장 먼저 물어봤어야 했던 상대다.

고생하는 조사대에 다소 감정이입을 하고 있었던 미라는 그러한 노고를 허무하게 만들지도 모를 정령왕의 말에, 엉겁결에 얼빠진 목소리를 내고 말았다.

5

『왜 그래?』

갑자기 정령왕이 입에 담은 말에 깜짝 놀란 미라의 말이 들린 모양인지, 솔로몬이 걱정스러운 투로 말을 걸어왔다.

"아니…… 그것이 말이다. 아무래도 정령왕이 뭔가를 아는 듯해서 말이다. 잠시 기다려 봐라."

미라가 그렇게 말하자 잠시 후, 수화기에서 즐거운 듯한 웃음소리가 들려왔다.

『아아 그렇지, 과연. 역시 굉장한걸. 그야말로 사기적인 지식이네. 알겠어, 기다릴게! 계속 기다릴게!』

정령왕은 노력을 가뿐하게 뛰어넘는, 그야말로 스포일러 같은 존재였다. 수수께끼를 조금씩 해명해 나가는 과정을 즐기지 못하게 되어 분해하는 이도 있을 듯했지만 그건 그거다.

왕이라는 입장에 있는 솔로몬은 더할 나위 없이 고마운 존재로 인식하고 있는 듯했다. 기다리겠다고 말한 솔로몬의 목소리는 실로 밝고 신이 나 있었다.

『해서, 하얀 기둥 말이네만, 이 몸들은 하얀 기둥이라고 부르고 있는데──.』

정령왕이 문득 말한 '천지전환의 기둥'이라는 것이 정말로 방금 전 이야기에 등장한 하얀 기둥과 동일한 것일지. 그것을 똑바로 확인하기 위해 미라는 다른 하얀 기둥이 있는 장소를 아는 대로 전달했다.

얼마쯤 지나 정령왕에게서 돌아온 답변은, 그것은 '천지전환의 기둥'이 맞다는 것이었다. 미라가 기억하는 장소와 정령왕이 아는 장소가 완전히 일치한 것이다.

심지어 정령왕의 말에 의하면 그것은 오십이 개나 있다고 한다.

『오오, 과연…… 역시 동일한 물건이었나!』

하얀 기둥── 아니, '천지전환의 기둥'. 미라는 학자들을 제친 것 같은 즐기며 문득 생각했다. 하얀 기둥은 오십이 개가 있다는 모양인데, 자신이 아는 것은 스무 개 남짓뿐인 것 같다고.

나머지 서른 개 남짓은 어디에 있을까.

미라가 그렇게 질문하자 정령왕은 오십이 개 중 절반이 지상, 나머지 절반이 지하 깊숙한 곳에 세워졌다고 답했다. 또한 미라가 알고 있던 것은 지상에 있던 것뿐이다.

『지하에 있는 기둥은 모두 숨겨져 있으니, 그리 쉽게 발견하지 못할 것이다.』

『오호라. 그러한 상태의 기둥이 그렇게나 많이 묻혀 있다는 말인가…….』

아직 발견되지 않은 땅속 기둥. 그 소재지는 정령왕에게 물어보면 바로 알 수 있겠지만, 지금 중요한 것은 소재지가 아니라 그것의 존재 이유였다.

『여하튼 본론으로 돌아가서, 그 기둥은 결국 무엇인가?』

미라는 그렇게 단도직입적으로 물었다. 고대신전의 지하에 있었던 기둥은, 현재는 없다. 그것은 당시 나타났던 흑악마가 무슨 짓을 해서 소멸한 것으로 예상되었다. 다시 말해서 기둥의 존재 이유를 알아내면 흑악마의 행동 이유도 예측할 수 있을 것이다.

『좋아, 그럼 답하도록 하지. 천지전환의 기둥이라는 것은 세계를 정화하기 위한 것이다. 신들의 주관에 따라 되어 우리 정령과 천사, 그리고 악마들이 만들어 각지에 세웠지——.』

정령왕은 그렇게 운을 떼고서 자세한 설명을 이어 나갔다.

천지전환의 기둥. 그것을 만들게 된 원인을 설명하려면 과거 대륙 전토를 무대로 벌어진 마물을 다스리는 신과의 싸움까지 시간을 거슬러 올라가야만 한다고.

인류와 정령들뿐 아니라 천사와 악마, 그리고 신들까지 끌어들여 벌어진 그 싸움은 세계의 존망이 걸렸을 정도로 격렬한 것이었다. 그 때문에 훗날, 많은 문제들이 싸움의 흉터처럼 남았다.

그러한 문제 중에서도 특히나 중대한 안건이 영혼이 돌아가는 장소, '하늘의 피안 사당'과 영맥의 오염이었다.

하늘의 피안 사당이 오염되어 영혼의 순환이 정상적으로 이루어지지 않아 사산(死産)이 급증했다. 나아가 날 때부터 마음을 지니고 있지 않아 욕망에 따라 모든 것을 해하는, 마치 마물 같은 아이가 태어나기도 했다는 모양이다.

그리고 영맥이 오염된 영향은 자연계에 막대한 피해를 초래했다.

강이 말라붙고, 땅이 갈라지고, 천재지변이라 할 수 있는 현상이 각지에서 맹위를 떨친 것이다. 나아가 산이 척박해지는가 싶더니, 이 세상의 것이 아닌 듯한 흉측한 식물들이 자라났다고 한다. 심지어 그 식물은 마텔도 모르는 것이었다는 모양이다. 마텔은 그러한 것은 식물로 인정할 수 없다고 펄펄 뛰었다.

『이 오염을 정화하기 위해 천지전환의 기둥이 만들어졌다. 그리고 지상에 있는 것과 지하에 있는 것이 서로 다른 역할을 띠게끔 되어 있었지.』

원인에 관해 간단히 설명을 마친 정령왕은 여기서부터가 핵심이라는 듯 설명을 이어갔다.

우선 지상에 세워진 기둥은 하늘의 피안 사당을 정화하기 위한 것으로, 영혼에 간섭하는 작용을 지녔다는 듯했다. 느리기는 해도 확실하게 오염된 영혼을 정상으로 되돌려놓는다고 한다.

이러한 정화의 힘을 지닌 탓에 그 주변에서 채취되는 엔젤 드롭이라는 약초에도 정화 작용이 있다는 모양이다. 그리고 마텔은 이 약초를 두고 이런 변화야말로 식물의 시조정령으로서 바라던 결과라며 반색했다.

『——이것이 천지전환의 기둥의 역할이다.』

설명을 마친 정령왕은 그렇게 말을 매듭지은 후, 그 무렵에는 참 바빴다며 어쩐지 그리운 듯 중얼거렸다.

『오호라, 그 기둥에 그러한 역할이…….』

의문의 하얀 기둥의 진실이 판명되었다. 세계의 정화장치라 할 수 있는 그것을 흑악마가 노릴 만도 하다는 생각에 미라는 납득했다.

그리고 미라는 한 가지 답을 도출해냈다. 과거 쓰러뜨렸던 흑악마가 그 장소에서 무엇을 하고 있었는지를.

『요컨대, 지하에 있는 기둥을 없앤 흑악마는 영맥의 정화를 방해해서, 다시금 지상에 천재지변을 일으키려 한 게로군!』

미라는 정령왕의 동의를 구하듯 추측을 늘어놓았다. 지금은 흔적만 남았지만 솔로몬이 부리는 조사대는 우수하다. 그곳에 하얀 기둥이 있었다는 것은 분명한 사실이다. 그렇다면 역시 흑악마의 목적은 그곳에 있던 하얀 기둥이었을 테고, 그 하얀 기둥의 역할을 통해 의도를 파악하는 것도 가능할 것이다.

하지만 정령왕은『아니, 그건 아닐 거다』라고 거의 확신하는 투로 그 답을 부정했다.

들자하니 이미 정화는 완료되었으니 이제 와서 그것을 무너뜨린들 영향은 없을 것이라는 것이다. 그리고 정령왕은 악마가 그 사실을 모를 리가 없다고도 말했다.

『허어……. 허면 그 흑악마는 어째서…….』

지금까지 오고간 이야기의 흐름상 이 답이 맞을 것이라고 생각했던 미라는 의아함에 고개를 갸웃했다.

그러면 흑악마의 목적은 무엇이었을까. 장소상 영맥을 어떻게 하려고 했을 가능성도 있지만, 영맥을 순환하는 마나는 너무도 방대해서 신과 정령, 천사와 악마가 협력해야 겨우 간섭할 수 있을 정도라고 한다.

『흐음~. 미라 공에게 묻고 싶은 것이 있다만, 그 지하의 기둥이 있었던 것으로 추측되는 장소는, 정확히 어디인가?』

정령왕은 얼마간 생각에 잠기더니 무언가를 결심한 듯 그렇게 물었다.

『음? 장소라?』

아무리 생각해도 도통 모르겠다. 그런 생각으로 포기하려던 미라는 정령왕의 질문을 듣고 의아해했다. 이제 와서 장소에 무슨 의미가 있겠는가 싶었던 것이다.

하지만 정령왕이 물은 이상, 그 질문에는 뭔가 의미가 있는 것이리라.

미라는 고대신전 네뷸러폴리스의 위치를, 지도를 사용해 자세히 설명하고서 기둥이 있었던 것으로 추측되는 지하공간에 관해서도 이야기했다. 흑악마가 뚫은 구멍에 관해서도.

잠시 후 정령왕은 『역시 그러했나』라고 중얼거리더니 우선 미라가 처음 세웠던 추측이 반은 맞고 반은 틀렸다고 정정했다.

『미라 공이 쓰러뜨린 흑악마가 그곳에 있던 기둥을 없앤 것은 틀림없는 사실일 것이다. 하지만 그렇게 한 이유는 그것이 아닐 듯하군.』

『뭣이라고……?』

역시 흑악마의 목적은 그곳에 있었던 것으로 추측되는 기둥이라고 단언하기는 했지만, 정령왕이 생각한 이유는 전혀 다른 것이었다. 그럼 그 이유란 무엇일까. 미라는 기대하며 다음 말이 나오기를 기다렸다.

얼마간 침묵이 흘렀다. 그리고 바로 그때, 진상을 알 듯한 또 한 사람의 목소리가 울렸다.

『심 님. 심 님의 가호가 있는 이상, 언젠가는 엮이게 될 테니 말해버리는 게 좋지 않겠어요?』

마텔의 목소리였다. 아무래도 정령왕은 그에 관한 진상을 말할지 어쩔지 망설이고 있었던 모양이다.

네뷸러폴리스 지하에 있었던 것으로 추측되는 하얀 기둥은 섣불리 이야기할 수 없는 사정. 다시 말해서 세계 규모의 비밀과 연관이 있다는 뜻이리라.

하지만 그 이상으로 미라는 마텔의 말이 신경 쓰였다. 정령왕의 가호가 있는 한, 엮이게 될 것이라니. 그 말은 미라의 의지와는 상관없이, 세계 규모의 문제에 휘말려드는 미래가 기다리고 있다는 뜻처럼 들렸다.

'이렇게 된 이상, 얼마든지 덤비라지⋯⋯.'

미라는 마음속으로 그렇게 허세를 부려 보았다.

『그렇군. 사건이 움직이기 시작한 이상, 계속 숨겨 봐야 의미가 없겠어.』

정령왕은 마텔의 말에 답하더니 다시금 마음을 다잡고 그 비밀에 관해 이야기하기 시작했다.

우선 정령왕은 천지전환의 기둥에는 오십이 개 말고도 여섯 개의 기둥이 숨겨져 있다는 사실을 밝혔다.

지금까지 말한 오십이 개는 다 함께 협력해서 세운 것이지만, 그 여섯 개는 삼신이 각각 두 개씩 담당해 만들었고 어디에 세웠는지 아무도 모르도록 했다는 듯했다.

그렇다. 다시 말해서 고대신전 네뷸러폴리스의 지하가 바로 정령왕과 마텔이 모르는 장소인, 삼신이 각각 담당해서 기둥을 세운 곳 중 하나였던 것이다.

그럼 그 기둥의 의미는 무엇일까. 정령왕은 그에 관해서도 언급했다.

심신이 담당해 만든 여섯 개의 기둥은 정화와 마나 간섭. 이 두 가지 역할 말고도 한 가지 특성을 더 지니고 있었다고 한다.

그것은 봉인이라는 듯했다. 마나 간섭의 힘으로 영맥에서 마나를 퍼올려, 그것을 정화해서 신성한 에너지로 변환하고 봉인에 이용하도록 되어 있었던 모양이다.

삼신이 담당한 여섯 개의 기둥이 맡은 역할은 봉인이었다. 그렇다면 다음으로 떠오르는 의문점은 무엇을 봉인했었는가, 하는 것이다.

『분명 미라 공에게는 이전에 자세히 이야기한 적이 있었더랬지. 마물을 다스리는 신과의 싸움에 관해서.』

『음, 마텔 공과 만났을 때 들었네만…… 설마?』

마물을 다스리는 신. 수많은 특이체를 이끌었다는 마물의 수장이다. 그는 허무하게도 인류의 용사가 내지른 일격에 쓰러졌다는 듯했다.

미라는 그 이야기를 떠올리며 고개를 끄덕여 답했고, 그 즉시 굳이 그것에 관해 언급한 정령왕의 진의를 알아챘다.

여섯 개의 기둥이 무엇을 봉인하고 있는지. 그 답은 이야기의 흐름을 더듬어 보면 쉽게 유추할 수 있었다.

『그렇다. 이 여섯 개에는 마물을 다스리는 신이 봉인되어 있다. 머리, 몸통, 오른팔, 왼팔, 오른다리, 왼다리, 이렇게 여섯 부위로 나뉘어 있지.』

추측이 섞인 미라의 말을 정령왕은 긍정했다. 예상했던 대로 여섯 개의 기둥은 마물을 다스리는 신을 봉인하기 위한 것이었다. 심지어 주도면밀하게 여섯 부위로 나누어서.

하지만 한 가지 의문이 떠올랐다. 일격에 쓰러지고 만 상대를, 어째서 그렇게까지 해서 봉인한 것일까.

『봉인이라……. 혹, 그 마물을 다스리는 신이라는 것에는 불사성이 있거나 했던 겐가?』

봉인을 하는 것은 판타지 세계관에서 흔한 일이라 그 이유일 듯한 것도 몇 가지 떠올랐다. 그래서 미라는 그 중 하나를 우선 입에 담아 보았다.

『불사성이라……. 그래, 그것도 반은 정답이라 할 수 있겠지.』

잠시 생각을 한 후, 정령왕은 그렇게 답해 보았다. 불사성이 반은 정답이라니. 대체 그게 무슨 뜻일까.

정령왕은 말했다. 확실히 마물을 다스리는 신은 죽었다고. 하지만 문제는 그다음이었다는 모양이다.

마물을 다스리는 신의 시체에서 이상한 소리가 나기 시작했다고 한다. 심지어 그것은 단순한 소리가 아니라 거리나 장해물의 유무에 무관하게, 온 대륙에 있는 모든 이가 들을 수 있는 소리였던 것이다.

대체 무슨 소리일까. 조사해 보았지만 신들과 정령들의 힘을 동원해도 밝혀낼 수가 없었다. 그 소리는 그치지 않고 계속해서 울렸다.

『그건, 매우 이상한 소리였어. 그래, 마치 누군가를…… 부모를 부르는 듯한…….』

당시의 일이 떠올랐는지 문득 마텔이 중얼거렸다. 어떠한 소리냐고 묻자 마텔이 그 소리를 흉내 내어 보였다.

'……흐음, 무슨 신호 소리 같군그래…….'

마텔이 흉내를 잘 못한 것인지, 원래 그런 소리였는지. 결국 일정한 소리를 일정한 간격으로 반복해서 냈던 것 같다는 사실만 알 수 있었다.

『이 소리가 의미하는 바는 알 수 없지만, 기분 나쁘다는 사실에는 변함이 없어서 우리는 그 시신을 그 자리에서 완전히 멸하기로 했다.』

마물을 다스리는 신에게는 많은 의문점이 남아있었다. 그것을 조사하기 위해 시신은 연구에 사용할 예정이었다. 하지만 계속해서 울리는 소리가 너무도 기분 나빠서 인류뿐 아니라 정령과 천사, 악마들에게서도 불만의 목소리가 터져 나왔다고 한다.

그런 탓에 서둘러 논의를 하여 시신을 파기하기로 결정을 내렸다는 듯했다.

하지만 진짜 문제는 이때부터 시작되었다. 그 시신은 신들과 정령들의 힘을 총동원해도 불태울 수도, 완전히 멸할 수도 없었던 것이다.

『과연……. 그래서 반은 정답이라고 했던 것인가.』

불사성이 있었다는 예상은 절반 정도 맞았다. 다시 말해서 죽어도 시신이 계속 남아 있었다는 의미였던 모양이다.

『신이라 해도 멸할 수 있을 만한 방법은 사용해 보았지. 하지만 잿더미가 된 상태에서 원래대로 돌아오는, 처음 보는 현상을 일으키며 수복되었다.』

정령왕은 지금 생각해도 믿기지 않는다고 말을 덧붙이고서 계속해서 이야기했다.

소리가 의미하는 바는 알 수 없었지만 발신원이 발신원인 만큼, 그것은 모든 이에게 크나큰 불안감을 안겨주었다.

하지만 시신은 멸할 수 없다. 그래서 봉인이라는 방안이 등장한 것이다.

그러나 설상가상으로 봉인은 실패했다고 한다. 시신에서 흘러나온 장기(瘴氣)를, 봉인에 사용한 관이 견뎌내지 못했다는 듯하다.

그리고 봉인이 풀림과 동시에 또다시 소리가 울리기 시작했다. 마물을 다스리는 왕에게 이 소리는 상당히 중요한 것이었던 모양이다.

이러한 결과가 나오자 위기감은 더욱 고조되었다. 그리고 정령왕 일행은 온갖 방법을 강구하기 시작했다고 한다.

그리고 그러던 도중에 한 줄기 광명을 발견했다. 시신을 갈라놓자 장기 역시 분산된 것이다.

하지만 동시에 분할하면 할수록 수복에 사용되는 힘이 증가된다는 사실도 판명되었다. 열 개까지 분할한 시점에, 그 자리에 묶어둘 수 없을 정도로 강력한 힘으로 각 부위가 서로 끌어당긴 것이다.

그 점을 염두에 두고 최종적으로 도출해낸 방법이, 시신을 여섯으로 나누어 봉인하는 것이었다. 이 숫자가 어찌어찌 떼어놓을 수 있는 한계였다고 한다.

『이 일 역시 쉽지만은 않았다. 여섯 부위로 나눔으로 인해 봉인이 바로 깨지지는 않게 되었다만, 장기는 안에 계속 축적되었으니 말이야.』

그 당시의 고생담을 입에 담던 정령왕은 서서히 신이 난 듯한 투로 말을 이어 나갔다. 지금까지 말했던 난제를 어떻게 해결했는지를 자랑하기라도 하듯.

그 결과가 하얀 기둥을 사용한 봉인이었다. 소리를 봉하고 서로를 잡아당기는 힘을 약화시키고 장기를 정화하는 것이다. 그러한 특성을 띤 하얀 기둥을 만들고서야 이 시신을 봉인하는 데 성공할 수 있었다고 한다.

『아아, 그리고 요전에 성흔이 발현한 이유에 관해 말했다만, 그렇게 생각하면 이것이 원인일 것이야. 봉인용으로 제작된 여섯 개의 기둥은 신들의 힘이 다른 것보다 많이 주입되어 있지. 성흔을 불러일으키기에는 충분한 요소다.』

『허어……. 이런 식으로 또 하나의 진실이 판명될 줄이야…….』

소울하울이 구해내려고 하고 있는 여성. 그녀에게는 성스러운 힘과 접촉했을 때 발현되는 성흔이 있었다. 그 원인이 아무래도 지하에 있던 것으로 추측되는 기둥일 것이라는 거다. 마치 보너스처럼 튀어나온 사실에 미라는 어쩐지 씁쓸해져서 쓴웃음을 지었다.

그 하얀 봉인의 기둥은 기본적으로 다른 천지전환의 기둥과 마찬가지로 정령들과 천사, 그리고 악마가 힘을 합쳐 만들었다는 듯했다. 지금도 기억에 새롭다는 이야기를 정령왕이 하자 마텔도 그립다는 듯『그때는 모두가 다 있었죠』라고 중얼거렸다.

⟨6⟩

『문제는 봉인되었던 그 일부가, 지금 어디에 있는가 하는 거다. 미라 공의 동료는 그것으로 추정되는 것을 회수했는가?』

『흐음~. 딱히 무언가를 찾아냈다는 소리는 못 들었네만…… 우선 물어나 보도록 하지.』

봉인이 있었던 터에는 당연히 봉인했던 시신의 일부가 있었을 터다. 하지만 솔로몬은 그곳에서 무언가를 발견했다는 소리는 하지 않았다. 정말로 아무것도 없었던 것인지, 아니면 굳이 말할 필요가 없다고 판단한 것인지는 모르겠지만.

그 때문에 미라는 곧바로 솔로몬에게 물었다. 네뷸러폴리스의 지하공간에서 어떠한 시체의 일부를 발견하지 못했느냐고.

『갑자기 의미심장한 질문을 다 하네. ……으음, 현장에서는 시든 식물들만 발견되고 다른 건 없었어. 식물들은 각각 분류해두었고 커다란 구멍의 바닥까지 샅샅이 조사했으니까 빠뜨린 건 없었을 거야. ──그래서, 왜? 혹시 원래는 그곳에 뭔가 있었던 거야?』

수상한 것은 딱히 없었다고 답한 솔로몬은 곧이어 궁금해 죽겠다는 투로 되물었다. 뭔가를 아는 듯한 정령왕과 비밀리에 대화를 나눈 미라가 갑자기 시신의 일부를 찾지 못했느냐고 물었으니 그럴 만도 했다.

하지만 아직은 이야기할 단계가 아니다.

"이것저것 묻고 있는 중이다. 조금 더 기다려라."

미라는 그렇게 답하고서 다시금 정령왕과 대담을 하기 시작했다. 정령왕과 대화를 할 수 있는 미라를 진심으로 부러워하는 듯한 솔로몬의 목소리가 배경음처럼 울렸다.

『그렇다는구먼. 아무래도 그것으로 추정되는 것은 회수하지 못한 모양이네.』

함께 듣고 있기는 했지만 미라는 새삼 정령왕에게 그렇게 말했다. 솔로몬은 마물을 다스리는 신의 시신 중 일부를 회수하지 않았다. 다시 말해서 봉인에서 풀려난 그것은 현재, 이 세계의 어딘지 모를 곳에 있다는 뜻이다.

『이미 반출된 후라는 뜻인가. 일이 성가셔졌군.』

정말로 성가신 상황이 벌어진 것인지 정령왕의 목소리에는 우려가 섞여 있었다. 만약 솔로몬이 회수했다면 정령왕의 힘으로 하얀 기둥을 만들어 재봉인하는 것도 가능했던 모양이다. 하지만 시신 중 일부가 어디에 있는지 모르는 현재로서는 그것을 발견하는 것조차도 상당히 어려울 것이다.

『허나 봉인은 몇 중으로 이루어졌다. 지금 당장 어떻게 되지는 않을 테지. 다만 영맥의 힘으로 정화를 할 수 없게 되었으니, 풀리는 것은 시간 문제겠군.』

몇 중으로 실시한 봉인한 덕에 의문의 소리는 봉해졌고 서로 끌어당기는 힘은 약해졌다. 정령왕의 말에 의하면 봉인은 아직 건재할 것이라는 모양이다. 소리가 들리지 않는 것이 그 증거라고 한다.

의문의 소리는 아무리 멀리 떨어져 있건, 어디에 있건 들리는 특성이 있었다. 그것이 들리지 않는다는 것은 봉인이 남아있다는 뜻이기도 하다.

하지만 그 봉인은 시간의 경과와 함께 축적된 장기로 인해 언젠가 깨지고 말 것이다.

『여섯으로 나눈 그 상태라면, 오래 버텨봐야 50년 정도일 거야. 다른 부위와 합류하지 않는다면 말이야.』

마텔은 남은 시간을 제시함과 동시에 그것이 앞당겨질 가능성이 있다고 넌지시 말했다.

지금은 여섯으로 나뉘어 있지만 모종의 방법으로 다른 장소에 있는 봉인도 풀려, 그것들이 합쳐질 경우, 장기가 축적되는 속도도 가속될 것이라고 한다. 그리고 모든 부위가 다시 하나로 합쳐질 때, 그 기분 나쁜 소리가 본래의 음량을 되찾게 될 것이라는 거다.

『맞다. 그렇게 되면 상황이 복잡해진다.』

재앙을 바라는 흑악마가 노리는 것만 보아도 그것은 결코 달성하게 둘 수 없는 조건이었다.

방법은 모르겠지만 흑악마는 신들밖에 모를 터인 봉인지(封印地)를 찾아냈다. 어쩌면 다른 장소에서도 같은 일이 일어나고 있을지도 모른다. 정령왕과 마텔은 그렇게 생각하는 듯했다.

『헌데, 그 이외의 요인으로 봉인이 풀릴 가능성은 없는 겐가?』

장기 이외의, 다시 말해서 특별한 술식이나 악마의 힘, 그리고 신기 등을 사용해서 첫 번째 봉인을 깨는 것은 불가능할까. 미라는 문득 궁금해져서 물었다.

『분명 그럴 가능성은 없을 거다. 그 봉인은 신이 직접 한 것이야. 신이 직접 풀지 않는 이상 장기 이외의 요인이 깨뜨릴 수 있을 것 같지는 않다만……. 어찌 되었건 반출된 그것이 지금 어디에 있을지 매우 신경 쓰이는군.』

소리의 정체를 알지 못하는 이상, 봉인한 채로 두는 것이 상책이다. 하지만 지금은 그 시신의 일부가 어디에 있는지 모르는 상태다. 무엇보다도 옛 정령들과 천사에 악마, 그리고 신들만이 존재를 아는 그 시신의 일부가 지금 현재 어디에 있을지가 문제였다.

『확실히 그렇구먼.』

『……미라 공, 그 네뷸러폴리스라는 장소에서 흑악마와 만났을 때의 상황을 자세히 이야기해줄 수 있겠나.』

미라가 동의하듯 답하자 정령왕은 잠시 침묵하더니 그렇게 물어왔다. 뭔가 짚이는 바가 있는 것이리라고 느낀 미라는 당시의 상황을 자세히 설명했다.

모험가 종합조합이 관리하는 고대 신전 네뷸러폴리스의 최하층. 백아의 성 옆에 있는 호수. 그곳에서 튀어나온 흑악마. 백작 3위라는 작위를 지닌 그 흑악마와 곧바로 전투가 벌어져 이를 격파한 일에 관해 미라는 말했다.

『과연. 그리고 그 호수 안에 구멍이 뚫려 있었다 이거군.』

미라의 이야기를 끝까지 들은 후, 정령왕은 그렇게 중얼거리더니 또다시 침묵했다. 그리고 얼마쯤 지나 정령왕은 머릿속에 떠오른 몇 가지 예상을 입에 담았다.

하나는 미라 일행이 최하층에 도착하기 전에 시신의 일부를 반출했을 경우다. 하지만 이것은 확률적으로 가장 낮다는 듯했다. 시신의 일부를 반출하는 데 성공했다면 흑악마가 그곳에 있을 이유는 없을 것이기 때문이다.

다음 예상은 미라 일행이 떠나간 후, 솔로몬이 파견한 조사대가 들어가기까지의 시간 동안 반출했을 가능성이다.

우선 시신의 일부가 발견되지 않은 것은 그 존재를 알았던 이가 따로 있었다는 뜻이기도 하다. 그리고 그것이 네뷸러폴리스의 지하에 있었다는 사실은 정령왕과 마텔조차 몰랐다.

하지만 미라가 쓰러뜨린 흑악마는 알았다. 어쩌면 아는 이가 더 있을지도 모른다.

다만 흑악마는 완전 개인주의적이라 같은 흑악마라 해도 이러한 사실을 이야기하는 일은 거의 없을 것이라는 듯했다.

또한 작위를 지녔다는 것은 누군가의 부하도 아니라는 증거이기도 하다는 모양이다. 다시 말해서 그보다 상위의 악마의 명령에 따라 움직인 것은 아니라는 뜻이다.

그렇다면 남은 것은 부하 악마의 짓일 가능성이지만, 솔로몬의 말에 의하면 모험가 종합조합이 관리하는 던전의 출입구용 결계의 강도는 최소한 남작급 악마쯤은 되어야 돌파가 가능할 정도로 강력하다는 듯했다. 또한 상급에 해당하는 C랭크 이상의 던전에는 더욱 강력한 결계가 쳐져 있다고 한다.

네뷸러폴리스는 원래 C랭크 던전이다. 그리고 이번 악마 소동으로 인해 일시적으로 A랭크로 격상시킨 상태다. 다시 말해서 자작 이하의 힘으로는 어찌할 방도가 없기에 백작 3위의 부하가 이를 깨는 것은 불가능했다.

그렇다면 조사대가 도착할 때까지 시신을 반출하는 것 역시 어려웠을 것이다.

또한 던전 밖에서 굴을 파서 내부로 침입하지는 않았을까 하는 의견도 나왔지만, 그 말을 들은 솔로몬은 부정했다. 조사대는 상당히 우수하다는 모양이다. 호수의 구멍을 발견한 후, 던전 전체를 샅샅이 조사했다고 한다. 그리고 그밖의 수상쩍은 구멍은 하나도 없다는 결과가 나왔다.

그 때문에 미라 일행이 나온 이후 조사대가 도착할 때까지, 그곳에 들어간 이는 높은 확률로 없다고 할 수 있었다.

『……그렇다면 마지막 한 가지 가능성이 남았군. 미라 공과 솔로몬 공에게는, 그다지 바람직하지 않은 예상이다만.』

그렇다면 그 일이 가능한 이는 한 부류밖에 남지 않는다.

『조사대……로군그래.』

『그들밖에 없지.』

솔로몬이 보낸 조사대 중, 시신의 일부를 반출한 이가 있다. 이야기를 진행한 결과, 그러한 예상에 도달했다.

하지만 물건이 물건인 만큼 그렇게 단순한 사안이 아니었다. 이 경우, 반출한 이유에 따라서 대처를 달리할 필요가 있기 때문이다.

『한데 정령왕이여. 그 시신의 일부는 어떠한 생김새를 하고 있는가?』

생김새. 그것은 이유를 판단할 때 지표가 될 정보 중 하나였다.

척 보아도 굉장한 물건이라는 것을 알 정도라면, 욕심이 생겨났을 가능성도 있다. 무서운 물건처럼 생겼다면 쉽게 다가가려 하지 않을 터다.

『생김새라……. 글쎄, 그 무렵 그대로일 경우, 흔하디흔한 돌과 다를 게 없을 것이다. 하지만 형태는 인간의 각 부위와 같으니, 석상의 파편과 비슷하다고 해야겠군.』

『오호라…….』

만약 석상의 파편과 착각했다면, 장소가 장소인 만큼 역사적으로 가치 있는 물건을 노린 범행이 되지 않을까. 하지만 솔로몬이 선발한 조사대에 그렇게 속물적인 자가 있을까.

『조사대에는 루미나리아도 동행했다고 하니. 녀석의 눈을 피해 돈이 될지 어떨지도 모를 물건을 반출하는 위험을, 돈에 눈이 먼 자가 감수할 것 같지는 않군.』

미라는 그렇게 자신의 생각을 말했다. 악마가 출현한 장소라는 이유인 만큼, 만에 하나의 사태에 대비해 꾸린 조사대에는 그 아홉 현자의 일원인 루미나리아가 동행했었다. 그녀의 눈을 속이려면 그럭저럭 각오가 필요할 것이다.

『루미나리아 공은 미라 공과 비견할 만한 실력자라고 했지. 분명 돈이 목적이라면 위험부담이 너무 클지도 모르겠군. 그렇게 생각하면 그것을 반출한 이는 상당한 각오를 가지고 범행에 임했겠어.』

『맞는 말일세. 범인은 애매한 이유가 아니라 확고한 의지를 가지고 그것을 반출한 것일 테지.』

이야기한 내용은 아직 가설에 불과했다.

하지만 그럴 확률은 매우 높을 듯했다.

『인간이 이 존재에 관해 알 가능성은, 거의 없다고 보아야 할 것이다. 그렇다면 그 사실을 알 수 있는 입장에 있던 흑악마의 부하가 가로채려고 한 것이라 보아야 마땅하겠지.』

누가 어떤 목적으로 시신의 일부를 반출한 것일까. 생각한 끝에 답을 내어 보니, 역시나 악마의 존재에 초점이 맞춰졌다.

그리고 미라와 정령왕은 그 점을 중점을 두고 의논을 했다.

우선 가장 먼저 떠오른 방법은 악마가 조사대 중 한 명으로 둔갑하는 것이다. 악마는 여러 가지 능력을 지녔는데, 그중에는 변신도 있었다. 이것을 사용해 조사대의 일원으로 변신해, 조사대와 함께 현지에 들어가 빈틈을 노려 시신의 일부를 탈취. 그 후에는 아무도 모르게 그대로 도망치기만 하면 된다.

두 번째 방법은 조사대 중 일원의 인격을 지배해 조작하는 것이다.

악마에게는 인간의 정신에 개입해 뜻대로 조종하는 무서운 능력이 있다. 대상이 정신적으로 약해진 상태여야 한다는 조건은 있지만, 한 번 걸리면 실로 다루기 쉬운 장기짝이 된다.

하지만 앞서 말한 두 가지에는 결점이 있다. 그것은 개인의 인격이 완전히 바뀌게 된다는 것이다.

솔로몬에게 물어보니 조사대는 서로서로 매우 친밀한 관계라고 했다. 아무리 모습이 같다 해도, 인격이 바뀌었다면 그 인물을 완전히 모방하기란 불가능에 가깝다. 때문에 얼마 지나지 않아

언동 등의 차이를 통해 누군가가 위화감을 느꼈을 것이다.

루미나리아가 있는 이상, 의심을 사면 그 시점에서 시신을 반출하는 일은 불가능해진다.

그렇다면 악마가 취할 수단은 하나뿐이다.

『남은 방법은 협박하는 것뿐이로군.』

『맞다, 상황상 그럴 가능성이 가장 크겠지.』

조사대 중 한 명에게 접촉해서 협박해, 시신의 일부를 가지고 오게 한다. 흑악마다우면서도 인간에게 매우 효과적인 방법이었다.

협박할 소재는 얼마든지 있다. 가족, 친구, 연인. 소중한 이의 목숨을 저울에 올리면 따를 수밖에 없다. 위험을 감수하기에는 충분한 이유다.

『문제는 흑악마가 어느 타이밍에 조사대와 접촉했느냐 하는 걸세. 흑악마가 도시에 있다면, 보통 문제가 아니니 말이야.』

협박을 하려면 대상 인물이 소중하게 여기는 것을 캐낼 필요가 있다. 그리고 배신하지 못하게끔 해야만 한다. 만약 그것이 예상한 대로 가족이나 친구, 연인 등이라면 확인, 혹은 감시를 위해 흑악마가 도시에 잠복하고 있었을지도 모를 일이다. 바로 옆에 흑악마가 있다는, 무시무시한 상황이 지속되고 있을 가능성이 있는 것이다.

『흠, 그렇군……. 그럼 정령 활성진을 솔로몬 공에게 알려주도록 하지. 이것에는 그곳에 있는 정령력을 상승시킴과 동시에 미미한 정화 효과도 있으니 말이야. 이 정화 효과가 흑악마에게는 고통을 안겨주겠지. 도시에 잠복해 있다 해도 머지않아 견딜 수 없게 될 것이야.』

『오오, 뭔가 굉장할 것 같군그래!』

정령활성진. 정령왕의 말에 의하면 그것은 본래 황폐해질 대로 황폐해진 땅을 되살리기 위해 사용하는 것이라는 모양이다. 정령에게 살기 좋은 환경을 정비하는 특별한 진으로, 과거 장기가 감돌던 대륙을 부흥시킬 때도 유용하게 사용되었다고 한다.

정령왕은 그런 진을 알려주겠다고 했다. 미라는 기뻐하며 감사 인사를 했다.

『유지를 하려면 일주일에 한 번씩 정령력을 주입할 필요가 있는데, 부탁할 이는 있는가? 없다면 내가 준비하도록 하지.』

『으음……. 아마 괜찮을 걸세. 저쪽에는 빛의 정령과 엘프의 자식이 있으니. 정령술 실력도 상당하고 말이야.』

정령력을 주입할 이가 있느냐는 물음에 미라는 그 즉시 크레오스를 떠올렸다. 그는 소환술사인 동시에 빛의 정령의 힘도 능숙하게 다룰 수 있는 우수한 인물이었다.

『흠. 그렇다면 문제는 없겠군. 그러면 미라 공, 우선 좀 전에 내린 결론을 솔로몬 공에게 전달하도록.』

『음, 그래야겠군.』

의문에 싸여있던 하얀 기둥, '천지전환의 기둥'의 역할과 숨겨져 있던 여섯 개의 기둥. 그리고 마물을 다스리는 신이라는 존재와 그 시신. 어른거리는 흑악마의 존재. 미라는 통신 장치의 수화기를 들어, 그것들에 관해 솔로몬에게 자세히 설명했다. 중간중간 기억이 가물가물한 부분을 정령왕에게 다시 물어가며.

『설마, 일이 그렇게까지 커졌을 줄이야. 심지어 조사대에…….
하지만 응, 상황은 대충 파악했어.』

미라가 모든 것을 전달하자 솔로몬은 얼마간 침묵한 후에 대답
했다. 그 목소리에서는 놀라움과 당혹스러움이 느껴졌다. 제아무
리 솔로몬이라 해도 사태의 중대함을 알고 다소 당황한 모양이
다. 하지만 그것도 잠시뿐이었다.

『우선은 그 시신의 일부라는 것의 행방을 쫓아봐야겠네. 그런
성가신 일을 불러일으킬 것 같은 물건이 있다는 사실을 알아낸
이상, 내버려 둘 수는 없으니까.』

솔로몬은 평소와 같은 말투로 그렇게 다음 우선사항을 결정했
다. 이렇게 그 자리에서 결단을 내리는 능력은 솔로몬이 왕이 된
뒤로 성장시킨 자질이었다.

"그렇다면 역시 이 몸도 일단 돌아가는 것이 좋을까? 시신을 쫓
으려면 어딘가에서 흑악마와 조우할 확률이 높을 듯하니 말이다."

설령 최하급의, 작위가 없는 흑악마라 해도 그 능력은 중급 모
험가를 능가한다. 하지만 이번에 암약하고 있을 것으로 추측되는
흑악마의 실력은 백작 3위급 미만이다.

상대에 관한 정보가 적은 데다 격차가 상당하기는 하다지만 최
악의 경우, 자작 1위에 필적할 정도의 강적이 나타날 가능성도 있
는 것이다.

숙련된 상급 모험가가 여러 명 필요한 강적이다. 섣불리 조사원을 보낸들 역습을 받을 것이 뻔하다.

다시 말해서 시신을 추적하는 데는 자작 1위급을 타도할 만큼의 전력이 필요한 셈이다. 따라서 미라는 그 역할을 맡겠다는 취지로 말했다.

하지만 솔로몬은 그 점은 걱정하지 말라고 답했다.

『괜찮아, 이쪽에서 어떻게든 할 수 있을 테니까. 너는 그대로, 예정대로 고아원을 찾아줘. 조금이라도 빨리 다른 멤버들을 찾아주는 게 나한테는 더 도움이 될 것 같거든.』

솔로몬의 목소리는 어쩐지 느긋하게 들렸다. 하지만 거기에는 허세 같은 것이 아니라 흑악마가 상대라 해도 정말로 어떻게든 할 수 있다는 명확한 자신감이 담겨 있었다.

"그렇다면 다행이다만…… 정말로 괜찮은 게냐?"

의심이라기보다는 친구를, 그리고 나라가 걱정되어 미라는 다시 한번 물었다. 그러자 솔로몬은 의기양양하게 『정 그렇다면 가르쳐 줄까?』라고 말하고서 헛기침을 한 번 했다. 그리고 한참 뜸을 들이더니,

『다름이 아니라, 한참 전부터 키워왔던 정예부대가, 드디어 모양새가 잡혔거든!』

그렇게 평소보다 신이 난 듯한 목소리로 그 자신감의 근거를 말하기 시작했다.

지금으로부터 십여 년 전. 그 조약을 체결한 날에 이 계획은 시작되었노라고 솔로몬은 말했다.

군에서 재능 있는 젊은이들을 선발하고 엄격하게 선별해서, 가혹한 훈련을 견뎌낸 최정예 팀.

정예 중의 정예라 할 수 있는 그 부대의 이름은 '게티아'라는 듯했다.

부대의 목적은 지극히 단순했다. 루미나리아 이외의 아홉 현자가 돌아오지 않을 때를 위한 보험이다.

지금은 미라가 과거의 동료들을 찾으러 동분서주하고 있고, 그 결과 발렌틴과 카구라, 소울하울에게 귀국하겠다는 약속을 받아냈다. 아홉 현자 중 세 명이 돌아올 예정이다.

하지만 그것은 운 좋게 미라가 아슬아슬한 순간에 돌아왔기에 가능했던 결과이기도 했다.

종전 당시만 해도 향후에 미라가 찾아오기를 바라기는 했어도, 현실이 되리라고 예상하기는 어려웠던 데다 그렇게 될 것을 믿는 것은 그야말로 어불성설이었다. 그 때문에 그를 대신할 보험이 필요했다.

그 보험이 일전에 솔로몬이 자랑했던 어코드 캐논이다. 시조의 종자를 가져오라고 보냈던 프로티언 돌이라는 이름의 전투 인형. 그리고 마지막이 정예부대 게티아였다.

다섯 쌍의 2인 1조 팀으로 이루어진 게티아는 합계 열 명으로 전위와 후위가 같은 비율로 편제되어 있다고 한다. 그리고 전위를 솔로몬이, 후위를 루미나리아가 중심이 되어 철저하게 단련시켰다는 듯했다.

또한 게티아의 훈련에는 반드시 성술의 탑의 대행자인 펠레나가 동석했다고 한다. 아닌 게 아니라 펠레나가 없었다면 훈련이 성립되지 않았을 것이다. 중상을 입는 일이 일상다반사였을 정도로 그 훈련은 가혹하기 그지없었기 때문이다.

『너희만큼은 못 되더라도, 그럭저럭 전황을 좌우할 수 있을 정도로는 만들어야 했으니까. 용케 약 10년 만에 이 정도 수준까지 왔구나 싶어서 나도 감동하고 있는 중이야.』

대륙 최강이라 일컬어졌던 아홉 현자. 그 대역을 맡을 정도의 힘을 10년 만에 키우다니. 상당히 무모한 계획인 듯했고, 완전한 대역은 당연히 무리이겠지만 그럭저럭 모양새가 갖춰졌다고 솔로몬은 신이 나서 말했다.

『그리고 결정적인 성공 요인은 요전에 네게도 말했던 보물고의 재보야! 강력한 무구도 잔뜩 있어서, 예정했던 것보다 훨씬 고품질의 장비를 보급할 수 있었어. 심지어 상성도 좋아서 예정했던 전력을 3할 정도 상회한 것 같더라고!』

솔로몬의 이야기는 계속되었다. 보물고의 재보. 그것은 좀 전에 이야기했던 네뷸러폴리스의 지하에 잠들어 있었던 것이다. 거기에는 금은보화뿐만 아니라 비보급 무구까지 있었다.

아무래도 솔로몬은 그러한 무구들을 게티아에게 우선적으로 하사한 듯했다.

무구만 바꿔어도 전력이 상당히 많이 달라진다. 신비한 힘을 지닌 것이라면 더더욱 그럴 수밖에 없다.

결과적으로 한 팀의 능력이 충분히 신뢰할 수 있는 수준에 도달했다고 솔로몬은 희색이 가득한 목소리로 말했다.

"오호라……. 요컨대, 그 부대에게 추적을 맡기겠다는 게로군."

『바로 그거야. 남은 일은 실전 경험을 쌓게 하는 것뿐이거든. 이번 추적 임무가 좋은 기회가 될 것 같아서.』

굳이 미라가 돌아올 필요는 없다고 한 것은, 다름이 아니라 이 부대를 투입할 예정이기 때문이었다.

성기사 중에서도 최고급인 솔로몬과 대륙 최강의 마술사 루미나리아. 이 두 사람이 단련시킨 정예가 초일급품 무구로 무장했다. 확실히 흑악마가 상대라 해도 뒤지지 않을 것이라는 확신이 들었다.

이야기를 들어보니 자작 1위급은 물론이고 백작급이 상대라 해도 뒤지지 않을 듯했다. 이 정도도 이겨내지 못하면 아홉 현자의 대역을 맡는 것은 무리다. 그런 의미에서도 이번 임무는 최종 시험을 겸하고 있다고 솔로몬은 말했다.

『그런고로, 조만간 게티아와 조사원으로 구성된 혼합 팀에게 임무를 내릴 거야. 게다가 누가 뭐래도 악마에 관련된 일은 그의 전문분야잖아. 나중에 상의해 볼 테니 이쪽 일은 신경 쓰지 말고 확실하게 찾아서 와 줘.』

이래저래, 그야말로 자랑이라도 하듯 떠들어댄 솔로몬은 마지막에 가서 결정적이라 할 수 있는 한 마디를 덧붙였다.

그렇다. 악마에 관한 일은 그의 전문이다. 사람을 해치는 흑악마를, 본래의 상태인 백악마로 돌려놓기 위해 진력하고 있는 발렌틴의.

"흠, 들고 보니 그렇군. 그럼, 그러도록 할까나."

그가 지닌 악마에 관한 정보망은 어지간한 나라는 발끝에도 못 미칠 정도로 넓다. 발렌틴 일행과 게티아가 힘을 합치면 그야말로 걱정할 필요는 전혀 없을 것이다.

『그래서 말인데. 분명 그 고아원이 있는 장소는 그림다트 북동쪽 산속에 있는 이름 없는 마을, 이었지? 정확한 위치를 알아내기라도 한 거야?』

그렇게 화제는 다시 미라의 임무에 관한 것으로 돌아갔다.

성술의 현자, 아르테시아로 추측되는 인물의 흔적이 언뜻 보이는 고아원. 미라가 처음에 가지고 돌아온 고아원의 정보는 솔로몬이 말했듯 그림다트 북동쪽에 위치한 산속의 이름 없는 마을에 있다는 것뿐이었다.

또한 그 이야기를 통해 솔로몬은 조사를 위해 몇몇 인원을 파견했다는 듯했다. 하지만 나돌고 있는 정보의 양 자체가 적은 것인지, 아니면 모종의 힘이 규제하고 있는 것인지, 그럴싸한 마을은 발견하지 못했다고 한다.

"그 점은, 살짝 생각해둔 바가 있지."

일국의 왕도 찾아내지 못한 마을의 정보를 캐낼 작전이 있다고 미라는 의기양양한 미소를 띤 채 말했다.

『헤에. 그것참 굉장한걸? 어떤 작전인데?』

관심이 생겼는지 솔로몬의 목소리가 약간 들떴다. 그것을 들은 미라는 더더욱 신이 나서 "흠, 듣고 싶으냐?"라고 되물었다.

『듣고 싶어, 듣고 싶어!』

"그렇다면 어쩔 수 없구나."

솔로몬이 잔뜩 들뜬 목소리로 말하자 미라는 으스대는 투로 그렇게 말하고는 자신이 생각해낸 작전을 당당하게 말했다. 잘 풀릴지 어떨지 모르는데도 자신만만하게.

미라가 생각한 작전. 그것은 괴도 퍼지다이스를 붙잡는 것이었다.

소문에 의하면 괴도 퍼지다이스는 고아원에 기부를 하고 있다는 모양이다. 그렇다면 어쩌면 그 이름 없는 마을의 고아원에 관해서도 알고 있을지 모른다. 그런 실로 단순한 생각에서 비롯된 것이었지만.

『헤에, 그렇구나. 나쁘지 않을 것 같은걸.』

하지만 생각외로 솔로몬의 반응은 좋았다. 듣자하니 아무리 조사를 해도 정보가 나오지 않은 것도 일종의 단서라 할 수 있다고 솔로몬은 말했다.

우선 고아원이라는 것은 대부분 삼신교 교회의 관리하에 운영되고 있다고 한다.

그리고 그다음으로 많은 것이 일부 귀족들에 의한 자선 사업의 일환으로 운영되고 있는 것이다.

그리고 숫자는 지극히 적지만 자치체 등에 의한 공동 출자로 운영되는 경우도 있다고 한다.

이러한 고아원은 대부분 나라가 파악하고 있다는 듯했다. 교회가 되었건 자선사업이 되었건 공동 출자가 되었건, 그림다트 주변에서는 고아원 운영에 도움이 되는 여러 가지 제도가 있다는 모양이다.

　그러니 그러한 제도들을 조사해 보면 고아원을 전반적으로 조사할 수 있는 셈이다.

　하지만 이름 없는 마을의 고아원은 찾을 수가 없었다. 그 원인은 등록되어 있지 않기 때문이다.

　고아원을 운영하는 데는 돈이 들어서 출자자가 있기 마련이다. 그리고 출자자는 그 사실을 나라에 신고하면 우대 혜택을 받을 수 있다. 이것을 이용하지 않을 이유는 없다.

　만약 등록되지 않은 곳이 있다면 뒤가 구린 생각을 가진 이가 연관되어 있거나, 출자에 불투명한 부분이 있을 경우뿐이다.

　뒤가 구린 생각. 만약 정말로 아르테시아가 얽혀 있다면 그럴 가능성은 없을 것이라고 단언할 수 있었다.

　아이들을 끔찍이 아끼는 아르테시아가, 아이들에게 해가 될 일을 할 리가 없기 때문이다. 오히려 그녀 본인이 아이들에 대한 집착을 버리지 못해 문제가 일어날 가능성이 더 클 정도다.

　그렇다면 남은 방법은 운영 자금의 출처를 좇는 것이다. 소문에 의하면 이름 없는 고아원은 백 명도 더 되는 고아를 받아들였다고 한다. 그로 인한 경비는 보통이 아닐 것이다.

　설령 정말로 아르테시아가 있다 해도 성술사가 마물 퇴치로 벌 수 있는 금액은 얼마 되지 않는다. 또한 전문 분야인 성술로 돈벌이를 했다면 소문이 널리 퍼졌을 것이다.

　하지만 그러한 소문도 딱히 없었다고 솔로몬은 말을 덧붙였다.

　『교회가 관리하고 있다 해도 자금에는 한계가 있고, 무엇보다도 산속의 이름 없는 마을이라면 교회 자체가 있을지 어떨지도 모를 일이야. 더불어 일반적인 기부금은 믿을 게 못 되지. 그런데도 수용인원이 백 명도 더 된다니, 솔직히 말해서 나도 정공법으로는 활로를 발견하지 못할 거야. 하지만 그 운영 자금을 괴도의 기부로 메꾸고 있다면 어떨까. 이 방법이라면 교회에도 나라에도 등록되어 있지 않은 것을 납득할 수 있어. 너치고는 괜찮은 착안점을 찾아냈는걸? 충분히 가능한 이야기야.』

괴도 퍼지다이스라면 이름 없는 마을의 고아원을 알지도 모른다. 그것은 완전히 미라의 단순한 사고에 의한 결과물이었지만, 솔로몬이 여러모로 사고를 보강해준 덕분에 생각 외로 현실적인 방법으로서 또렷한 모양새를 갖추게 되었다.

"암, 그렇고말고!"

그 결과, 미라는 평소보다 훨씬 우쭐해졌다. '너치고는'이라는 부분은 시원하게 흘려 넘긴 것인지, 미라는 솔로몬의 칭찬에 아주 신이 난 듯해서,『굉장해, 굉장해』라고 솔로몬이 계속해서 칭찬하자 "잠깐 생각했더니 감이 딱 오지 뭐냐!"라는 말을 의기양양하게 내뱉기까지 했다.

『그래서 괴도를 붙잡는 건 둘째 치고, 어디에 있는지 짚이는 바는 있는 거야?』

한참 미라를 추어올려 준 후, 솔로몬은 본론으로 돌아와 그렇게 물었다.

괴도 퍼지다이스는 신출귀몰해서 그 정체뿐 아니라 은신처나 거점 등도 전혀 밝혀진 바가 없었다. 그런 인물을 어떻게 붙잡겠다는 것일까.

하지만 미라에게는 어제 막 입수한, 따끈따끈한 정보가 있었다.

"음, 있다. 학스트하우젠에 있는 상회에 예고장이 도착했다더구나. 저쪽에서 나타나준다면 아지트를 찾는 것보다 빨리 만날 수 있지 않겠느냐."

미라는 여전히 신이 나서 그렇게 말했다.

그밖에도 괴도 퍼지다이스의 정체를 파헤치거나 은신처를 발견해내는 방향으로 접근하는 방법도 있다. 하지만 굳이 예고장으로 시간과 장소를 지정해주었으니, 그때 만나는 편이 빠를 것이라고 미라는 생각했다.

『헤에, 예고장을 보냈구나! 그러면 확실히 가서 만나는 편이 빠르겠네. 그리고 괴도와의 대결이라아. 지금까지 꽤 유명한 모험가가 괴도 체포 임무를 받았지만 가까이서 그를 목격한 사람조차 없다고 들었는데, 어떻게 되려나아. 잡을 수 있으려나아?』

그렇게 말하는 솔로몬의 목소리는 약간 들떠 있었다. 아무래도 미라 대 괴도 퍼지다이스라는 일대 이벤트를 기대하는 듯한 눈치였다.

그런 솔로몬에게 미라는 매우 당연하다는 투로 "당연히 붙잡을 수 있고말고"라고 답했다. 아주 자신만만하게.

『혹시 작전 같은 것도 있어?』

"물론이지. 필승의 작전이 있지, 암."

속을 떠보는 듯한 솔로몬의 물음에 미라는 의기양양하게 답했다.

『오오~ 굉장한걸. 어떤 건지 알려줘.』

"그건 비밀이다. 조만간 이 몸이 괴도를 붙잡았다는 핫한 뉴스가 퍼질 테니, 그때까지 기다리거라!"

괴도를 상대로 한 필승의 작전. 미라가 생각한 그것은 지금도 옆에서 조용히 서 있었지만, 미라는 거드름을 피우며 대담한 미소를 띤 채 그렇게 선언했다.

그밖에도 대화와 매수, 미행 등, 고아원의 장소를 알아낼 방법은 몇 가지 더 있을 듯했지만 미라의 머릿속에는 괴도는 붙잡아야 하는 존재라는 도식밖에 없는 모양이었다.

〈8〉

『그런데 그 예고장을 받은 상회의 이름은 뭐야? 그 근처는 상당히 규모가 큰 곳이 몇 군데 있는데.』

"아~ 뭐라고 했더라……. 돌레스 상회라고 했던가."

솔로몬이 문득 던진 질문에 미라는 잠시 생각한 후, 간신히 그 이름을 생각해내고 답했다.

『아하, 돌레스 상회라 이거지……?』

"호오, 아는 게냐?"

『그렇지, 뭐. 안다기보다는 왜, 요전에 키메라 클로젠 일로 이것저것 조사했을 때, 보고서에 자주 등장했었는데 그게, 완전 속이 시꺼멓더라고.』

솔로몬이 조사한 결과에 의하면 돌레스 상회는 사기나 다름없는 상행위는 물론이고 위법 약물 거래, 도적단과의 유착, 끝내는 경합 상대의 살해까지, 법의 눈을 피해 온갖 악행을 비밀리에 저지르고 있었다는 모양이다.

『역시 퍼지다이스는 의적 같은 면이 있네.』

솔로몬의 말에 의하면 괴도 퍼지다이스의 표적이 된 이는 공통적으로 뒤가 구린 부분이 있다고 한다. 미라도 그런 부분은 자신이 들은 소문을 통해 대충 알고 있었다. 상당히 정의감이 투철한 괴도다.

그러던 중에 문득 미라는 생각했다.

"헌데, 표적이 된 다른 녀석들은 무슨 짓을 하다가 이 괴도의 예고장을 받은 게지?"

살짝 관심이 생겼다. 어떤 악당들이 정의의 괴도의 표적이 되었을까. 그러자 솔로몬 역시 흥미가 동한 모양이었다.

『분명 상당히 못된 짓을 했었어. 잠깐 기다려 봐, 자료가 이 근처에…… 아, 찾았다 찾았어. 어디 보자――.』

아무래도 그러한 자료도 있는 모양이다. 솔로몬이 거기 적힌 것을 하나하나 읽어 나갔다.

우선 괴도 퍼지다이스의 표적이 된 이는 열네 명이다. 그자들은 대부분 상인이었지만 그밖에도 모험가 길드며 귀족도 있었다. 또한, 그자들이 저지른 악행도 다양했는데, 대부분이 살인이 얽힌 극악무도한 것들이었다.

"그나저나 죄상이 이토록 다양한 가운데, 한 사람은 꽤나 간소하군그래."

『그러게. 나도 다시 보고 그렇게 생각했어.』

그렇게, 괴도의 피해자라고 말하기가 거리껴지는 열네 명 중, 미라와 솔로몬은 같은 인물을 주목했다.

그자의 이름은 게르하르트 헤르만. 그림다트령의 변방을 다스렸다는 귀족이었다. 그리고 괴도 퍼지다이스의 이름이 세상에 알려지는 계기가 된 첫 번째 표적이기도 했다.

가장 신경이 쓰인 것은 바로 예고장이다. 지금은 퍼지다이스라는 괴도는 예고장을 보내고 화려하게 물건을 훔쳐낸다는 인상이 세상에 퍼져 있다. 하지만 자료에 의하면 이 첫 번째 범행 때는 예고장 같은 것은 보내지 않았다는 모양이다.

"지금과는 달리 꽤나 수수하군그래."

『당시에는 아직 캐릭터가 확립되지 않았던 것 같네.』

자료에는 그밖에도 괴도 퍼지다이스의 첫 번째 범행의 자세한 내용도 기재되어 있었다. 그 범행은 숨겨져 있던 범행의 증거를 훔쳐내서 백일하에 드러낸 것이었다. 그리고 이때, 금품에는 전혀 손을 대지 않았다고도 적혀 있었다.

『가장 큰 목적은 이 범죄의 증거였던 거구나.』

"어지간히 용서할 수가 없었나 보군."

이 범행으로 밝혀진 게르하르트의 죄상은 바로 인신매매였다.

당연히 충분히 무도한 짓이기는 했지만, 그다음 표적들은 그밖에도 수많은 악행을 저질렀다. 그런 자들에 비하면 다소 부족하다 싶은 범죄라 할 수 있었다.

하지만 미라와 솔로몬이 주목한 것은 그 내용이었다. 게르하르트가 인신매매에서 취급한 것은 전쟁고아들이었던 것이다.

『저쪽에서는 당시에 상당히 큰 소란이 일어났었던 모양이야.』

자료에 그 당시의 상황이 기록되어 있는지, 솔로몬은 흥미롭다는 듯 그것을 읽었다. 그 내용은 게르하르트의 처우 등을 비롯한 주변 정세에 관한 것이었다.

아무리 귀족이라 해도 범죄를 저질러도 될 리가 없다.

하지만 귀족에게는 여차할 때 그것을 무마할 방법이 있다. 소문이 난들 비밀리에 손을 써서 수습하면 그만인 것이다.

게르하르트도 이 방법을 이용해서 비밀리에 인신매매를 했다.

그림다트는 인신매매를 인정하지 않는다. 그 때문에 이 일이 알려지면 게르하르트도 무사하지 못할 상황이었다.

그러나 정공법으로 공격하면 어디선가 그의 입김이 닿은 자가 개입해서 이를 유야무야 덮어버렸다. 실제로 몇 번인가 조사원들이 실종된 일이 있다는 듯했다.

그때 바람처럼 나타난 것이 괴도 퍼지다이스다. 이 괴도는 귀족의 손길을 피해 화려하게 증거를 훔쳐내, 그것을 백일하에 드러나게 했다. 그 결과, 게르하르트의 숨겨진 얼굴이 만인에게 알려졌다.

그러자 귀족이라 해도 무마할 수 없을 정도로 일이 커졌고, 끝내는 법의 심판을 받고 처단당했다는 모양이었다.

『심지어 나라를 움직인 결과, 군의 첩보부도 움직여서 인신매매의 희생자가 된 많은 고아들이 발견되었다고 해.』

그것은 지금으로부터 9년 전의 일이었다. 게르하르트가 처단된 후, 희생된 고아들을 걱정하는 대중들의 목소리가 커졌다고 한다.

아직 삼신국 방어전의 잔재가 남아 있던 시대라 모든 이가 어려운 나날을 보내던 시기. 부모를 잃고 길거리를 헤매던 가엾은 아이들이, 악덕 귀족의 배를 불리기 위한 먹잇감이 되었다는 뉴스는 주변 각국에까지 널리 퍼졌다.

본인의 앞가림을 하기도 벅찼을, 대전으로 피폐해진 시대. 다른 집의 아이, 그것도 전쟁고아의 형편까지 걱정해줄 수 있는 이는 적었을 것이다.

하지만 아이들은 미래의 가능성이다. 그것을 우려하는 이도 존재하기는 했다. 나아가 악덕 귀족이 처단당했다는, 어두운 세상을 밝혀주는 듯한 소식도 퍼졌다.

그렇기에 민심은 퍼지다이스가 행한 일을 지지했다. 그렇게 아이들을 우려하는 목소리가 커져, 이윽고 국가에까지 전해졌다.

국고가 비었다고는 하나 이를 무시하면 항간의 불만은 더더욱 커질 것이다. 때문에 국가는 움직일 수밖에 없었다.

『분명 그 괴도의 목적에는 매매된 고아들도 구해내는 것도 포함되어 있었을 거야.』

인신매매 루트는 개인이 쉽게 쫓을 수 있는 것이 아니다. 국가의 정보망에 기대를 걸기로 한 퍼지다이스의 의도는 보기 좋게 성공한 것이다.

하지만 국가를 맡은 몸으로서는 무서운 일이라고 솔로몬은 작은 목소리로 투덜댔다.

"그나저나 말이다, 곰곰이 생각해 보니 여기저기서 고아가 등장하는군그래."

고아원을 운영하고 있는 것으로 추정되는 아르테시아. 고아원에 기부를 하고 있는 것으로 추정되는 괴도 퍼지다이스. 그리고 그런 괴도의 첫 번째 범행은 인신매매된 전쟁고아를 구출하는 것이었다. 신경이 쓰일 수밖에 없었다.

"혹, 퍼지다이스의 정체가 아르테시아이거나 하지는 않을 테지?"

『에이 설마~. 아무리 그래도 그건 좀…….』

아이를 위해서라면 무모한 짓도 아무렇지 않게 저지를 사람.

그것이 두 사람이 공유하고 있는 아르테시아에 대한 인상이었다.

『아니 왜, 첫 범행은 둘째 치고 예고장을 보내는 괴도라니, 그 사람답지 않잖아.』

"……듣고 보니 그렇군그래."

잠시 생각한 후, 두 사람은 퍼지다이스가 아르테시아일 가능성은 없다고 결론을 냈다. 아르테시아는 아이를 위해 무모한 짓을 하는 것만 빼면 매우 어른스러운 존재이기 때문이다. 소문이 자자한 퍼지다이스의 인상과는 전혀 달랐다.

"뭐어, 어찌 되었건 붙잡아보면 확실히 알 수 있겠지."

『응, 맞아. 그렇게 생각하는 게 좋겠어.』

중요한 것은 퍼지다이스의 정체가 아니라 퍼지다이스가 미라의 목적지인 고아원을 알고 있는가 하는 것이다. 그렇게 결론을 내린 두 사람은 퍼지다이스에 관한 이야기를 마쳤다.

"이만 하지. 무슨 일이 생기면 또 연락하마."

끝으로 미라가 그렇게 말하고서 통신을 종료하려던 그때.

『그나저나 이대로 다음 행선지로 가면, 당분간은 안 돌아오는 거지……?』

문득 그런 당연한 말을 솔로몬이 입에 담았다. 기분 탓인지 목소리가 다소 침울하게 들렸다.

"음, 그럴 것 같다만…… 무어냐, 혹 이 몸을 못 만나서 쓸쓸한 게냐? 응? 응?"

미라는 수화기를 고쳐 든 채 히죽히죽 대담한 미소를 지은 채 말했다.

머나먼 왕도에서 제대로 밖으로 나오지도 못하는 친구를 위해 조금만 더 대화에 어울려주도록 할까.

미라가 그런 생각을 하던 도중에 솔로몬은 더욱 풀이 죽은 투로 말을 이었다. 『응, 맞아. 네 색시가 말이야.』

듣자 하니 솔로몬도 대행자인 크레오스에게 들은 이야기라고 한다.

최근 들어 마리아나가 틈만 나면 미라 님은 언제 돌아오느냐고 묻고 있다는 모양이다. 크레오스는 조만간 돌아올 것이라고 답하고 있다는 모양이지만, 어느 날 어디로 갔는지 아냐고 묻기에 솔직하게 답해주었다고 한다.

고대지하도시라고──.

그리고 실수로, 경우에 따라서는 그 최하층까지 갔을지도 모른다고 덧붙여 말하고 말았다나 뭐라나.

고대지하도시의 최하층. 그곳에 있는 마키나 가디언이 강하다는 것은 은의 연탑에서도 유명한 사실이었다.

그것은 지금으로부터 먼 옛날, 미라 일행이 아홉 현자로 이름을 날리기 시작했을 무렵. 실력을 시험하기 위해 돌격했다가 참패하고 너덜너덜해져서 돌아온 처음이자 마지막 레이드 보스였기 때문이다.

지금 생각해 보면 당시의 자신들은 매우 미숙했다. 하지만 다른 이들도 아니고 아홉 현자다. 그들이 전부 모였음에도 참패를 당했으니, 상당히 충격적인 사건이라고 일동은 기억하고 있다고 한다.

때문에 그러한 곳에 미라가 갔다는 사실을 안 마리아나는 만에 하나라도 잘못되면 어쩌나 싶어서 불안감에 사로잡혀 있다는 듯했다.

그리고 그러한 곳에 미라를 보낸 일 때문인지, 자신을 대하는 마리아나의 태도가 어쩐지 까칠한 것 같다고 솔로몬은 투덜댔다.

"허어, 마리아나가……."

마리아나는 매우 능력 있는 보좌관이다. 집안일도 잘하고, 다정하고 꼼꼼하고 배려심도 있다. 그런 그녀가 솔로몬에게 툭툭거리다니.

자신 때문에 그렇게 된 마리아나가 귀엽다는 생각에 미라는 조금 기뻐졌다. 하지만 불안하게 만들었다는 것은 결코 간과할 수 있는 문제가 아니었다.

역시 한 번 돌아가는 게 좋을까. 미라가 그런 생각을 하던 중에 솔로몬이『0, 9, 0, 5야.』라고 숫자를 말해주었다.

"음? 0905?"

『그래, 아홉 개의 탑을 뜻하는 9, 마술의 탑을 1번이라 치고 시계 방향으로 세웠을 때 다섯 번째 탑. 그게 소환술의 탑으로 연락할 수 있는 번호니까 정기적으로 연락을 하도록 해. 아니, 해줘, 제발.』

누구에게든 다정하게 대하는 마리아나이기에 솔로몬은 그녀가 툭툭거리는 것이 상당히 괴로운 모양이다. 미라가 되묻자 솔로몬은 더욱 자세히 설명해주었다.

그 번호는 통신 장치의 대응 번호라는 모양이었다. 다시 말해

서 떨어져 있어도 이 장치가 있으면 소환술의 탑에 있는 마리아
나와 이야기할 수가 있는 것이다.

"음, 알겠다. 잠시 후 걸어보도록 하지. 걱정하게 둘 수는 없으
니 말이야."

솔로몬의 심정이야 아무래도 좋지만, 마리아나의 불안감을 조
금이라도 떨쳐낼 수 있다면 연락을 취하는 수밖에. 그렇게 생각
한 미라는 연락을 하기로 결심했다.

『탑에도 연락을 취할 수 있는 그 고가의 군용 통신 장치는 내가
두 사람을 위해 용돈을 털어서 설치한 것이라든지 하는 얘길, 악
감정을 거두게끔 은근슬쩍 전해줬으면 좋겠다고나 할까…….』

솔로몬은 평소와 달리 상당히 노골적으로 자신이 해준 일을 강
조했다.

그렇게까지 하는 이유는 사실, 누구에게나 다정한 그 마리아나
가 툭툭거리고 있다는 소문이 성내에 퍼져 있기 때문이다.

그로 인해 솔로몬이 상당히 지독한 짓을 한 것이 아닐까 하는
이상한 소문까지 돌기 시작했다고 한다. 때문에 솔로몬은 그것을
진화하기 위해 필사적일 수밖에 없었다.

"흐음~ 뭐어 마음이 내키면 그러도록 하지. 그럼, 마리아나에
게 연락을 해야 하니 끊으마."

솔로몬의 사정은 알 바 아니라고 내친 후, 미라는 자신의 최우
선사항을 위해 냉큼 수화기를 내려놓았다. 그러기 직전에 『꼭 좀
부탁할게~!』라고 못을 박는 목소리가 울리더니 사라져갔다.

솔로몬과의 통신을 마친 후, 미라는 잠시 숨을 돌리고서 마음을 다잡고 다시 한번 수화기로 손을 뻗었다.

바로 그때.

『미라 씨 미라 씨! 좀 전에 색시가 어쩌니저쩌니하는 이야기를 하던 것 같았는데, 무슨 뜻이야?! 신랑이 아니고?! 마리아나 씨라는 분이야? 남성분이셔? 하지만 여성적인 이름이네? 그럼 역시 색시가 맞는 거야?!

있지, 미라 씨. 어떻게 된 거야, 어떻게 된 거야?!』

이상하리만치 들뜬 듯한 마텔의 목소리가 미라의 뇌리에 울렸다.

『이봐라, 마텔. 미라 공과 연결하기 전에 약속하지 않았더냐. 사생활에 대한 개입은 되도록 하지 않기로.』

정령왕이 그렇게 조용히 나무랐다. 하지만 한 번 불이 붙은 마텔의 관심은 정령왕이라 해도 쉽사리 막을 수 있는 것이 아닌 듯했다.

『그치만그치만, 심 님! 여자인 미라 씨에게 색시가 있다잖아요! 심 님은 안 궁금하세요?!』

『그런 문제가 아니라…… 나 원, 너라는 녀석은. 이런 이야기가 나오면 말릴 수가 없군그래…….』

정령왕의 말에 의하면 마텔은 연애담 같은 것을 매우 좋아한다는 모양이다. 심지어 균형이 맞지 않는…… 까놓고 말해서 복잡한 관계일수록 흥이 나는 타입이라는 듯하다.

『미안하군, 미라 공.』

그 사과의 말과 함께 정령왕은 마텔을 말리는 것을 포기했다.

정령왕이 포기할 정도의 상황. 그것이 지금의 상황이었고 미라는 거친 물결처럼 질문을 쏟아내는 마텔이, 꼭 흔하디흔한 수다 떨기를 좋아하는 아줌마처럼 느껴져서 쓴웃음을 지었다.

『아~ 마리아나와 이 몸은──.』

잔뜩 흥분한 마텔을 진정시키며 미라는 사정을 설명하기 시작했다. 마리아나는 자신의 보좌관으로, 여러모로 생활을 도와주어서 그것을 두고 솔로몬이 놀리려고 그렇게 말한 것뿐이라고.

『그런 거였구나. 아쉬워라…….』

어디까지나 마리아나는 보좌관이다. 특별한 관계가 아니다. 그렇게 파악해준 것인지, 마텔의 열기는 단숨에 가라앉아 곧바로 조용해졌다.

'진정한 것 같구먼. 나 원, 솔로몬 녀석 때문에 이게 뭐람.'

머릿속에서 쉴 새 없이 울리던 마텔의 목소리가 그쳤다. 그 사실에 미라는 안도의 한숨을 내쉰 후, 문득 솔로몬이 한 말을 돌이켜보았다.

네 색시. 솔로몬은 놀릴 의도로 그렇게 말한 것뿐이다. 하지만 미라는 그것이 아주 싫지만도 않았다.

마리아나가 색시라. 나쁘지 않다. 나쁘기는커녕 이상적이다. 미라는 그런 식으로 망상을 부풀려 나갔지만 결코 그것을 입에 담지는 않았다. 마텔에게 다시 불이 붙기라도 하면 큰일이기 때문이다.

9

"어디 보자……. 0905였더랬지."

다시금 통신 장치와 마주한 미라는 곧바로 수화기를 들고 소환술의 탑의 번호를—— 누르려다가 정지했다.

'무, 무어라 말을 한다? 무슨 이야기를 하면 좋을꼬……. 어쩐지 긴장되는군그래.'

좀 전까지 색시니 뭐니 망상을 했던 탓인지 현재 미라의 마음은 마치 좋아하는 아이에게 전화를 걸 때의 그것에 가까운 상태가 되어 있었다.

이쯤 해서 색시가 기다리는 집으로 전화를 거는 남편의 심정이 될 수 있었으면 좋았겠지만 미라에게는 아직 어려운 듯했다.

하지만 마음의 정리가 될 때까지 기다릴 수는 없는 일이다. 그런 일에는 예민한 듯한 마텔이 보고 있기 때문이다. 여기서 꾸물댔다가는 최악의 경우『보좌관분이랑 이야기를 할 뿐인데 그렇게 긴장하다니. 어머머우후후』하고 알아채 버릴지도 모른다.

미라는 한숨을 내쉰 후, 될 대로 되라는 듯 버튼을 눌렀다.

수화기에서 대기음이 들려왔다. 미라는 그것을 조마조마한 마음으로 들으며 무슨 말을 할지 생각했다.

『네, 여기는 소환술의 탑, 대행자인 크레오스입니다.』

"무어냐, 그대냐……."

순간, 미라는 대놓고 실망한 목소리로 말하며 한숨을 내쉬었다.

생각해 보니 확실히 크레오스가 받을 가능성도 있었다. 하지만 마음속으로는 마리아나가 받을 것이라고 지레짐작하고 있었던 탓에 말로는 표현할 수 없을 정도의 배신감과 허탈감이 미라를 덮쳤다.

『으음, 뭔가 말에 가시가 든 것 같습니다만 이 목소리에, 이 말투는…… 혹시 미라 님이십니까?』

그에 반해 크레오스는 기대가 빗나갔다는 듯한 투의 미라의 말에도 기가 죽지 않고, 오히려 기대로 가득한 목소리로 그렇게 답했다.

"음, 맞다. 이 몸이다. 왜, 마리아나가 걱정하고 있더라는 이야기를 솔로몬이 해서 말이다. 그래서 이렇게 연락을 한 것이다만——."

크레오스의 등장으로 일단 마음이 착 가라앉기는 했지만 거기까지 설명을 하자 긴장감이 다시 솟구쳤다. 미라는 그것을 억눌러 태연한 척 "——해서, 마리아나는 있느냐?"라고 본론을 입에 담았다.

『역시 그러셨군요! 아아, 이제 좀 살겠군요! 마리아나 씨 말씀이시죠? 지금 탑을 청소하고 있으니 바로 불러오겠습니다. 이대로 잠시 기다려주십시오!』

아무래도 마리아나의 태도에 크레오스도 상당히 고생을 하고 있었던 모양이다. 수화기 너머에서 들려오는 그의 목소리는 그야말로 구세주가 자신의 기도에 응해 강림한 것만 같은 기쁨으로 가득했다.

이어서 수화기 너머에서 달려가는 발소리와 문을 힘껏 여닫는 소리도 들려왔다. 상당히 급하게 마리아나를 부르러 간 듯했다.

'그럼, 이틈에…….'

갑자기 대기 시간이 생겨서 미라는 옳다구나 하고 마리아나에게 이야기할 내용을 정리하기 시작했다.

우선은 완전히 무사하다는 것과 소울하울을 무사히 발견해냈다고 말해야겠다. 분명 기뻐할 것이라는 생각에 미라는 싱글벙글 미소를 지었다.

하지만 문제는 다음 임무에 대한 보고다.

장소를 알 수 없는 고아원. 그 위치를 알고 있을 듯한 괴도 퍼지다이스. 그런 퍼지다이스가 학스트하우젠에 나타난다고 한다.

하지만 탑에 들렀다 가면 늦는다. 그 때문에 이대로 다음 목적지로 향해야 한다. 그렇게 마리아나에게 변명……이 아니라 설명을 해야 하는 것이다.

마리아나를 외롭게 한 것 같아 가슴이 아팠다. 하지만 이러니저러니 해도 미라에게는 동료와 나라도 소중하다. 솔로몬에게 부탁받았기 때문이 아니다. 데면데면한 것 같지만 미라도 나라를 지키기 위해 노력하고 있다.

분명 마리아나는 이해해줄 터다. 그렇게 믿으며 얼마간 기다렸다.

통신장치에는 통화대기라는 것이 없어서 고요한 저쪽의 소리만이 수화기를 통해 전해져 왔다. 그러던 가운데 문득 무슨 소리가 섞여서 들리기 시작했다.

달그락달그락. 무슨 소리인지는 모르겠지만 그런 소리가 들려온 직후, 문이 천천히 열리는 소리가 들렸다.

아무래도 마리아나가 온 모양이다. 드디어 때가 되었구나 싶어서 미라는 벽장 안에서 자세를 바로하고 진지한 얼굴로 마리아나의 목소리가 들려오기를 기다렸다.

하지만 다음 순간. 덜컥, 하고 무언가가 떨어지는 듯한 소리가 수화기에서 들리는 바람에 미라는 몸을 움찔했다.

"무어냐, 방금 그건……. 이봐라~ 마리아나~. 괜찮은 게냐~?"

무슨 소리였는지는 모르겠지만 미라는 마음을 다잡고 그렇게 마리아나를 불러보았다. 그러자 이번에는 부스럭부스럭 작은 소리가 수화기 너머에서 들려왔다.

마리아나가 아니다. 그렇다면 대체, 무엇일까.

미라는 슬슬 불안해지기 시작했다. 하지만 직후, 그것이 괜한 걱정임을 깨닫게 되었다.

『뀨이! 뀨이!』

어쩐지 어리광을 부리는 듯한 울음소리가 수화기를 통해 전해져왔기 때문이다.

"오오, 이 목소리는 루나로구나. 통신 장치에도 응답할 수 있다니, 똑똑하기도 하구나!"

『뀨이~!』

헤벌쭉해져서 미라가 말하자 기뻐하는 듯한 루나의 목소리가 들려왔다. 일련의 소리는 루나가 낸 것이었다.

통신 장치를 통한 대화는 탑의 최상층 전체에서 들을 수 있게끔 되어 있다. 그 때문에 다른 장소에 있던 루나에게도 미라의 목소리가 들린 것이다.

그리고 루나는 통신 장치의 사용법을 마리아나와 크레오스를 보고 익힌 상태였다. 그렇기에 미라와 이야기하기 위해 문을 열고 수화기를 떨어뜨려 이렇게 목소리를 낸 것이다.

똑똑한 루나라면 그 정도는 하고도 남는다. 미라는 역시 루나라며 절찬을 했다.

"음음, 잘 지냈느냐?"

『뀨이뀨이, 뀨이~!』

"그래그래. 매일 기운이 넘친다 이거구나. 착하구나."

미라가 간드러진 목소리로 말을 걸면 루나는 들뜬 목소리로 답했다. 과연 말이 통하는 것인지는 알 수 없는 일이지만 어찌어찌 대화가 성립하고 있었다. 이것이 바로 애니멀 텔레파스. 동물 애호가들에게는 흔한 현상 중 하나다.

『뀨이~.』

"이 몸도 그렇다, 이 몸도 만나고 싶구나~."

그런 대화를 계속하던 그때였다.

『루나. 슬슬 마리아나 씨를 바꿔드리죠.』

그런 크레오스의 목소리가 수화기 너머에서 들려왔다. 순간, 미라는 수화기를 손에 든 채 굳어버렸다.

'슬슬 마리아나 씨를 바꿔드리죠'라는 크레오스의 말. 그 말로 미루어 그는 루나의 옆에서 기다리고 있었던 듯하다. 다시 말해서 마리아나와 크레오스가, 루나와 대화를 나누는 것을 모두 듣고 있었다는 뜻이다.

'왔으면왔다고빨리말을해야할것이아니냐~!'

미라는 좀 전까지 자신이 간드러진 목소리를 내고 있었던 것을 돌이켜보고는 혼자서 몸부림을 쳤다.

『미라 님이시군요…….』

평소보다 가녀린 마리아나의 목소리가 수화기에서 들려왔다. 그 목소리를 통해 미라는 생각했던 것보다 훨씬 걱정을 많이 했던 것 같다는 것을 새삼 느낄 수 있었다.

"음. 이 몸이 맞다. 마리아나. 걱정을 끼쳐서 미안하구나. 허나 이 몸은 이렇게 멀쩡하다. 걱정하지 않아도 된다."

미라는 성의를 담아 그렇게 한 마디씩 입에 담았다. 그리고 불안하게 해서 미안하기는 하지만 어쩐지 진짜 부부 같다는 생각에 미소를 지었다.

『네, 그런 것 같네요. 매우 건강하신 듯한 목소리였으니까요.』

조금 전에 루나와 나눈 대화를 두고 하는 소리인지, 마리아나의 목소리는 약간의 장난기와 기쁨으로 가득했다.

"끄응……!"

그 말을 들은 미라는 다시금 수치심에 몸부림치며 머리를 싸쥐었다. 누군가에게 알몸을 보여도 아무렇지도 않았지만, 자신의 이상적인 모습과 동떨어진 탓인지 간드러지는 목소리로 애완동물과 노는 모습을 누군가에게 보이거나 그러는 소리를 누군가가 듣는 것은 부끄러운 듯했다.

계속해서 몸부림을 치던 도중에 『미라 씨 같은 주인은, 많지』『그래, 포세시아도 그러했으니 말이다』라는 마텔과 정령왕의 목소리가 머릿속에 울렸다.

두 정령도 자신의 그런 모습을 보고 있었다는 사실을 뒤늦게 알아챈 미라는 이중의 괴로움에 몸부림쳤다. 워즈랑베르는 그런 미라의 모습을, 그 심정 이해한다는 듯 따뜻한 눈빛으로 바라보고 있었다.

"——뭐어, 그런고로 말이다. 이렇게 고대지하도시의 공략이 끝나, 무사히 소울하울 녀석과도 재회하게 된 게다!"

창피함을 얼버무리기라도 하듯, 미라는 느닷없이 가장 큰 성과를 입에 담았다. 그러자 크레오스가 마리아나보다 먼저『오오, 드디어 소울하울 님을!』이라고 기쁜 목소리로 말했다.

『수고하셨습니다. 역시 미라 님이세요.』

이어서 마리아나의 다정한 목소리가 들려왔다. 그리고 그 옆에서 축복하고 있는 것인지, 루나의 목소리도 수화기에서 전해져 왔다.

무사히 화제를 바꾸는 데 성공한 것 같다. 미라는 의기양양한 미소를 지은 채 소울하울에 관한 일을 간결하게 설명했다.

성배 제작이 끝날 때까지는 돌아가지 않을 거라고. 하지만 그 작업은 종반에 접어들어 몇 개월 안에는 귀국할 것이라고.

"그런고로 말이다, 우선 현재의 임무는 끝났다만, 그것이……."

미라는 말하기 껄끄러웠지만 어찌어찌 말을 꺼냈다. 좀 전까지 오랫동안 자리를 비워 걱정을 끼쳤음에도 불구하고 또 얼마간 자리를 비울 것이라는 이야기를 하려니 거북해 죽을 지경이었다.

그런 탓에 미라는 그 이유를 매우 자세히 설명했다.

아르테시아로 추측되는 인물이 관련된 듯한 고아원이 있는 장소가, 이곳에서 그리 멀지 않은 그림다트 북동쪽이라고.

하지만 자세한 위치는 알 수가 없기에 그것을 알 듯한 인물, 여러 고아원에 기부를 하고 있다는 괴도 퍼지다이스를 노릴 예정이라고.

그런 퍼지다이스가 나흘 후에 학스트하우젠에 나타나겠다고 예고장을 보냈다고.

그리고 그를 현장에서 잡으려면 시간상 탑에는 돌아갈 수 없다고. 이곳에서 직접 가야만 시간을 맞출 수 있다고.

미라는 그러한 내용의 보고를 했다.

"그래서 말이다, 이대로 직행할 예정이다만, 그게…… 가도 되겠느냐?"

미라는 마치 허락을 구하듯 말을 이었다. 그 모습은 귀가가 늦어지는 것에 대한 변명을 하는 남편 같았다. 하지만 마리아나는 그러한 말들을 모두 조용히 듣고 있어 주었다.

그리고 잠시 침묵한 후, 살며시 답했다. 『네, 당연하지요』라고.

『쓸쓸하지 않다면 거짓말이 되겠죠. 하지만 이 나라를 위해서, 여러분을 위해 노력하는 미라 님을, 저는…… 좋아하니까요. 미라 님은 미라 님의 일을 우선시해 주세요. 그게 제가, 가장 바라는 일이니까요.』

그것은 진심에서 우러난 말이리라. 마리아나의 목소리에는 다정함과 굳은 의지가 담겨 있었다.

만나지 못하는 것은 확실히 쓸쓸하다. 하지만 마리아나에게는 그 이상으로 미라가 활약하는 것이, 미라가 신나게 모험을 하는 것이 중요한 것이다.

『하지만, 그게……. 생각이 나실 때라도 좋으니, 또 이렇게 목소리를 들려주시면, 좋겠어요.』

문득 중얼거리듯이 마리아나가 그렇게 덧붙여 말했다. 그 역시 진심에서 우러난 말인지, 그 목소리는 쑥스러움으로 가득했다.

그런 말을 듣고도, 그런 마음을 받고도 기쁘지 않을 이는 없을 것이다. 당연히 미라도 기쁜 나머지 수화기를 손에 든 채 몸부림을 쳤다.

"알겠다! 앞으로는 자주 연락하겠다고 맹세하마! 약속이니라!"

기세에 몸을 맡겨 그렇게 답한 미라의 표정은 너무도 행복해 보였다. 그리고 수화기 너머에서 돌아온 마리아나의 목소리 역시 기쁨으로 가득했다. 이야기를 시작한 지 얼마 되지는 않았지만, 이제 쓸쓸함은 가신 듯했다.

그 후 두 사람은 하잘것없는 대화를 나누었다. 뭐, 주로 말을 한 것은 미라였고 내내 고대지하도시에서 있었던 일들을 떠들어 댄 것뿐이었지만.

그란 링스는 많은 모험가들로 북적였다는 이야기로 시작된 미라의 모험담은, 고대지하도시를 공략하고 소울하울과 헤어질 때까지 순서대로 이어졌다.

"이게 또 다디달고 시큼한 것이, 지독한 맛이 나지 뭐냐!"

『그랬나요. 그 퀸 오브 하트의 원형이 그렇다니, 상상도 안 되네요.』

미라가 이름 없는 과실을 먹었을 때의 일을 이야기하자 마리아나는 놀란 듯, 그리고 즐거운 듯 웃었다.

미라가 말하고, 마리아나가 답하는 흐름으로 진행된 모험담 도중, 미라는 본인의 허락을 맡고 마텔에 관한 이야기를 했다. 그녀가 정말로 지키고 있었던 것에 관해서는 말할 수 없었지만 수많은 재보가 있었던 일, 그리고 소환 계약을 한 일을 미라는 자신만만하게 말했다.

게다가 거기서 끝이 아니었다. 이어서 신수 펜리르와 만나 그와도 소환 계약을 맺었노라고 미라는 흥분해서 말을 이었다.

그러자 이번에는 마리아나보다 크레오스 쪽이 강한 반응을 보였다.

크레오스는 두 사람의 하잘것없는 대화가 시작된 참에 슬그머니 그 자리를 떠나 있었지만 통신 장치를 통한 대화는 탑의 최상층 전체에 들리게끔 되어 있다.

그 때문에 미라가 저택 정령과 계약을 했다고 말했을 때도 자세히 말해달라며 난입하기도 했다.

그때는 무구정령과 비슷한 존재로서 오래된 저택에 깃든 정령이라는 것, 그리고 성장 정도에 따라 커다란 저택을 소환할 수 있을 것 같다는 것을 설명하자 어느 정도 진정이 되었다. 무구 이외의 사물에 깃든 정령과 계약할 수 있는 가능성이 있다는 사실을 안 것만으로도 큰 진보라며.

또한 어째서 지금까지 계약에 관한 이야기가 나돌지 않았을까 하는 의문에 대한 답은 은근슬쩍 끼어든 정령왕의 말로 밝혀졌다.

인공 정령을 거느리기 위해서는 주인이라는 사실을 증명할 필요가 있다. 무구정령이라면 싸워서 이기는 식으로.

그렇다면 저택과 가구에 대한 승리 기준은 무엇일까? 그런 애매한 점이 지금까지 계약자가 없었던 요인이라는 모양이다.

그리고 미라가 계약에 성공한 이유는 지극히 단순했다. 정령왕의 가호를 지녔다는 것이다. 정령들의 정점에게 인정받은 존재. 따르기에는 충분한 지위다.

그러한 사실이 판명된 후에야 크레오스는 만족하고 돌아갔다.

하지만 그다음 이야기에는 시조정령과 신수가 등장한 것이다. 크레오스는 그때 이상의 속도로 돌아왔다.

『아니, 시조정령이라니……! 심지어 신수 펜리르까지! 정말 훌륭하십니다. 역시 미라 님이십니다! 그래서 시조정령님의 소환에는 어떠한 술식을 사용해야 합니까?! 신수 소환은 어떠한 술식으로 구축되어 있습니까?!』

미라는 부부 같다느니 어쩌니 하는 이유로 들떠 있었지만 아홉 현자라는 지위에까지 오른 술사인 탓인지. 소환술에 관한 이야기가 나오니 흥분하지 않을 수가 없었다. 미라까지도 불이 붙는 바람에, 흥분한 듯한 크레오스의 그 말로 시작된 소환술 담론의 열기는 후끈 달아올랐다.

마텔을 소환하기 위해 필요한 마나를 조달하는 데 있어, 미라와 같은 특수기능을 지니지 않은 이는 어떻게 하는 것이 가장 효율적일지.

초월소환에는 다른 종류가 있을지. 또는 다른 시조정령과도 계약할 수 있을지.

그리고 무엇보다도 초월소환에 필요한 '아스트라 십계진'이라는 신기능. 이것을 습득하려면 어떻게 해야 할지.

나아가 펜리르는 사정이 있어 약체화되었지만 그 힘을 되찾으면 어떻게 될지. 지금처럼 상급소환으로 가능할지, 초월소환으로 바뀔지.

이러한 주제에 관해 미라와 크레오스는 자신들이 지닌 지식을 총동원해서 고찰을 하고 의견을 주고받았다.

최상급조차도 가볍게 초월한 미지의 영역. 이것의 존재를 알게 된다면 미라와 크레오스뿐 아니라 탑에 소속된 술사라면 누구나, 그야말로 사흘 내내, 잘 시간도 아껴가며 고찰을 할 것이다.

조건 등을 염두에 두자면 초월소환은 너무도 현실과 동떨어진 듯 느껴졌지만 술사들은 그와는 상관없이 매력을 느꼈다. 바로 술사의 로망 때문이다.

이 점에 있어 미라와 크레오스는 탑에서 가장 가까운 관계라 할 수 있었다. 때문에 고찰의 열기는 계속해서 뜨거워졌고, 끝날 줄을 몰랐다.

10

『아스트라라는 것은, 별과 관련된 말이었을 겁니다. 그렇다면 그 습득법 역시 별과 관련이 있지 않을까 추측해볼 수 있겠군요.』

"흠, 별이라……. 별이라아……."

그렇게 두 사람은 '아스트라 십계진'의 습득 방법에 관한 고찰을 이어 나갔다. 지금까지의 소환진, 아르카나 제약진과 '로자리오 소환진'의 습득방법을 토대로 두 종류의 방법을 생각해내기는 했지만 확신이 서지는 않았다.

그 때문에 두 사람은 세 번째 방법을 생각하기 시작했다.

『십계(十界)라, 종교와 관련된 것 중 그런 단어가……──?!』

아스트라와 십계. 특징적인 그 고유명사에 주목해 보고자 시작된 세 번째 고찰 도중, 갑자기 그레오스의 말이 끊겼다.

"음? 왜 그러느냐? 뭔가 알아챈 게냐?!"

『아뇨, 그게, 뭐라고 해야 할지. ……급한 용무가 생겨서. 당장 나가봐야 할 것 같습니다…….』

뭔가 짚이는 바라도 있었던 걸까. 미라가 그러한 기대를 품고 말을 붙이자 크레오스는 어쩐지 부자연스러운 투로 답변을 했다.

그 말은 어째서인지 상당히 다급하게 들리기도 했다. 무슨 사건이라도 일어난 것일까. 걱정이 되어 미라가 물어보자, 크레오스는 사적인 용무이니 그 부분은 문제없다고 딱 잘라 말했다.

『죄송합니다, 미라 님. 이 일에 관해서는 다음 기회에 **느긋하게**

논의할 수 있을 때 논하도록 하죠. 그때까지는 아스트라와 십계에 관해, 미라 님도 아실 슬레이만 님에게 물어두겠습니다. 그럼 이만 실례하겠습니다!』

어지간히 급한 볼일인지, 마지막에는 거의 말을 쏟아내다시피 하고서 크레오스는 어딘가로 뛰쳐나갔다.

클레오스가 저렇게까지 허둥대다니, 대체 어떤 용건이기에. 소환술 담론의 열기가 한창 뜨거워져 있던 참이라 미라는 다소 아쉬울 따름이었다. 하지만 그렇게 마음이 가라앉고 나니 비로소 기억이 났다.

"오오, 미안하구나, 마리아나. 어쩌다 보니 이야기에 푹 빠져버렸구나!"

그렇다, 마리아나가 있었다. 중간에 뛰쳐나간 크레오스와 어찌어찌 소환술 담론을 벌이다 보니 시간이 한참 지나고 말았다. 다시 말해서 그동안 마리아나를 방치하고 말았다는 뜻이다.

술식 이야기만 나오면 정신을 차리기가 어렵다. 그리고 정신이 들어보니 초월소환만 머릿속에 있었다. 마치 바람을 피우다 걸린 남편처럼 미라는 그런 식으로 변명을 늘어놓았다.

『아뇨, 신경 쓰지 마세요, 미라 님. 저는 미라 님의 목소리를 들을 수 있는 것만으로 충분하니까요. 술식에 관한 일로 크레오스 님과 대화를 하는 미라 님은 즐거운 것 같아서, 저도 기뻤답니다. 앞으로도 미라 님은 바라는 대로, 마음 내키는 대로 행동해주세요. 다만…… 오늘처럼 조금이라도 마음을 써주시면, 굉장히 기쁠 것 같네요.』

한참을 기다리게 했는데도 마리아나는 모든 것을 용서하겠다고 말했다. 그것은 진심 어린 말이었다. 거짓 없는 마리아나의 본심이다.

'그렇게까지 이 몸을……!'

마리아나의 조강지처 같은 그 말에 미라는 함락되었다. 그리고 확신했다. 이건 서로 마음이 통한 것이 분명하다고.

"조금 정도가 아니다. 이 몸에게는 마리아나가 첫 번째이니 말이야!"

미라가 그렇게 선언하자 수화기 너머에서 수줍어하는 듯한, 그러면서도 기쁨으로 가득한 목소리가 돌아왔다. 『저도예요.』

그 후 두 사람은 더욱 친밀하게 한 시간에 걸쳐 대화를 나누었다. 모험담뿐 아니라 좋아하는 것, 싫어하는 것부터 지극히 사적인 이야기까지 이것저것.

"꽤나 오래 이야기를 했구나. 벌써 이런 시간이 되다니. 바쁜 아침 시간에 미안하게 되었구나."

실컷 대화를 나눈 후, 자연스럽게 정적이 생겨났다. 이쯤 하면 됐다 싶은 참에 미라는 그렇게 대화를 마칠 뜻을 비쳤다.

곰곰이 생각해 보니 연락을 했을 때 마리아나는 탑을 청소하고 있다고 크레오스는 말했었다. 다시 말해서 지금까지 일을 중단시킨 셈이다.

하지만 그것은 마리아나에게는 사소한 일이었다.

『아뇨, 또 언제든 연락해 주세요. 미라 님 이상으로 중요한 것은 없으니까요.』

마리아나는 그렇게 정중하게, 똑 부러지게 진심에서 우러난 마음을 전하듯 말했다. 그 말에 미라 역시 "이 몸도 마찬가지다"라고 답하며 칠칠치 못한 미소를 지어 보였다.

"무리하지 말도록 하거라. 몸조심하고."

『네, 미라 님도 몸조심하세요.』

서로를 걱정하는 말을 주고받자 슬슬 통화를 끝낼 때가 되었다는 실감이 들었다.

"음, 알겠다……. 그럼 끊으마."

『네.』

작별의 말을 하고서 미라는 살며시 귀에서 수화기를 떼었다. 하지만 이럴 때는 전화를 끊기가 어렵기 마련이다. 그리고 그것은 마리아나도 마찬가지인지, 시간이 지나도 통신이 끊길 낌새가 없었다.

그래서 미라는 남자답게 결심을 해보였다. 저항감이 느껴지기는 했지만 먼저 수화기를 살며시 내려놓은 것이다.

달칵. 통신이 끊기는 소리가 작게 울렸다.

순간, 불현 듯 정적이 느껴졌다. 갑자기 마리아나가 멀어진 것만 같은 감각에 쓸쓸함을 느끼면서도 미라는 통신 장치의 덮개를 덮었다. 그리고 그대로 얼마간 그것을 바라보았다.

이러한 장치를 사용하면 멀리 떨어져 있어도 이야기를 할 수 있다. 문명이 발달된 세계에서는 매우 당연한 일이었다. 하지만 이렇게 새삼 생각해 보니 그것은 상당히 굉장한 일이었다는 실감이 들었다.

하잘것없는 대화를 나눴을 뿐이다. 하지만 목소리만 전달된다면 아무리 멀리 떨어져 있어도 마음을 전할 수 있다.

말은 마법과도 같다. 미라는 그 사실을 실감하며 꼬물꼬물 벽장에서 기어 나왔다.

바로 그때. 역시나라고 해야 할지, 미라의 머릿속에 다소 흥분한 듯한 목소리가 울렸다.

『미라씨미라씨! 마리아나 씨와 꽤 오랫동안 대화하던걸? 게다가, 첫 번째라니. 있지, 미라 씨. 아무리 생각해도 그냥 보좌관 같지가 않은데? 그럼 색시라는 건 역시……?!』

한 시간 이상에 걸친 미라와 마리아나의 대화는 두 사람의 관계가 깊다는 사실을 여실히 말해주었고, 그것을 마텔의 후각이 놓칠 리가 없었다. 참견쟁이 친척처럼 마텔은 곧바로 고개를 들이밀었다.

『미안하군, 미라 공. 사적인 일에는 참견하지 말라고 타이르기는 했다만…….』

『워즈 군이 듣는 건 되고, 나는 안 되다니 그런 게 어딨어요.』

면목 없다는 듯 사과하는 정령왕의 목소리에 이어, 마텔이 부조리하기 그지없는 핑계를 늘어놓았다.

워즈 군. 다시 말해서 정적의 정령 워즈랑베르가 미라의 옆에서 대화를 듣고 있는데, 왜 자신은 들으면 안 되냐는 것이다.

또한 이 목소리는 본인에게도 전해지고 있는지 핑계에 이용당한 워즈랑베르는 눈에 띄게 당황했다. 그렇다고 마텔을 상대로 반론을 할 수는 없는 일이라 그는 그 이름에 걸맞게 침묵을 지켰다.

『계속 이래서 말이다. ……그나저나 실제로, 그런 관계라고 생각해도 되겠는가?』

수천 년의 고독에서 해방된 마텔. 그 연애담에 대한 끊임없는 탐구심은 멈출 줄을 몰랐다. 그리고 아무래도 정령왕도 그러한 경향에 영향을 받기 시작한 모양이다. 호기심으로 가득한 정령왕의 목소리까지 미라의 머릿속에서 울렸다.

『뭐어, 그렇지. 들은 바대로 생각하시게.』

마리아나와의 관계. 마리아나를 좋아한다는 것. 딱히 숨길만한 일도 아닌지라 미라는 당당하게 긍정했다.

『멋져! 아주 멋져, 미라 씨!』

『음, 그렇군. 좋은 감정이야.』

미라와 마리아나의 관계를 안 마텔과 정령왕은 더더욱 신이 난 듯했다. 두 사람에게 남녀라는 성별은 별로 상관이 없는 듯했다.

다만 사람과 사람 사이에서 생겨나는 사랑이라는 감정은 숭고한 것이라고 정령왕은 진지하게 말했다. 그리고 그것을 아는 정령은 얼마 되지 않는다고 마텔이 말을 받았다.

『그 무렵, 사랑을 알게 된 그는, 정말로 기뻐 보였어.』

사랑을 아는 몇 안 되는 정령. 이공간을 관장하는 시조정령 리즈레인. 그의 사랑은 비애로 끝나고 말았지만 그럼에도 당시에는 분명 희망으로 가득했노라고 마텔은 말했다.

『나, 미라 씨를 온 힘을 다해 응원할게!』

마텔은 친근하게, 그러면서도 힘차게 선언했다. 어쩌면 그녀는 연애담을 좋아하는 것이 아니라 사랑의 끝에 기다리고 있는 것이 행복이라는 것을 확인하고 싶은 것일지도 모른다. 비애로 끝나지 않는 결말을.

『게다가 여자와 여자의 사랑이라니……. 좋은걸. 후끈 달아오르는 것 같아!』

아니, 그냥 연애담이라면 사족을 못 쓰는 정령일 뿐일지도 모르겠다.

다음 목적지인 학스트하우젠으로 출발하기 전.

미라는 필요 물자 보급이라는 구실로 그란 링스의 상점가에 와 있었다.

'남은 것은, 20만 남짓인가……. 뭐어, 충분하겠지.'

솔로몬에게 받은 군자금은 얼마 남지 않았지만 어지간히 사치를 부리지 않는 한은 문제가 없을 것이다. 여차하면 모아둔 마동석을 매각하면 그만이다. 그렇게 판단한 미라는 상점가의 노점 광장으로 나아갔다.

사람들이 모이는 곳에는 어디에나 있는 듯한 노점. 수없이 많이 늘어선 그것들은 온갖 냄새를 풍겨, 주변에 있는 이들의 식욕을 돋우었다. 배가 고프지 않아도 홀려버릴 정도의 매력이 거기에는 담겨 있었다.

노점 광장에는 이제 곧 점심시간이기도 해서 서서히 사람들이 모여들고 있었다. 각 거리의 노점을 둘러보던 미라는 익숙한 솜씨로 그런 광장을 자유롭게 누볐다. 그리고 눈에 띄는 노점을 구경하며 차례로 구매했다.

"이것도 맛있을 것 같군그래. 그럼 사야지. 호오, 불고기 도시락인가. 이건 빼먹을 수 없고말고."

노점에서는 단골 메뉴라 할 수 있는 요리부터 품이 많이 든 도시락까지 많은 종류를 확보해서 모조리 아이템박스에 보존해 나갔다. 어젯밤 저녁 식사를 하며 느꼈던 점 때문에 그러한 행동을 하는 것이었다.

어제 느꼈던 바란 실로 새삼스러운 동시에 매우 단순한 것이었다. 요컨대 완성된 요리는 간단하고 맛있다는 것이다.

초급부터 상급까지 많은 모험가에게 인기가 있는 던전, 고대지하도시. 그 최하층까지 공략할 요량으로 미라는 다른 모험가들처럼 준비를 했었다. 그때 자신도 모르게 주변에 있던 많은 모험가들의 열기에 취해버렸다.

모험가란 캠프를 하고 요리를 하는 법이라는 이미지가 있었던데다, 마음 속 한구석으로 동경하고 있기도 했던 탓에 미라는 매우 의욕적이었다.

그 결과, 식재료를 대량으로 사들인 것이다.

미라를 비롯한 플레이어 출신자가 지닌 아이템박스는 조자의 팔찌와 달리 수납한 물건의 상태, 식재료라면 신선도를 유지해준다는 파격적인 성능을 지녔다.

때문에 미라는 그 성능을 최대한 활용해서 신선한 식재료를 사들였다. 여기까지는 좋았다. 다른 모험가들보다 나은 식량 사정을 갖췄고, 부족해지기 일쑤인 채소류도 풍부하다.

하지만 미라에게는 그러한 식재료의 잠재력을 최대한으로 끌어낼 만한 실력이 없었다. 그렇다면 가치도 반감할 수밖에 없다. 더불어 익숙지 않은 만큼 품도 더 들었다.

그런 경험을 통해 도달한 답이 지금의 행동이었다. 맛있는 요리를 만들 수 없다면 맛있는 요리를 사면 그만이라는 것이다.

신선도를 유지할 수 있다면 완성된 요리 역시 시간이 흘러도 갓 만든 상태 그대로다. 정말로 새삼스러운 이야기지만 실제로 현장에서 요리를 해본 경험도 분명…… 어딘가에는 도움이 될 것이다.

"음, 이 정도면 충분하겠지."

아이템 박스에 쟁여 넣은 요리들을 확인한 미라는 만족스러운 투로 그렇게 중얼거리고서 노점 광장을 뒤로 했다. 잔액 중 절반이 노점 요리로 바뀌어 있었다.

또한 노점을 한참이나 둘러보며 사들인 요리는 최종적으로 백 종류에 이르렀다. 간식을 비롯해서 당분간은 먹을 걱정은 안 해도 될 양이다.

그렇게 요리를 모조리 쓸어 담은 미라가 떠나간 후, 역시나 이만큼 한꺼번에 돈을 뿌린 미라에 관한 소문은 노점 점원들의 입을 타고 퍼졌다. 은발의 미소녀가 혼자서는 절대로 다 먹지 못할 양의 음식을 한꺼번에 사 갔다고.

그리고 그런 그들은 훗날 조합에 퍼져 있는, 정령여왕은 은발의 미녀가 아니라 미소녀였다는 최신 소문을 듣게 되었다.

조합에서의 소문과 노점 점원들의 소문. 양쪽 모두 외모상의 특징이 모두 일치했다.

그 결과, 정령여왕이라는 이명에 먹보라는 속성이 붙게 되었다.

하지만 당사자가 그 사실을 알게 되는 것은 한참 뒤의 일이다.

11

다음 목적지, 학스트하우젠을 향해 의기양양하게 날아오르고
서 몇 시간이 지난 후. 가루다를 통해 하늘을 나는 왜건은 실로
쾌적한 동시에 창문으로 보이는 경치도 절경이었다.

"역시 최고로구나."

녹음이 펼쳐진 대지, 그리고 푸르른 하늘. 그것을 동시에 바라보
며 미라는 그것이 얼마나 사치스러운 환경인지를 새삼 실감했다.

왜건 안은 비밀기지 같은, 매우 편안한 공간이 되어 있었다. 미
라는 현재 그곳에서 요구르트 오레를 홀짝거리며 노점에서 사 온
빵을 먹고 있었다. 하늘 위에서 절경을 보며 간식을 먹고 있는 것
이다. 실로 사치스러운 순간이 아닐 수 없었다.

"내일 저녁쯤에 도착하려나……."

간식 시간을 끝내고 풍경을 바라보던 미라는 문득 현재 위치를
확인하고서 그렇게 중얼거렸다. 육로로 가면 일주일은 걸릴 거리
지만 하늘을 날아서 가면 하루 만에 도착할 수 있다. 여행길은 순
조로워서 이대로 느긋하게 있기만 해도 내일이면 목적지에 도착
할 것이다.

고대지하도시에서 허둥지둥 뛰어다녔던 일은 기억 속으로 잊
힐 것만 같을 정도로 한가했다.

"이게 다 그대 덕분이구나. 고맙다, 가루다여."

가루다가 옮겨다 주고 있기에 지금 이 순간이 있을 수 있는 것

이다. 미라가 그렇게 감사인사를 하자 가루다는 울음소리로 답했다. 그때, 하늘 위에 있음에도 봄바람처럼 따뜻한 기운이 왜건의 주변을 감쌌다.

가루다가 두른 바람에는 감정이 나타난다. 아무래도 기뻐하고 있는 것 같다. 하지만 왜건 안에 있는 미라는 그 사실을 알아채지 못했다.

"흠……."

간식 시간이 끝나고 얼마쯤 지났을 즈음, 미라는 소변이 마려울 것 같은 낌새를 느꼈다. 이래저래 풍경에 취해 요구르트 오레를 두 병이나 마신 영향이 나타난 듯하다.

유감스럽게도 지금 있는 곳은 하늘 위라서 저택정령의 화장실은 사용할 수 없다. 하지만 특수 주문 제작된 이 왜건은 이런 상황에 대한 대비도 완벽했다.

미라는 잽싸게 벽장 문을 열고 그 아랫단으로 들어갔다. 그러고서 그 구석에 있는 바닥의 문을 열자, 그곳에는 간이식 변소가 설치되어 있었다.

다만 왜건은 공간이 한정적인 탓에 좁은 데다, 높이도 제한되어 있어서 일어날 수는 없다. 하지만 소녀가 된 미라가 이용할 것을 전제로 설계된 탓에 의외로 불편함 없이 사용할 수 있었다. 오히려 적절하게 폐쇄되어 안심감마저 느껴질 정도였다.

게다가 간이식이라고는 하나 과연 알카이트 왕국 직속 기술자가 만든 작품이라고 해야 할지. 마도공학의 기술이 사용되어 마동석이라는 대가가 필요하기는 하지만 언제든 청결하게 유지되었다. 여담이지만 배설물은 처리된 후, 왜건 아래로 투기되도록 되어 있다. 그리고 높이 제한 탓에 변기는 재래식이다.

"후우, 시원하구먼. 모든 생활이 이 안에서 완결되다니, 멋지군그래."

이 왜건은 솔로몬과 의논하며 만들어낸 이상적인 비밀기지다. 고대지하도시에서는 저택정령에 푹 빠져 있었지만 역시 왜건은 좋다.

그런 생각을 하던 도중, 한 가지 생각이 미라의 머리를 스쳤다. 저택정령은 조금이라도 성장했을까.

계약대상이 성장, 혹은 인연이 깊어졌을 경우 계약술식을 확장할 수 있게 된다. 그렇게 되면 여러 가지 효과를 얻을 수 있는 것이다.

'겸사겸사 상크티아와 워즈랑베르도 확인해볼까.'

양쪽 모두 마키나 가디언과의 전투에서 큰 활약을 펼쳤으니 이쪽도 어떤 식으로든 강해지지 않았을까 하고 미라는 생각했다.

쇠뿔도 단김에 빼라는 격언에 따라 미라는 눈을 감고서 자신의 내면에 의식을 집중했다.

'흠, 그 무렵에 비해 많은 것들이 늘어났군그래.'

내면에서 확연한 인연의 끈이 느껴졌다.

여기까지는 이제 익숙했다. 그 상태로 정령들과의 인연의 끈에 의식을 집중시켰다. 그러자 '계통수', 게임에 따라서는 스킬 트리라 불리는 것과 비슷한 이미지가 머릿속에 떠올랐다. 그것은 해방할 능력 등을 선택하는 계약 술식이었다.

다시금 감탄하며 인연의 끈을 느낀 후, 미라는 저택정령과 상크티아, 워즈랑베르와의 계약으로 의식의 초점을 맞췄다.

'오오, 드디어 됐구나. 상크티아의 술식이 강화 가능 상태가 되었어! 하지만 워즈랑베르는 아직이로군.'

역시 다크나이트 천 기에게 들게 한 덕인지, 상크티아와의 계약은 더욱 깊어지고, 강해져 있었다. 여러모로 술식을 조작할 수 있을 듯했다.

하지만 워즈랑베르에는 변화가 없었다. 활약이 수수했기 때문인지. 아니면 상급 정령인 탓에 성장 한계치가 높은 탓인지.

어찌 되었건 그 부분은 천천히 해결해 나가면 그만이다. 현시점에서 제1목표는 저택정령이니.

계속해서 저택정령과의 계약을 확인하려던 바로 그때. 미라는 다른 확장 가능한 계약이 있음을 알아챘다.

'오오?! 허어…… 이것도 게임이 현실이 된 영향인 겐가.'

게임이었던 시절에 계약했던 정령은 모두 다 한계에 달해 있었다. 때문에 미라가 이 술식을 자세히 본 것은 상당히 오랜만이었다.

현실이 된 이 세계에서 새로 계약한 워즈랑베르와 상크티아는 때때로 개별적으로 확인하고 있었다. 하지만 그 이외는 한계에 달해 있었던 탓에 그다지 신경을 쓰지 않았다.

언제부터 그렇게 되어 있었던 것인지. 다크나이트와 홀리나이트의 계약술식이 한계를 돌파해 있어서, 추가 확장이 가능한 상태가 되어 있었다.

그 사실에 놀란 미라는 서둘러 모든 계약을 확인해보았다.

그 결과, 워즈랑베르를 제외한 모든 계약이 확장 가능 상태였다.

'이 몸은 머저리였군그래. 멋대로 예전에 그랬으니 한계일 것이라고 믿고 있었던 겐가……. 성장은 물론이고 인연까지 이렇게까지 깊어졌을 줄이야…….'

미라는 계약한 모든 동료들에게 고마워하며 조만간 인사만이라도 해두자고 생각했다.

하지만 감상에 젖어 있던 것도 잠시뿐이었다. 미라는 내친 김에 술식을 확장하기 시작했다. 이 일의 발단이 된 저택정령부터 손을 대었다.

계약 술식의 확장. 그것은 소환시의 마법진에 여러 가지 효과를 추가하는 것이다. 그 내용은 방호막의 강화, 능력치 상승, 특정 속성에 대한 내성 부여 등, 매우 다양하다. 나아가 계약별로 다르기도 했다.

이번에 확장한 저택정령의 경우에는 전투와는 상관없는 확장 항목만 있었다. 또한 미라가 선택한 확장 내용은 욕실에 욕조를 추가하는 것이었다. 이로써 샤워뿐 아니라 욕조에 몸을 담글 수 있게 되었다며 미라는 한껏 들떴다.

그렇게 저택정령을 시작으로 미라는 확장이 가능한 모든 계약 술식을 확장시켜 나갔다.

'이거 원……. 더 빨리 알아챘더라면 마키나 가디언도 훨씬 편하게 쓰러뜨릴 수 있었을지도 모르건만…….'

확실히 성장했다는 느낌을 곱씹으며 미라는 살며시 의식을 바깥으로 전환했다.

"어디 보자……."

자리에서 일어난 미라는 시험 삼아 홀리나이트를 소환했다. 하지만 이번의 그것은 평소와 달랐다. 홀리나이트가 미라에게 포개어지듯, 미라를 감싸듯 출현한 것이다.

"호오, 이것 참 굉장하군. 무게가 전혀 느껴지지 않아!"

그것은 새로운 확장요소인 '무구정령장착'에 의한 것이었다. 효과는 이름이 말해주듯, 무구정령을 장비로 다룰 수 있게 되는 것으로 홀리나이트는 미라의 현재 모습에 어울리는 형상── 마치 공주 기사의 갑옷처럼 변해 미라를 보호하듯 나타났다.

그 갑옷의 방어구로서의 성능은 토대가 된 홀리나이트의 성능에 좌우된다. 그 때문에 상당히 성장한 미라의 홀리나이트가 토대가 된 이 갑옷은 어지간한 갑옷보다 훨씬 고성능이었다. 게다가 풀페이스 투구는 자유롭게 탈착할 수 있었다.

특징인 타워실드는 사라진 듯 보였지만 술식을 조정하며 미라가 스스로 해제한 상태다. 시험 삼아 검을 쥐어보기는 했지만 미라의 전투 스타일상 두 손은 비어있는 편이 싸우기 쉬울 듯했다.

또한 이전처럼 홀리나이트로 운용하는 것도 당연히 가능했다.

"더더욱 강해질 수 있겠군그래."

지금까지의 한계를 넘어선 성장. 계약술식의 확장. 새로운 계약에 의한 것이 아닌 지금까지 키워온 힘에, 현재 이상으로 강해질 수 있을 것 같다는 가능성에 미라는 진심으로 기뻐했다.

최강의 소환술사로 칭송받았던 당시. 그것은 달성감과 동시에 자신의 한계를 통감하게 하기도 했다. 계약술식은 이미 모든 항목을 한계까지 확장한 상태라, 미라는 더 이상 성장의 여지는 없다고 생각했었다.

하지만 이번에 그렇지 않다는 사실을 알게 되었다. 깊어진 인연이 더욱더 성장할 수 있다는 것을 미라에게 알려준 것이다.

어쩌면 지금까지의 한계는 그렇게 설정되어 있었던 것뿐일지도 모른다. 게임이었던 시절을 돌이켜보며 미라는 문득 그런 생각을 했다.

미처 알지 못했던 것뿐, 게임이었던 당시와 현실이 된 지금의 차이는 아직 많이 남아있을 듯했다.

미라는 요전에 복사한 소울하울의 연구서를 꺼내, 언젠가 그러한 요소들을 발견할 날을 기대하며 더욱 강해지기 위한 공부에 힘썼다.

"그나저나 소울하울 이 녀석. 꽤나 앞서 있군그래."

하늘을 나는 왜건에서 뒹굴거리며 소울하울의 연구서 사본을 확인하던 미라는 다소 부루퉁한 투로 그렇게 중얼거렸다.

소울하울은 솔로몬보다 이 세계에 일찍 온 것으로 보인다.

솔로몬이 일과적으로 하고 있는 프렌드 리스트 확인으로 판명된 것은, 몇 명의 아홉 현자가 이 세계 온 시기였다. 하지만 소울

하울의 이름은 거기에 없었다. 다시 말해서 솔로몬이 관측을 시작하기 전부터 이 세계에 있었다는 뜻이다.

그 30년이라는 것은 터무니없이 긴 시간이다. 그동안 연구를 거듭해온 소울하울의 연구서는 미라가 정리하고 있는 자료보다 한참 앞서 있었다.

당연한 일이기는 했지만 승부욕이 있는 미라는 금방 따라 잡아 주겠다는 듯 그 연구서를 꼼꼼히 읽어 나갔다.

그렇게 눈 깜짝할 새에 몇 시간이 흘렀다. 바깥에는 밤의 어둠이 깔렸고, 하늘에는 달이 빛나고 있었다.

"어이쿠, 벌써 시간이 이렇게 되었나."

이미 밤 아홉 시가 되어 있었다. 미라는 연구서에 푹 빠진 탓에 몰랐지만 가만히 있으니 상당히 배가 고픈 것 같다고 바깥을 보며 생각했다.

어찌 되었건 학스트하우젠으로 가는 길은 절반 이상 소화했다. 오늘은 여기까지 해두자는 생각에 미라는 가루다에게 강가에 착륙하라고 지시를 내렸다.

아무래도 아주 가까운 곳에는 강이 없었는지 가루다는 얼마간 선회한 후, 다소 멀리서 발견한 강가로 날아가 지시한 대로 그곳에 왜건을 내려놓았다.

"오늘은 수고 많았다. 내일도 부탁하마. 푹 쉬거라."

미라는 가루다를 살며시 쓰다듬으며 노고를 치하하는 말을 하고서 송환했다. 가루다는 맡겨만 달라는 듯 날개를 펼쳐 보이며 빛 속으로 사라졌다.

그 후, 저택정령을 소환한 미라는 우선 허기를 달래기 위해 도시락을 먹기 시작했다.

"음. 역시 이게 정답이었구나."

요리를 하기 위해 품을 들이거나 시간을 투자할 필요가 없다. 먹고 싶을 때, 허기를 느꼈을 때 곧바로 그것을 충족시킬 수 있다. 미라는 갓 만들어진 불고기 도시락을 맛보며 도시락을 쟁여두길 잘했다고 생각했다.

그렇게 배를 채운 미라는 지금까지 일부러 발을 들이지 않았던 영역으로 향했다. 그렇다, 조금 전에 욕조를 추가한 욕실이다.

지금까지는 샤워로 때울 수밖에 없었다. 그것도 충분히 사치스러운 일이기는 했지만, 드디어 사람의 손길이 닿지 않은 장소에서 욕조에 몸을 담글 수 있게 된 것이다.

미라는 급한 마음을 억누르며 천천히 욕실의 문을 열었다.

"오오…… 욕조……. 정말로 욕조가 있구나!"

샤워기만 있었던 그곳은 보기 좋게 확장되어 있었다. 샤워기 옆에 번듯한 석조 욕조가 놓여 있었던 것이다.

그 크기는 일반가정에 있는 욕조와 다를 것이 없었다. 하지만 광택이 나는 석조 욕조는 귀족의 저택다운, 매우 고급스러운 광채를 띠고 있었다.

한 가지 문제가 있다면 거기에 뜨거운 물이 받아져 있지 않다는 점이었다.

"도시락을 먹는 동안, 받아두면 좋았을 것을……."

하도 기대가 되어 나중으로 미뤄둔 것이 잘못이었다. 하지만 그 정도 일로 기가 죽을 미라가 아니었다. 그 즉시 수도꼭지를 최대로 돌려서 뜨거운 물을 받기 시작했다. 욕조의 크기로 미루어 10분 정도면 들어갈 수 있을 듯했다.

저택 정령은 귀한 존재임에도 욕조에 물을 받는 방법은 매우 서민적이었다. 하지만 미라는 조금씩 수위가 올라가는 뜨거운 물을 바라보며 싱글벙글 웃었다.

어떠한 환경이 되었건 저택정령을 소환하면 목욕을 할 수 있다. 눈보라가 몰아치는 설산이라 해도.

그렇듯 감춰진 가능성의 시작이라는 생각 때문에 미라의 머릿속에서는 향후에 대한 기대감이 계속해서 커져만 갔다. 목욕을 할 수 없을 것 같은 곳에서 목욕을 할 수 있다니, 이 얼마나 매력적인 일이란 말인가.

"이제 절반 정도만 더 받으면 되려나……."

도저히 가만히 기다릴 수가 없어서 옷을 홀딱 벗고 대기하고 있던 미라는, 애간장을 태우듯 슬금슬금 올라가는 수위를 바라보며 발을 동동 구르고 있었다.

"……흠. 이렇게 된 김에."

가만히 있을 수가 없었는지, 미라는 시간을 죽이기 위해 '물만 있으면 되는 마동식 간단 세탁 주머니'를 꺼내서 아무렇게나 벗어두었던 옷가지를 거기에 던져 넣었다. 그리고 아이템 박스에서 갈아입을 옷이 담긴 가방을 꺼내서 거기 넣어둔, 전에 입었던 속옷도 추가했다.

"이 정도면 되겠지."

세탁 주머니의 한계 용량에 걸릴 듯 말 듯했지만 어떻게든 될 것 같다고 판단한 미라는 뜨거운 물을 붓고 주머니의 주둥이를 막았다.

"이제 기다리기만 하면 되나……. 참으로 편리하구먼."

세탁 주머니는 전원을 켜자 철벅철벅 소리를 내기 시작했다. 이 많은 의류를 빨 수 있다니. 디누아르 상회의 기술력은 놀라울 따름이다. 하지만 당연히 본격적으로 빨래를 한 것만은 못하다. 그래도 그다지 더럽지는 않으니 이 정도면 충분할 것이라고 미라는 생각했다.

"아직, 좀 더 기다려야 하나……."

빨래를 마친 미라는 욕조 쪽으로 몸을 돌렸다. 욕조를 가득 채우려면 따뜻한 물을 2할 정도는 더 받아야 한다. 미라는 몸이 작아서 이미 어깨까지 담그기에는 충분할 듯했다. 하지만 미라는 타협하지 않았다. 욕조에 들어감과 동시에 뜨거운 물이 흘러넘치는 기분 좋은 소리를 듣는 것 또한 목욕에서 맛볼 수 있는 사치 중 하나이기 때문이다.

"오, 사치스럽다는 말이 나온 김에 그것을 사용해봐야겠군!"

최고의 순간을 상상하던 중, 머릿속에 그것을 더욱 극상으로 끌어올려 줄 존재가 떠올랐다.

목욕을 마친 후에 마시는 한 잔이다. 달아오른 몸에 퍼지는 그것은 그야말로 목욕의 화룡점정이라 해도 과언이 아닐 것이다.

그렇기에 미라는 언젠가 저택정령에서 목욕을 할 수 있게 되었을 때를 위해, 그 한 잔에 걸맞은 물건들도 쟁여둔 상태였다.

"기념할 만한 첫 목욕이니, 신중하게 골라야 할 터인데……."

아이템 창을 펼친 미라는 이때를 위해 준비한 물건들을 음미하며, 현재 상황에 가장 어울릴 만한 것을 엄선하기 시작했다.

이래저래 몇 분이 흐른 후, 미라는 하나의 병을 선택했다. 그리고 이어서, 이번에도 디누아르 상회에서 제작한 마동식 모험가 상품을 함께 꺼냈다.

그것은 '간단 시원시원 냉각 박스'라는 도구였다. 한 손으로 들수 있을 정도의 크기지만 이름이 말해주듯 냉각해주는 효과를 지녔다.

상자 형태를 띤 그것에 넣은 물건을 무엇이든 시원하게 식히는 것이 가능한 물건이다. 또한 자매품으로 '간단 따끈따끈 가열 박스'라는 것도 있었다. 이 역시 이름과 같은 효과를 지녔다.

미라는 마동통을 세트한 냉각 박스에 엄선한 병을 넣고 전원을 켰다.

바람이 소용돌이치는 듯한 소리가 조용히 들려왔다. 이제 기다리기만 하면 된다.

목욕을 마시고 마실 음료의 준비가 끝난 참에 물이 흐르는 소리가 들려왔다. 뒤를 돌아보니 드디어 욕조에 뜨거운 물이 가득차 있었다.

"드디어 다 됐구나!"

미라는 수도꼭지를 잠그고 살며시 욕조에 손을 담갔다. 목욕물은 42도를 넘을 정도로 뜨거워서 미라의 취향에 딱 맞았다.

"이거지, 암."

목욕물이 최고의 상태임을 확인한 미라는 기대로 가득한 얼굴로 오른발을 욕조에 넣었다. 순간, 압박감과 열기가 발을 휘감았다. 미라는 발치부터 무언가가 솟구치는 듯한 감각을 느끼며 왼발도 넣고서, 그대로 단숨에 온몸을 욕조에 담갔다.

"아, 아아, 아~……. 천국이 따로 없구나아."

몸이 느끼는 바에 따라 희열로 가득한 목소리를 낸다. 동시에 욕조 가장자리에서 뜨거운 물이 좌아, 하고 흘러내려 폭포 같은 소리가 욕실에 울렸다. 몸이 작은 탓에 예전만큼 힘차게 넘치지는 않았다. 하지만 이 순간에 느껴지는 정복감은 그대로였다. 그리고 뜨거운 물을 낭비한 것에 따른 배덕감은 온몸을 감싼 적절한 열기의 자극과 어우러져 쾌락에 가까운 감각을 가져다주었다.

미라는 지배자라도 된 양 욕조에서 두 다리를 뻗고 애타게 기다렸던 목욕 시간을 즐겼다.

〈12〉

미라는 욕조에 몸을 담근 채, 그 기분 좋은 느낌을 실컷 즐겼다. 그리고 얼마쯤 지나 문득 무언가가 부족하다는 사실을 알아챘다. 미라는 생각했다. 지금 부족한 것은 무엇일까.

"……이것인가."

생각하며 주변을 둘러보던 미라는 그것이 무엇인지 곧장 알아챘다.

부족한 것. 그것은 바로 옆에 있는 벽이었다.

욕실은 욕조의 면적만큼 확장되기는 했지만 원래는 두 사람이 들어가면 가득 찰 정도였다. 빈말로도 넓다고는 할 수 없는 그곳에 욕조의 면적이 생겼을 뿐인 것이 지금의 상태였다.

에둘러 말하기도 민망할 정도로 이 욕실은 좁았다.

심지어 미라는 지금까지 탑에 위치한 자신의 방에 있는 호화로운 목욕탕과 왕성의 호화로운 목욕탕, 비싼 여관의 호화로운 개인 목욕탕, 그리고 여관의 대욕장 등등. 목욕탕 경험으로 말하자면 그야말로 역전의 전사라고 할 수 있었다.

때문에 미라는 보통 목욕을 할 수 없는 곳에서 목욕을 하고 있음에도 불구하고 부족함을 느끼고 만 것이다.

그중 가장 큰 원인은 폐쇄감이었다. 일본에 있는 집의 목욕탕에서는 그것이 딱히 신경이 쓰이지 않았지만, 사치를 알게 된 지금의 미라에게는 답답하게 느껴진 것이다.

"이 근처에 창문이라도 있으면 괜찮았을 터인데……."

미라는 바로 옆에 우뚝 선 하얀 벽을 보고 그렇게 중얼거렸다. 좁은 것도 모자라 욕실에는 먼 곳을 내다볼 수 있는 창문도 없었다. 그렇기에 더더욱 폐쇄감이 강하게 느껴지는 것이다.

주민은 소녀인 데다 1층 욕실에 창문이 나 있으면 변태가 엿보고도 남을 것이다. 하지만 그런 부분에서 경계심이 없는 미라에게는 목욕을 마음껏 만끽하는 것이 무엇보다도 중요한 일이었다.

바로 그때. 그곳에 창문이 있으면 최고의 한때가 될 것이라고 미라가 생각한 다음 순간. 문득 저택 전체가 흔들리기 시작했다.

"무어냐?"

혹시 지진인가. 미라가 그렇게 생각한 참에 그 변화가 일어났다. 진동이 커짐과 동시에 미라의 옆에 있던 벽이 크게 일그러지기 시작한 것이다.

이게 무슨 일일까. 계약한 지 얼마 되지 않은 탓에 저택 정령에 관해서는 잘 알지 못했다. 그 때문에 현재 일어난 현상에 관한 이유도 짐작이 되지 않아서, 혹시 좁다고 생각해서 화가 난 것은 아닐까 하고 미라는 생각했다.

하지만 그렇지 않았다. 저택 정령은 미라의 바람에 답하고 싶었던 것이다.

진동이 잦아듦과 동시에 벽은 커다란 창문으로 변해 있었다. 조명 하나 없는 창밖에는, 밤의 어둠에 뒤덮인 새까만 대지가 펼쳐진 가운데 하늘을 가득 메운 별들이 빛나고 있었다.

"오오……. 역시 이 별하늘은 절경이로군그래."

누구의 방해도 받지 않고 하늘 저편에서 빛나는 무수히 많은 별들. 미라는 그 무한하게 느껴지는 하늘을 바라보며 다시 욕조에 느긋하게 몸을 담갔다.

"일부러 창문을 만들어준 게로구나. 고맙다, 고마워."

미라가 창문에 살며시 손을 대며 그렇게 중얼거리듯 말했다.

마음속으로 바라자 창문이 만들어진 것을 보면, 아무래도 저택 정령의 구조적인 부분은 상당히 융통성 있게 바꿀 수 있는 모양이다. 다시 말해서 저택 정령은 기분에 따라 자유자재로 개조할 수 있는 것이다.

그 사실을 알게 된 미라는 저택 정령이 더욱 더 커졌을 때의 일을 상상하며 싱글벙글 웃었다. 꿈과 희망이 담긴 나의 집. 모든 이가 꿈꾸는 이상을 실현할 수 있을지도 모르겠다 생각하며.

"역시 목욕은 좋구나."

한 시간 남짓 동안 목욕을 즐긴 후. 충분히 만족한 미라는 슬슬 욕조에서 나와 욕실을 뒤로 했다.

온몸을 타월로 닦고 일단 팬티만이라도 입었다. 달아오른 몸을 식히기 위해서라는 대의명분을 내세워, 아무것도 걸치지 않고 잽싸게 냉각 박스를 집어 들었다.

"어디 보자……. 오오, 아주 시원하게 되었구나!"

냉각 박스 안에 넣어둔 병은 놀랄 정도로 차가워서, 마시기에 딱 좋은 상태가 되어 있었다.

"역시 목욕을 마친 후에는 이것이지."

미라는 병을, '커피 우유'라 적힌 그것을 들고 환한 미소를 지었다.

최고의 환경에서 마시는, 목욕 후의 한잔. 그것을 위해 미라가 준비한 것은 일반 가정이 아니라 온천에서의 단골 메뉴라 할 수 있는 것이었다.

저택 정령의 내 집 목욕탕 같은 안도감을 누리며, 이 커피 우유로 여행을 온 느낌을 맛보려는 것이 미라의 의도였다.

미라는 이때를 위해 많은 종류의 커피 우유를 쟁여두었다. 그렇다. 입욕 전에 그토록 공을 들여 고른 것은 바로 커피 우유였던 것이다.

그리고 이번에 미라가 저택 정령에서 마실 첫 번째 커피 우유로 고른 것은 '블로벨 고원 목장의 커피 우유'였다.

그밖에도 고급 호텔이 판매하고 있는 '로열 커피 우유'나 인근 목장에서 아침에 갓 짠 우유를 사용한 '아침에 짠 아주 진한 커피 우유', 콘테스트 수상 이력이 있는 파티셰가 만들어낸 디저트 같은 '커피 우유 플라워스타'. 그리고 남들에게는 너그럽고 자신에게는 엄격한, 결코 타협하지 않는 일류 바리스타가 만든 '특선 커피 우유' 등등.

그란 링스는 많은 사람들이 모이기에 미라는 상당히 많은 종류의 커피 우유를 찾아낼 수 있었다. 그리고 그것들을 모두 구입했다. 지금, 이 순간을 위해서.

"이곳도, 풍경은 최고로구나."

커피 우유의 뚜껑을 열며 미라는 커다란 창문 옆으로 다가가 그곳에 걸터앉은 채 밖을 바라보았다. 욕실과 다른 방향으로 난 창문으로는 근처를 흐르는 강이 보였다. 강은 별과 달의 빛을 받아 반짝반짝 빛나고 있었다.

첫 번째 사치스러운 밤을 나기에 걸맞은, 최고의 밤이다.

그런 야경에 건배를 한 후, 미라는 커피 우유의 병을 살며시 입에 대고서 우아하게 그것을 기울였다.

두 다리를 어깨너비로 벌리고 왼손은 허리에 얹고서 마시는 것이 아니다. 그것은 혼자서 하는 것이 아니기 때문이다. 혼자일 때는 나름의 방법이라는 것이 있기 마련이다.

그것이 바로 현재 미라가 하는 일이었다. 와인을 마시듯 커피 우유와 진지하게 마주하고서, 집중해서 천천히 음미하는 것이 진정한 목욕 후 커피 우유를 즐기는 법인 것이다.

"흠. 순식간에 입안에서 퍼지는 커피향. 그리고 무엇보다도 커피의 강한 맛에 밀리지 않고, 또렷하게 존재감을 주장하고 있는 우유의 매끄러운 목 넘김과 감칠맛. 역시 목장 표기가 된 것 중에는 꽝이 없구나!"

미라는 살며시 하늘로 시선을 옮기며 진지한 얼굴로 평론가라도 되는 양 말했다.

목장 표기가 된 것 중 꽝은 없다는 것이 미라의 지론이었다.

흔한 목장 소프트크림 등을 시작으로 생 캐러멜이나 치즈, 소시지 등등. 목장에서 생산된 식품은 어느 것을 먹어도 맛있다. 그런 경험에서 비롯된 지론이다.

블로벨 고원 목장. 이 표기만 봐도 군침이 돌 정도다. 미라는 그런 생각을 하며 계속해서 한 입, 두 입 우유를 마시며 "훌륭한 조화로구나"라고 말하고서 병을 가볍게 돌렸다. 제대로 비교해 가며 마신 적도 없음에도 불구하고 완전히 커피 우유 소믈리에가 다 되었다.

소믈리에는 팬티 한 장 차림임에도 불구하고 목욕 후의 커피 우유를 차분하게 음미했다. 하는 말은 둘째 치고 맛이 있는 것은 사실이었다.

그렇게 최고의 한 잔을 즐긴 미라는 매우 만족한 상태로 그날 하루를 마무리했다.

이르지도 늦지도 않은, 아침 즈음에 미라는 눈을 떴다. 창문에서는 아침 햇살이 부드럽게 들이쳐서, 실내에 적절한 양지를 만들고 있었다.

"음~ 좋은 아침이구면."

미라는 기분 좋게 잠에서 깨어 한껏 기지개를 켜며 일어났다. 그리고 얼마 동안 넋이라도 나간 듯 멍하니 있다가 천천히 아침 준비를 시작했다.

"어디 보자, 오늘은 무엇으로 할까."

볼일을 보고 샤워를 하고 정신을 차린 미라는 방 한복판에 주저앉아 무엇으로 할지를 고민했다.

그 고민의 내용은 하루를 시작하는 데 있어 가장 중요한 아침 식사의 메뉴다. 그에 걸맞은 요리를 잔뜩 사 쟁여두었기에 할 수 있는 사치스러운 고민이었다.

"흠…… 이것과 이것, 그리고 이것으로 할까."

십여 분 남짓을 생각한 끝에 겨우 메뉴를 정한 미라는 창밖의 한적한 광경을 바라보며 느긋하게 아침 식사를 즐겼다.

이날의 아침 식사는 그란 링스의 거리를 걷던 주부에게 들은 맛있는 빵집의 특제 샌드위치였다. 미라는 계란 샌드위치, 햄치즈 샌드위치와 같은 단골 메뉴는 물론이고 데리야키 치킨 샌드위치까지 꺼내 아침부터 든든히 챙겨 먹었다.

지나가던 주부가 권한 것이 납득이 갈 정도로 전부 맛이 있었다. 특히 데리야키 치킨 샌드위치는 촉촉하고 양도 많았지만 하나 더 먹고 싶을 정도로 맛이 끝내줬다.

"역시 이것이 아이템 박스의 올바른 사용방법인 것 같군그래."

한참 시간이 흘렀음에도 갓 만든 상태의 샌드위치. 그것들을 먹어치워 만족스럽게 아침식사를 마친 미라는 이어서 음료를 집어 들었다. 맥아(麥芽)음료다. 지금 미라가 마시고 있는 그것은 맥아 분말에 초콜릿과 우유를 가미한 것으로, 그야말로 아침에 어울리는 일품이었다.

또한 이 맥아음료도 지나가던 여성 모험가에게 물어서 알아낸 추천 음료였다. 그란 링스에서도 유명한 디저트 가게에서 아침 단골 메뉴로 정착한 물건이라는 모양이다. 참고로 '커피 우유 플라워스타'와 같은 가게에서 만든 것이다.

"최근에는 실로 건강한 것 같은 기분이 드는구먼."

미라는 자신의 건강한 몸을 확인하며 만족스러운 미소를 지었다. 과연 식생활에 의한 체형의 변화는 있을까. 그것은 알 수 없었지만 현재로서는 이상적인 형태를 유지하고 있었다. 과식을 하면 배가 불룩해지기는 했지만, 그건 어쩔 수 없으리라.

이렇게 아침 식사를 마치고서야 미라는 옷을 갈아입고 출발 준비를 시작했다.

"음, 준비 완료로군."

옷을 다 갈아입고 짐을 정리해, 출발 준비를 마친 미라는 다시 한번 꼼꼼히 잊은 물건이 없는지를 확인했다. 그리고 괜찮다고 확인을 하고서 문으로 나가 저택정령을 뒤로 했다.

사실 출발할 때는 굳이 문으로 나가지 않고 그대로 저택정령을 송환하는 편이 빨랐다. 하지만 굳이 그렇게 한 데에는 이유가 있었다. 문턱을 넘음으로써 모험이 시작된다는 것을 의식해 기분을 고조시키기 위해서다.

그리고 무엇보다도 미라는 저택정령을 밖에서 보는 것이 좋았다.

"좋구나, 참으로 좋아. 역시 자신만의 아성(牙城)을 갖는 것은 남자의 로망이니 말이야. 저택정령, 마이홈…… 이 몸의 집. 심지어 집채로 이사할 수 있다니. 이것이 이 몸의 집이라니. 아아, 좋구나."

마이홈. 그것은 가장 편안한 자신만의 성역이다. 분명 모든 이가 꿈꾸는 하나의 도달점이리라. 미라 역시 예외가 아니어서 저택정령에 대한 애착이 남다른 듯했다.

그리고 끝없이 펼쳐진 초원에 오도카니 선 저택정령. 공간만 있으면 언제든 귀가가 가능한 마이홈. 이 압도적인 우위성은 다른 이들의 마이홈과는 차원이 다를 것이다. 귀족이나 왕족이라 해도 이러한 마이홈은 소유하고 있지 않을 터다.

이다. 미라에게 운디네는 딸과 같은 존재였다.

"어이쿠, 그래그래. 미안하게 되었다. 이 몸도 만나서 기쁘구나."

미라는 아이를 달래듯 운디네의 등을 토닥여 주고서 살며시 몸을 떼었다.

운디네의 표정은, 매우 기뻐 보였다. 말은 아직 할 수 없지만 미라는 직감적으로 무슨 말을 하고 있는지 알 수 있었다. 얼굴을 보면 알 수 있을 정도로 인연이 깊기 때문이다.

그렇다, 운디네는 아직 말을 할 수 없다. 그것은 지능이 없기 때문이 아니라 단순히 사람에게 말을 전달하는 수단이 성숙되지 않았기 때문이다. 그것이 성숙하려면 개체차는 있지만 대략 태어난 뒤로 수십 년 정도의 시간이 필요하다.

하지만 정령들끼리라면 아무리 어린 정령이라 해도 의사소통은 가능하다. 인간과 정령의 정보전달 수단이 다른 것뿐이다.

또한 워즈랑베르 등, 이미 대화가 가능한 정령을 중재역으로 두면 운디네와도 대화는 가능하다. 하지만 지금의 미라는 그럴 필요를 느끼지 못했다. 깊은 인연으로 인한 이심전심…… 같은 애매한 것이 아니라 훨씬 단순하고도 확실한 방법이 있기 때문이다.

『아버님이 어머님이 되었어. 엄청 놀랐어. 하지만 귀여워. 게다가 따뜻해. 더 꼭 끌어안고 싶은데. 안 될까. 어떨까. ——라고 하는군.』

이렇게 운디네의 목소리를 정령왕이 전해주었기 때문이다.

그렇다. 미라와 계약한 모든 정령들과 인연을 통해 연결된 정령왕에게 운디네의 말을 알아듣는 것은 아무것도 아니었다. 그리고 그것을 통역하듯 미라에게 전해주는 것도 쉬운 일이었다.

『그…… 그런가…… 어리광쟁이로군그래…….』

심약하고 좀 더 어리광을 부리고 싶은 눈치인 운디네의 말을, 정령왕은 그대로 재현하여 전해주었다. 최근에는 이래저래 자유분방하게 지내고는 있지만, 정령왕답게 그 목소리는 위엄으로 가득했다. 엉겁결에 무릎을 꿇어버릴 것만 같은 중후하고도 듬직한, 그야말로 그럴싸한 목소리다. 그런 목소리로 정령왕은 운디네의 말투까지 완벽하게 재현해냈다.

미라는 쓴웃음을 지을 수밖에 없었다. 가능하면 같은 일을 할 수 있는 입장인 마텔에게 부탁하고 싶다는 말을 참아야 했기 때문이다.

하지만 그 마음은 들어주기로 했다. 미라는 운디네를 살며시 끌어안았다. 그와 동시에 샤워에 목욕까지 여러모로 신세를 진 일에 대한 고마운 마음을 전했다.

『어머님에게 도움이 되어서 기뻐. 더욱 열심히 할 테니까, 더더욱 의지해줬으면 좋겠어. ──라고 하는군. 역시 미라 공은 사랑받고 있군그래. 나의 눈은 정확했어.』

『그러게요. 저도 미라 씨를 보자마자 느꼈는걸요. 모두에게 사랑받고, 또 사랑해주고 있다는 걸.』

또다시 정령왕이 통역을 하는 소리가 들려오는가 싶더니 마텔까지 개입해왔다.

그리고 정령왕과 마텔은 그대로 각 정령들의 말을 화제 삼아 이야기하기 시작했다. 인간과 정령의 관계가 이대로 계속 친근하고 따뜻하게 이어졌으면 좋겠다고.

『으음…… 그것참, 영광이로군.』

미라는 그렇게만 답하고서 머릿속에서 들려오는 대화를 일단 차단하고 다시 한번 운디네와 마주했다. 그리고 "앞으로도 잘 부탁하마"라고 말하며 부드럽게 머리를 쓰다듬었다. 그러자 운디네는 기쁜 듯 미소를 지으며 다시 미라를 끌어안았다.

"역시 인사를 하길 잘했구나."

운디네를 송환한 후, 미라는 이래저래 뒤로 미루고 만 것을 후회하며 계약한 모든 이들에게 인사를 해나갔다.

각 속성의 정령들을 비롯해서 거대한 뱀인 움가르나에 마지막으로 봤을 때에 비해 엄청나게 커진 영수 빙무현호 진그랄라 등. 30년 만의 재회를 하는 내내 당시와 같거나 변한 것을 보고 놀라고 기뻐하느라 바빴다.

"다들 착하기도 하구나. 이 몸은 정말이지 큰 복을 받았어."

인사를 나눈 모든 이들은 계속 내버려 둔 것을 나무라지 않고 재회를 진심으로 기뻐해 주었다. 미라는 그런 일동의 따스한 마음에 눈물을 글썽이며 현실이 된 인연에 감사했다.

"어머님, 커다란 도시가 보이기 시작했습니다!"

왜건 안에서 신이 나서 그런 말을 한 것은 아이젠파르드였다.

인화의 술법을 써서 청년의 모습이 된 그는 현재, 잔뜩 신이 난 미소로 창밖의 도시를 쳐다보고 있었다.

"오오, 그렇구나. 곧 도착이로구나."

학스트하우젠으로 향하던 도중, 진로를 살짝 바꿔서 향한 곳은 리글렛이라는 도시였다.

　그 도시는 그림다트의 영토에 가까우면서도 많은 교역로가 교차하는 위치에 있다. 때문에 대륙 북부의 교역 요충지로서 매우 번성한 도시였다.

　그럼 왜 그곳으로 진로를 바꾸었고, 왜 사람으로 변한 아이젠파르드가 함께 있는가 하면. 그것은 모든 동료들과 인사를 마친 뒤의 일이었다.

　미라뿐 아니라 소환 동료들과도 재회를 기뻐하던 중.

　아이젠파르드가 말한 것이다. 전에 했던 '무슨 부탁이든 들어주겠다'는 약속을 지금 들어줄 수 있겠느냐고.

　지금은 퍼지다이스에게 고아원이 있는 장소를 묻기 위해 길을 서두르고 있는 중이다. 하지만 반짝반짝 눈을 빛내는 아이젠파르드 앞에서 지금은 안 된다는 말은 차마 할 수가 없었다.

　그 결과 미라는 아이젠파르드의 '오늘 하루 동안 어머님과 함께 인간의 도시를 구경하고 싶다'는 부탁을 들어주기 위해 이렇게 근처에 있는 가장 커다란 도시를 찾게 된 것이다.

　도시 리글렛에 도착한 후, 왜건을 대여 주차장에 맡긴 미라는 아이젠파르드와 함께 관광을 즐겼다.

　동서남북에서 모여든 물품들이 주변 가게들에 진열되어 있었다. 지역에 따른 특색이 짙게 드러나 있어서, 가게를 구경하기만 해도 대륙 각지를 여행한 것만 같은 기분을 맛 볼 수 있을 정도였다.

또한 커다란 도시에는 당연히 사람들도 잔뜩 모여들기 마련이다. 이곳은 그림다트로 가기 위한 중계지점인 탓에 상인에 모험가뿐 아니라 관광객들도 잔뜩 있었다.

사람의 왕래가 많은 번화가에는 길거리 공연자들도 있어서 여기저기서 웃음소리가 터져 나왔다.

중간에 불을 뿜는 곡예를 본 아이젠파르드가 "저도 할 수 있습니다!"라고 말하며 드래곤 브레스를 내뿜으려 하는 해프닝도 있었다.

근처 매점에서 열린 디저트 타임 세일에 둘이서 뛰어들어 승리하기도 했다.

특산물 가게에서 솔로몬에게 선물하기 위한 장난기 가득한 주스도 샀다.

좌우간 그렇게 미라도 신나게 도시 풍경을 즐겼다.

즐거운 시간이라는 것은 빠르게 지나기 마련이라, 눈 깜짝할 새에 시간은 오후 다섯 시가 지나 해가 저물기 시작했다.

작은 점포가 가게를 정리하기 시작할 즈음이 되어서야 한껏 들떠서 돌아다니던 두 사람도 차분함을 되찾았다. 그러던 때였다.

"어머님, 뭔가 그리운 냄새가 납니다!"

문득 아이젠파르드가 그런 소리를 했다. 그리고 기쁜 듯한 얼굴로 달려 나갔다.

"어허 아이젠파르드여, 그렇게 뛰어다니면 위험하지 않으냐."

굳이 말하고 말 것도 없이 주변 사람들이 위험하다. 미라는 걱정이 되어서 사람들을 이리저리 피해 달리는 아이젠파르드를 쫓왔다.

아이젠파르드는 번화가에서 식당가로 나왔다 싶었더니 그대로 뒷골목으로 들어갔다.

대체 어디까지 갈 생각인지. 뒤를 따라 뒷골목으로 뛰어든 미라는 그곳에서 문득 멈춰 섰다.

"음…… 어디로 간 게야."

노점이 빽빽하게 들어찬 뒷골목 식당 거리는 큰 거리에 뒤지지 않을 정도로 사람의 밀도가 높아서 아이젠파르드의 모습을 육안으로 확인할 수가 없는 상황이었다.

때문에 미라는 계약의 인연의 끈을 더듬어 위치를 찾았다.

그때.

"어? 잠깐?! 누구야?! 뭐야~?!"

위쪽에서 그런 여성의 희미한 비명소리가 들려오는 것이 아닌가. 심지어 그것은 아이젠파르드의 반응이 느껴지는 것과 같은 방향이었다.

"무슨 일이지?"

아무래도 옆 레스토랑의 옥상에서 들려온 것 같다. 대체 무슨 상황인 걸까. 약간 불안하기는 했지만 미라는 옥상으로 가뿐히 뛰어올랐다.

확인해 보니 그곳에는 분명 아이젠파르드가 있었다. 게다가 왠 여성을 끌어안고 있었다.

"오랜만입니다, 만나서 기쁩니다!"

"뭐야~ 누구야~?!"

"어? 어? 어?"

매우 기뻐하고 있는 아이젠파르드와 매우 허둥대고 있는 여성. 그리고 여성의 곁에는 당황한 소녀의 모습도 보였다.

하지만 미라는 어쩐지 그 목소리가 귀에 익다는 것을 알아챘다. 심지어 아이젠파르드가 호의를 품고 끌어안을 정도의 상대다.

혹시나 하고 다가간 미라는 그 여성과 소녀를 앞에 두고 말했다.

"무어냐, 역시 카구라가 아니냐!"

그렇다 아이젠파르드가 끌어안은 상대는 아홉 현자 동료인 카구라였던 것이다.

"어? 아, 할아버지?! 어째서 여기에?! 아니 그보다 좀 도와줘~!"

예상치 못한 재회에 진심으로 놀란 듯한 표정을 지은 것도 잠시뿐, 카구라는 도움을 요청했다.

"자자, 이제 충분하지 않으냐. 놓아주거라."

"알겠습니다!"

재회를 기뻐하는 건 그쯤 하면 충분하다고 미라가 말하자 아이젠파르드는 순순히 카구라를 풀어주었다.

하지만 아직도 기쁨을 다 전하지 못했다고 생각하는지, 그는 카구라를 향해 해맑게 만면의 미소를 지어 보였다.

"아니 그런데, 누구셔? 할아버지랑 아는 사람이야? 누구야?"

카구라는 머리 위에 몇 개나 되는 물음표를 띄우고 있었다. 미라와 미청년. 이게 대체 무슨 조합일까 싶은 것이리라.

"이 녀석은 아이젠파르드다. 인간의 모습으로 변신하는 술법을 쓴 상태지."

"오랜만입니다, 카구라 씨. 그리고 만나서 반갑습니다, 아가씨."

미라가 그렇게 말하자 아이젠파르드는 빙긋 미소를 지으며 인사했다.

"어? 그랬구나! 이게 아이젠 군이라니. ……어떻게 술식을 짰기에 이렇게 된 거람."

카구라가 느낀 첫인상은 갑자기 자신을 끌어안은 미청년이었다. 하지만 자신이 잘 아는 미청년이 된 탓인지 그 인상이 크게 바뀐 듯했다. 수상한 사람에서 연구대상으로.

역시 은의 연탑의 아홉 현자답게 카구라 역시 미지의 술식에 관심이 동한 모양이다. 그녀는 아이젠파르드를 지그시 관찰하고는 "하나도 모르겠네"라고 중얼거리며 미라를 쳐다보았다.

미라는 자신도 전혀 모르겠다고 답했다.

"티리엘이라고 해요. 잘 부탁드려요."

카구라와 미라는 언젠가 상황이 진정되면 연구해보기로 약속했다. 그리고 그런 두 사람을 내버려두고 티리엘이 인사를 건넸다. 이 청년이 미라의 동료라는 사실을 알고 안심한 것인지, 당황했던 좀 전과는 달리 실로 차분한 동작으로 인사를 했다. 카구라에 비해 참으로 여유로운 반응이었다.

"그래서 그대는 이러한 장소에서 무얼 하고 있었던 게냐? 혹 키메라나 악마 같은 것과 관련된 무슨 일이라도 있는 게야?"

현재 카구라는 발렌틴과 협력해서 봉귀의 관의 확인 및 키메라와 악마에 관한 조사 등을 하고 있을 터다. 그렇다면 이런—— 흔하디흔한 가게 옥상에 있는 것도 그러한 이유에서이리라.

"으음…… 저기 있는 가게를 감시하고 있었어——."

카구라는 맞은편에 있는 음식점을 가리키며 답하더니 미라가 말한 것과는 다른 일 때문이라고 말을 이었다.

카구라의 말에 의하면 최근 이 주변 지역에서 아이가 행방불명되는 사건이 수십 건이나 발생했다는 모양이다.

이 주변에는 지금까지 그랬듯 키메라와 악마에 관한 조사를 하러 왔다가 지금의 사태를 듣게 되었다고 한다.

"여러모로 탐문 조사를 해봤는데, 이 도시에서도 어린애가 네 명이나 행방불명되었대. 그런 소리를 들었는데 내버려 둘 수는 없잖아."

그야말로 당연한 일이라는 듯 카구라는 딱 잘라 말했다. 그래서 이렇게 유괴 사건을 조사하고 있는 것이라고.

"오호라. 여기서 감시를 하고 있는 것을 보니, 무언가 단서를 찾은 모양이로구나?"

"응, 맞아."

카구라는 자신만만하게 답하더니 그 단서에 관해 알려주었다.

그녀의 말에 의하면 이스즈 연맹의 정보망을 구사해서 조사해보니 최근 들어 이 도시에 수상한 집단이 출몰하고 있다고 한다.

하지만 이곳은 대륙 북부에서도 교역의 요충지에 해당하는 도시 중 하나다. 행방불명 사건뿐 아니라 온갖 범죄의 온상이 되어 있을 가능성도 충분히 있다.

수상쩍은 집단이라고 해서 그것이 이번 행방불명 사건과 연루되어 있다고 곧바로 판단을 내릴 수는 없는 일이다.

"할아버지는, 괴도 퍼지다이스를 알아?"

하지만 카구라는 그 집단이야말로 원인이라고 확신하는 투로 그런 질문을 해왔다.

"음, 알고 있다만, 그게 뭐 어쨌다는 게냐?"

미라는 고개를 끄덕임과 동시에 그렇게 되물었다. 행방불명 사건과 세간을 떠들썩하게 하고 있는 의적이 무슨 상관이냐고.

"응, 실은 있지——."

그렇다니 다행이라는 듯 카구라는 이스즈 연맹의 조사로 밝혀진 정보를 털어놓기 시작했다.

카구라의 말에 의하면 그 일은 1년 전, 이 도시에 있던 커다란 상회—— 클리크 상회가 비밀리에 행하던 장사를 퍼지다이스가 폭로한 일에서 시작되었다고 한다.

여러 가지 악행이 공개된 클리크 상회는 당연히 해산되었다. 중역들은 체포되고 관계자들도 처벌되었다. 하지만 조사 결과, 법의 눈을 벗어난 자들이 있었다는 모양이다.

그리고 그 잔당들이 이번 행방불명 사건에 연루되어 있다고 한다.

"——그래서 지금은 그 잔당과 이어져 있다는 남자를 이렇게 감시하고 있는 거야."

이스즈 연맹의 조사력을 자랑하듯 카구라는 가슴을 편 채 말하더니 감시 같은 것은 누워서 떡 먹기라는 듯한 얼굴로 쌍안경을 들여다보았다.

하지만 다음 순간.

"어라? 없어?!"

카구라는 놀란 듯 그렇게 소리쳤다. 이어서 티리엘 역시 당황한 목소리로 "없어요!"라고 외쳤다.

아무래도 이렇게 이야기를 하는 동안 타깃이 식사를 마치고 어딘가로 가버린 모양이다.

"아 정말, 할아버지가 와서 이렇게 됐잖아!"

그렇게 화풀이를 하며 카구라는 피스케와 가우타, 뇨로조를 불러내 온 힘을 다해 수색하게 했다.

하지만 타깃은 어디를 어떻게 지나간 것인지, 혹은 어느 건물 안으로 들어가 버린 것인지. 결국 발견할 수가 없었다.

14

"우으……."

표적을 완전히 잃어버린 탓에 카구라는 좌절했다. 이스즈 연맹
의 조직력이 없으면 카구라 본인의 조사 능력은 이 정도에 불과
한 것이다.

그 옆에서는 티리엘이 쌍안경에 눈을 댄 채 주변을 샅샅이 훑
어보았다. 하지만 그런 식으로 찾은들 다시 발견하기는 어려울
것이다.

"나 원, 못 말리겠구나."

고개를 푹 숙인 카구라의 어깨에 손을 턱 얹으며 어이가 없다
는 미소를 지은 채로 미라는 "어쩔 수 없지, 이 몸도 도우마"라고
말했다.

이번 표적은 퍼지다이스로 인해 망한 상회의 잔당이라고 한다.

그렇다면 어쩌면 그중에 퍼지다이스와 직접 대면한 이가 있을
지도 모른다. 잘만 하면 그 자를 통해 퍼지다이스의 특징이나 능
력과 같은 정보를 얻을 수 있을지도 모르는 것이다.

앞으로 퍼지다이스와 대결을 해야 하는 상황이 벌어질지도 모
르는 일이니 그러한 정보는 어떻게든 손에 넣고 싶었다.

"아싸, 고마워, 할아버지!"

카구라는 언제 좌절했었냐는 듯 기쁜 듯한 얼굴로 미라를 쳐다
보았다. 그 눈에는 기대의 빛이 가득했다.

"무얼~ 상황이 상황이니 내버려 둘 수가 있어야지 말이다."

퍼지다이스도 문제지만 행방불명된 아이들이 걱정이다. 미라는 그렇게 말을 잇고서 곧바로 의기양양하게 단원 1호와 멍슨을 소환했다. 이러니저러니 해도 의지가 되는 조사, 탐색의 스페셜리스트 세트다.

또한 소환술에 의지하지 않을 경우, 미라 본인의 조사 능력은 카구라와 도토리 키재기다.

"이 사건, 소생이 즉시 해결해 보이겠습니다냥."

캐트시인 단원 1호는 빳빳한 양복에 코트를 걸쳐, 잠복 중인 형사처럼 차려입고 있고서 검은 수첩을 살며시 내보이며 당당하게 등장했다.

"그 어떤 난해한 수수께끼든 본인에게 맡겨주십시오멍."

고전적인 탐정 의상으로 등장한 것은 쿠시인 멍슨이었다. 홈즈처럼 파이프를 손에 들고 상쾌하게 등장했다.

참고로 파이프는 비어 있는 듯했다.

그렇게 단골 조사원들이 모인 참에 문득 한 줄기 바람이 지나갔다.

"아앙! 단원 1호 군~!"

카구라다. 그녀는 그야말로 눈에 보이지도 않을 정도의 속도로 스타일리시하게 포즈를 잡은 단원 1호를 안아 올렸다.

"뭐시라고냥?!"

너무도 갑작스러운 일에 단원 1호는 무슨 일이 일어났는지조차 알아채지 못했다.

하지만 그럴 수밖에 없었다. 고양이를 끔찍하게도 좋아하는 카구라에게 캐트시인 단원 1호는 최고 랭크의 애정 대상이기 때문이다.

"나 원, 여전하군그래……."

평소와 다름이 없는 그 반응에 미라는 쓴웃음을 지었다. 카구라의 고양이 사랑은 조금도 사그라지지 않은 모양이다.

"항복…… 항복입니다냥……."

온힘을 다해 끌어안는 바람에 단원 1호가 결국 항복을 하듯 손을 두드렸다. 하지만 이렇게 된 카구라를 만류하는 것은 불가능하다.

그 사실을 잘 아는 미라는 그대로 내버려 두고 수색 요원을 추가로 소환했다.

발키리 일곱 자매를 필두로 구구와이즈, 코로포클 자매, 운디네와 실피드, 그리고 워즈랑베르까지. 동료들이 차례로 나타났다.

"우와아, 다들 반가워!"

그렇게 많은 멤버가 모이자 카구라가 기쁜 듯 외쳤다. 카구라에게는 십여 년 만이고, 일동에게는 삼십 년 만의 재회였다.

"오랜만입니다, 카구라 님."

알피나를 비롯한 일동도 카구라와의 재회를 기뻐했다.

그때 카구라는 상당히 모습이 바뀐 코로포클 자매 중 동생인 에테노아를 보고 깜짝 놀라기도 했다.

또한 워즈랑베르와는 처음 만난 것이었지만 이야기 자체는 전갈 일행에게 들었다고 한다.

카구라가 "이상한 짓을 부탁하면 거절해도 돼요"라는 소리를 내뱉었다.

워즈랑베르가 다루는 정적의 힘은 은폐의 힘이다. 엿보기 등, 악용할 방법은 얼마든지 있었다.

"그런 일을 누가 부탁한다는 게야!"

미라는 섭섭하다는 듯 카구라를 노려보았다.

"아~ 어흠. 그럼 그대들이 조사한 바를 이 몸들에게도 자세히 말해주겠느냐?"

대충 재회의 기쁨이 가라앉았을 즈음에 미라가 그렇게 말을 꺼냈다. 행방불명 사건에 관해 이스즈 연맹이 조사한 정보를 알려달라고.

"알겠어."

어쩐지 화기애애했던 분위기를 거두며 카구라는 단원 1호를 품에 안은 채 조사로 판명된 많은 정보를 개시해 나갔다.

"알피나와 엘레티나는 남쪽을 맡거라. 그리고——."

카구라에게 들은 정보를 토대로 수색 범위와 대상을 추려내자마자 조사를 개시했다.

하지만 도시는 넓어서 무턱대고 수색해 봐야 효율이 떨어질 것이다. 때문에 미라는 구획 별로 나누어 동료들에게 담당할 장소를 할당해주고 있었다.

발키리 일곱 자매와 코로포클 자매, 워즈랑베르, 운디네와 실피드까지, 각 조사 요원을 도시 전체로 퍼뜨렸다.

또한 구구와이즈는 하늘 위에서 전역을 날아다니며 조사를 하도록 지시했다.

"──멍슨은 저쪽 번화가를 조사해 주겠느냐. 그리고 단원 1호는──."

"──나랑 같이 이 근처를 찾아보자아."

끝으로 프로페셔널한 둘에게 가장 북적이는 장소를 맡기려던 그때. 카구라가 단원 1호를 끌어안은 채 멋대로 결정해버렸다.

"……단원 1호는, 상점가의 뒷골목을 중심으로──."

"──그러면 조사를 시작하자! 가자, 단원 1호군. 할아버지, 나중에 봐!"

그런 말을 끝으로 카구라는 말릴 새도 없이 옥상에서 뛰어내려 잽싸게 걸어 나갔다.

고양이를 품에 안은 카구라를 막을 수 있는 이는, 아무도 없다. 그 사실을 잘 아는 미라는 역시 납치당하고 말았다며 쓴웃음을 지었다.

하지만 단원 1호가 함께 있으면 카구라의 부족한 조사 능력을 보충해줄 것이다.

"으음…… 그러면 제가 뒷골목을 맡을게요."

문제는 카구라가 너무 귀여워하는 바람에 단원 1호가 능력을 발휘하지 못할지도 모른다는 점이다. 그런 걱정을 하던 참에 남아있던 티리엘이 살며시 입후보했다.

"아니, 이 몸이 갈 테니 괜찮다. 그보다 티리엘 공은 저 아이가 단원 1호를 방해하지 않는지 감시해줄 수 있겠나."

티리엘이 나무라면 카구라도 조금은 자신의 태도를 돌아볼 것이다. 미라가 그렇게 부탁하자 티리엘은 "알겠어요!"라고 활기차게 답하고서 카구라를 쫓아갔다.

"그럼…… 가보도록 할까."

담당 조사 지역이 상점가 뒷골목으로 정해진 미라는 그렇게 중얼거림과 동시에 아이젠파르드와 마주했다.

"아들이여, 미안하구나. 오늘은 하루 종일 그대와 어울려주기로 약속했건만——."

아들과 나눈 소중한 약속이기는 했다. 하지만 미라는 위기에 처했을지도 모르는 아이들을 내버려 둘 수는 없다고 사과했다.

"아니요, 저도 행방불명된 아이들이 걱정입니다. 반드시 구해내죠, 어머님!"

아이젠파르드는 올곧은 눈으로 그렇게 답했다. 그 마음에는 자신보다 아이들의 안부를 걱정하는 다정함이 자라나 있는 듯했다.

실로 착한 아이로 자라주었다. 그 답변에 속으로 감동의 눈물을 흘리며 미라는 마음을 바로잡고 몸을 돌렸다.

"그러냐. 그럼 가자, 아이젠파르드. 반드시 아이들을 찾아내자꾸나!"

"네, 어머님!"

그렇게 두 사람도 조사를 시작하기 위해 상점가 뒷골목으로 출발했다.

조사를 시작하고서 한 시간 정도가 지났다.

"역시 단서가 그렇게 쉽게 나오지는 않는군."

"네, 안 보이는군요……."

미라는 카구라에게 들은 정보와 일치하는 듯한 인물을 찾지 못하고 있었다. 때는 지금이라는 듯 보탬이 되고자 의욕을 불태웠던 아이젠파르드도 의기소침해졌다.

참고로 클리크 상회의 잔당이라고 말하기는 했지만, 그것은 옛 클리크 상회에서도 극히 일부일 뿐이라고 한다.

누구누구가 예전에는 클리크 상회에 있었다는 이야기는 어느 정도 들을 수 있었다. 하지만 자세히 조사해 보니 지금은 성실하게 일하고 있는 자들뿐이라고 한다.

흉계를 꾸미고 있는 잔당들은 어디에 있을까. 차라리 큰소리로 외쳐서 반응을 살펴보도록 할까.

그런 생각을 하며 조사를 계속하던 그때.

『촌장! 여기여기! 완전 이상해 보이는 녀석을 붙잡았거든?!』

코로포클 자매 중 동생인 에테노아가 다급한 듯한, 그러면서도 어쩐지 흥분한 듯한 투로 연락을 해왔다.

『완전 이상해 보인다? 알겠다. 당장 가마!』

대체 무엇이 어떻게 완전 이상해 보인다는 것일까. 대체 '완전'이라는 표현을 어디서 배운 것일까. 애초에 에테노아가 갸루처럼 변한 원인은 무엇일까.

그런 쓸데없는 의문에 관해서도 새삼 생각하며 미라는 현장으로 향했다.

또한 도중에 단원 1호를 통해 카구라에게도 상황을 전달하자

금방 합류하겠다는 답이 돌아왔다.

에테노아의 연락을 받고서 몇 분이 흐른 후. 일동이 도착한 장소는 주택가에서 약간 떨어진 곳에 위치한 공원이었다.

관리가 잘 되고 있는지 정돈된 나무들이 늘어서 있다. 분명 낮에 오면 산뜻한 인상을 풍기는 장소일 것이다.

하지만 지금은 해도 가라앉아서 어두컴컴했다. 심지어 단정하게 늘어선 나무들 중 한 자루만 부자연스럽게 돋아나 있었다.

가까이 가보니 그 모습이 또렷하게 보였다. 놀랍게도 웬 남자한 명이 그 나무속에 파묻혀 있었다.

사정을 모르는 이가 밤의 공원에서 이러한 광경과 맞닥뜨린다면 비명을 지르고도 남으리라. 하지만 미라는 망설임 없이 다가갔다.

"촌장님, 수상한 사람을 붙잡은 거예요."

우네코가 그렇게 말하며 미라와 아이젠파르드를 맞이했다. 매우 자랑스러운 얼굴로 달려오며.

"이것 좀 봐, 촌장. 우네코 언니가 완전 꼼짝도 못 하게 해놨어."

두 사람의 이야기에 의하면 경위는 이러했다.

자신들이 맡은 구역을 조사하던 중의 일이었다. 이 공원을 발견한 두 사람은 둘로 나뉘어 이곳에 있는 나무들에게 탐문조사를하고 있었다는 모양이다.

그러던 그때. 갑자기 우네코가 습격을 받은 것이다.

하지만 코로포클 자매의 힘은 미라가 보증할 정도여서, 보기 좋게 남자에게 반격해 지금에 이른 것이다.

그렇다. 나무에 파묻힌 남자가 바로 그때 반격을 당한 남자였다. 그리고 그 상태는 코로포클의 능력 중 하나인 나무 감옥에 의한 것이었다.

"굉장합니다, 우네코 씨!"

아이젠파르드가 그렇게 소리쳤다. 그 얼굴에는 선망의 빛이 떠올라 있었다. 공을 세운 우네코가 부러운 눈치였다.

"음, 잘했다!"

목적한 잔당인지 어떤지는 모르겠지만 어찌 되었건 우네코를 노렸으니 수상한 인물이라는 것은 분명했다. 미라가 칭찬하자 그정도 습격은 아무것도 아니라는 듯 우네코는 만면의 미소를 지으며 기뻐했다.

그렇게 코로포클 자매에게 이야기를 듣던 중에 카구라도 도착했다.

마침 잘 됐다. 카구라는 곧바로 자백의 술식을 행사해서 수상한 남자에게서 정보를 빼내었다.

그 결과, 이 남자가 최근 일어난 행방불명 사건에 연루된 인물이라는 사실을 밝혀내는 데 성공했다.

하지만 이대로 해결로 이어질 것 같지는 않았다. 이 남자는 조달책에 불과했다. 맡은 역할은 연락을 받은 후, 그 요청에 따라대상을 유괴하는 것뿐이라고 한다.

다시 말해서 말단 중에서도 말단인 것이다.

하지만 한 가지는 확실해졌다. 그것은 주변 지역에서 일어난 행방불명 사건이 유괴에 의한 것이라는 사실이다. 남자의 증언으로 밝혀진 상부의 요청과 행방불명된 아이들의 특징이 일치한 것이다.

'그나저나 우네코까지 대상으로 삼다니, 대체 누가 요청한 것이기에.'

활약을 한 일이 자랑스러운지 우네코는 눈이 마주칠 때마다 미소를 지어 보였다. 그 사랑스러운 미소에 마음의 안식을 얻으며 미라는 생각했다. 요청을 한 녀석은 지독한 변태일 것이라고.

"——그래서 당신한테 지시를 내린 사람은, 어디에 있어?"

어찌 되었건 남자에 대한 심문은 계속되었다. 남자 본인의 정보는 모두 알아냈으니 다음으로 캐내야 할 것은 그 윗선에 관한 정보—— 그와 같은 조달책을 통솔하는 자들에 관한 정보다.

카구라의 말을 들은 남자는 모든 것을 솔직하게 털어놓았다.

우선 뒤에서 사람들을 조종하고 있는 것은 클리크 상회의 잔당이 맞다고 한다.

클리크 상회는 인신매매도 했었다. 남자는 그 무렵에도 몇 번인가 일을 도왔는데, 그때와 지금의 수법부터 이런저런 부분에 공통점이 있다는 것이 그 근거였다.

클리크 상회의 수법을 아는 이가 연루된 것이 틀림없다고 남자는 말했다.

하지만 말단 중에서도 말단인 그는 그 잔당들의 얼굴을 하나도 몰랐다. 더불어 행방불명된 이들이 어디서 어떻게 팔리고 있는지도 모른다고 한다.

따라서 잔당의 정체와 그 위치를 밝혀낼 정보는 하나도 없었고, 결국 특정을 하는 데는 실패했다.

하지만 유력한 정보라 할 만한 것을 하나 알고 있기는 했다. 그것은 납치한 아이들을 양도하는 장소와 수순이었다.

"좋아, 되었구나. 그 장소로 쳐들어가서 싹 다 잡아들이면 해결되겠어! 다크나이트로 주변을 포위하면 도망도 못 칠 게다."

그렇다면 일이 간단하겠다며 미라가 그렇게 제안했다. 그와 동시에 아이젠파르드가 "저에게 맡겨주십시오!"라고 말하며 의욕을 내비쳤다.

둘 다 날뛸 생각이 가득했다.

하지만 그때 카구라가 그들을 제지했다.

"안~돼. 유괴 실행범으로 이렇게 아무것도 모르는 녀석을 쓸 정도의 녀석들이잖아. 그 양도 장소에 있는 녀석도 진짜 잔당일지 어떨지 모르잖아?"

쳐들어가 붙잡은들 그것이 진짜 잔당이라는 보장은 없다. 양도한 이도 그냥 고용된 이일 수도 있다는 것이다.

"그렇게 되면 또 심문해서 캐내면 되지 않으냐. 반복하다 보면 언젠가 머리가 있는 곳에 도달할 수 있을 것 같다만."

다음이 꽝이더라도 그 윗선과 이어져 있기는 할 것이다. 그렇게 거슬러 올라가다 보면 분명 잔당에게 도달할 수 있을 터다.

그렇게 미라가 말하자 카구라는 "일이 잘 풀리면 그렇겠지"라고 답하고서 이스즈 연맹이 겪었던 경험담을 말했다.

카구라의 말에 의하면 이러한 형태로 된 조직의 두목은 매우 신중하다는 모양이다. 정체가 특정되는 일을 피하기 위해 몇 중으로 예방선을 깔아둔다고 한다.

그 때문에 하나씩 거슬러 올라가다 보면 중간에 수색의 손길이 다가오고 있다는 사실을 알아챌 수밖에 없다.

들통나면 그대로 완전히 숨어버려 정보가 끊기고 만다.

이스즈 연맹에서 키메라 클로젠을 조사했던 때도 몇 번인가 그러한 상황이 있었다고 카구라는 덧붙여 말했다.

"오호라. 그렇게 되면 일이 성가셔지겠구먼……."

도마뱀이 꼬리를 두고 도망치는 것과 같다. 어렵게 잡은 단서니 이대로 잔당을 붙잡고 싶다고 미라는 생각했다.

그러던 중에 카구라가 씨익 웃으며 말했다.

"사실은 완벽한 작전이 있는데——."

15

교역의 요충지인 만큼 도시 리글렛 곳곳에는 창고가 늘어서 있었다.

그중에서도 도시의 중심부에서 멀리 떨어진 한구석에 위치한 창고 거리. 그곳에서도 구석진 곳에 자리한 한 창고 앞으로, 왠 남자가 마차를 끌고 다가갔다.

해는 완전히 저물어서 하늘에는 달이 빛나고 별이 반짝이고 있었다.

그런 달빛을 받아 떠오른 남자의 얼굴은, 우네코를 습격했다가 반격을 당한 남자의 것이었다.

『내가 입수한 정보에 의하면 이 도시에서 행방불명된 아이들은 겉으로 봤을 때 딱 할아버지의 나이대 정도 되는 아이들인 모양이야.』

완벽한 작전이라고 호언장담한 카구라의 입에서 나온 것은 그러한 말이었다.

그것을 요약하자면 이렇게 된다.

일일이 아래서부터 수사망을 좁혀 나가다가는 중간에 도망간다. 그렇다면 잔당들이 있는 곳까지 그들이 직접 안내하게 하면 된다.

다시 말해서 미라를 피해자 소녀로 만들어, 잔당들이 숨은 소굴로 직접 보내버리자는 것이다.

여차하면 스스로 몸을 지킬 수 있는 데다 보내지는 장소에 따라서는 이전에 행방불명된 아이들을 찾을 수 있을지도 모른다.

나아가 그대로 잔당을 괴멸시키는 일도 가능하고 그 후에 카구라가 두목을 심문하면 지금까지의 피해자들이 어디로 갔는지 알아낼 수 있을지도 모른다.

정말로 완벽한 작전이었다.

'어디가 완벽한 작전이라는 게야. 나 원, 이 몸의 사정은 하나도 고려하지 않지 않았느냐.'

수레에 실린 상자. 그중 바닥이 얇은, 가늘고 긴 나무상자 안에 미라가 있었다.

일반적인 소녀처럼 간소한 원피스 차림으로 팔다리를 묶인 미라는 그 안에서 하염없이 참고 있었다.

들키지 않도록 계속 잠든 척을 해야만 한다. 하지만 서서히 엉덩이와 허리가 아파오는 것 같아서 미라는 상자 안에서 천천히 몸을 꼬물거리고 있었다.

'하다못해 쿠션이라도 하나 넣어둘 걸 그랬구먼. 아니, 양도 직전에 상자에 들어가도 되지 않나?'

마차의 진동 때문에 은근히 엉덩이와 허리가 아프다며 미라는 상자 속에서 시종일관 불평을 하고 있었다.

그럼에도 받아들인 데에는 이유가 있었다.

작전을 들은 순간, 그건 좀 힘들 것 같다고 일단 거절을 하기는 했었다. 그 대신 소환술을 총동원해서 일대를 수색하자고 제안하기도 했다.

하지만 그 제안은 확실성이 떨어진다는 이유로 카구라가 기각했다. 또한 그만한 규모로 수색을 벌이면 상대 쪽이 알아챌 우려가 있다고도 말했다.

그때였다. 티리엘이 피해자 소녀가 되는 역할로 입후보한 것이다.

한시라도 빨리 아이들을 구해주고 싶다면서. 그러기 위해서라도 지금 가능한 것 중 가장 가능성이 높은 방법을 시험해보고 싶다면서.

실제로 몸집이나 생김새로 치면 티리엘은 충분히 그 역할을 맡을 만한 잠재성을 가지고 있었다.

하지만. 당연히 티리엘이 그러한 역할을 맡게 할 수는 없는 노릇이다.

그렇게 결과적으로 미라가 자청을 할 수밖에 없는 상황이 되어 지금에 이른 것이다.

미라의 엉덩이와 허리를 제외하면 작전은 순조롭게 진행되었다. 아무 일 없이 창고 앞에 도착한 남자는 그 문을 두 번, 한 번, 세 번 순서로 리듬에 맞춰 노크했다.

지금의 그는 협력자다.

작전이 결정되고서 자백의 술식을 해제한 후, 카구라는 아주 당연하다는 듯이 그에게 양자택일의 선택지를 제시했다.

하나는 작전이 끝난 후에 경비국에 양도하기는 하겠지만 그때 인신매매 조직 박멸의 협력자로서 감형해달라고 부탁해주겠다는 것.

그리고 나머지 하나는, 잿더미가 될 때까지 불타보겠냐는 것이었다.

심지어 카구라는 그런 광경을 눈앞에서 보여주기까지 했다. 한 장의 식부로 남자의 상의를 재로 만든 것이다. 그러고서 "다음에는 안 봐줘"라고 협박 같은 말까지 덧붙였다.

반격을 당한 남자는 협력을 할 수밖에 없었다.

현재 반격을 당한 남자의 배에는 배신을 방지하기 위한 식부가 붙어있다. 그 말은 즉, 지금부터 그의 목숨을 건 연기가 시작될 것이라는 뜻이다.

"이봐, 끝내주는 물건을 찾아왔어. 오백만에 가져가라고."

누군가가 창고 문에 난 작은 창으로 밖을 내다보자 반격을 당한 남자는 자신이 가져온 상자를 내보이며 그렇게 교섭을 시작했다.

직후, 작은 창으로 밖을 보던 눈이 조용히 가늘어졌다.

"흥, 어쩐 일로 꽤나 비싼 값을 부르는구만. 그 자신감의 근거가 뭔지 어디 한번 보자."

반격을 당한 남자는 지금까지 했던 거래보다 훨씬 높은 금액을 부른 모양이었다. 하지만 그것이 효과를 거둔 것인지, 문지기 남자의 관심을 끄는 데는 성공한 듯했다.

창고의 문이 열리더니 남자가 나왔다.

"어디, 상태가 어떤지 좀 볼까……."

그대로 미라가 들어있는 상자로 다가간 문지기 남자는 덮개를 열고 안을 들여다보았다.

'자아, 자는 척, 자는 척…….'

미라는 아직도 엉덩이와 허리가 아팠지만 꾹 참고 완전히 정신을 잃은 양 꿈쩍도 하지 않고 있었다. 그러자 문지기 남자는 그런 미라의 몸을 뚫어져라 살펴보기 시작했다.

'이 녀석…… 구멍 뚫리겠다. 나 원, 불쾌한 시선이로구면.'

목덜미에 발끝, 뺨이며 허벅지에서 문지기 남자의 뜨뜻미지근한 숨결이 느껴져 미라는 소름이 돋았다. 마치 온몸을 훑는 듯한 시선이었다. 하지만 그럼에도 미라는 아이들을 위한 일이라며 견뎌냈다.

그러자──.

"오호라. 이거 큰소리를 칠 만하군."

끝으로 미라의 얼굴을 확인한 문지기 남자는 엉큼하게, 그러면서도 만족스러운 투로 그렇게 말하더니 미라가 입은 원피스를 들췄다.

'이 녀석이! 정말 구제불능의 쓰레기로군그래!'

미라의 몸이 훤히 드러났다. 그것을 본 문지기 남자가 입맛을 다시며 "이거 물건이구만"이라고 속삭이는 소리가 옆에서 들려왔다.

치욕스럽기 그지없었다. 하지만 미라는 그런 것보다는 이렇게 이곳에 끌려온 아이들도 같은 일을 당했을지도 모른다는 생각에 화가 났다. 그리고 그도 개별적으로 벌을 주기로 마음속으로 결정했다.

"잘했다. 이거 물건 중에서도 물건이구만. 내가 갖고 싶을 정도야."

아름다운 미라의 몸을 샅샅이 훑어본 남자는 호탕하게 웃었다.

그리고 "좋아. 오백만 주지. 3번에서 받아라"라고 말을 잇더니 그대로 수레를 문 안으로 옮겼다.

'우선 1단계는 성공한 것 같구나.'

창고 안으로 상자째 옮겨진 후, 미라는 계속 자는 척을 하며 주변에서 들리는 소리를 통해 문지기 남자가 무엇을 하고 있는지를 추측했다.

아무래도 수레에서 다른 무언가로 옮겨 실은 모양이다. 희미하게 말 울음소리가 나는 것을 보면 분명 마차일 것이다.

다시 말해서 이 창고에서 또 다른 장소로 운반하려는 것이다.

십여 분을 기다리자 드디어 이동이 시작되었다. 아무런 특색도 없는 짐마차가 창고에서 나와 밤길을 달렸다.

그 짐칸에서는 말발굽소리와 차바퀴의 진동이 고스란히 느껴져서 미라의 엉덩이와 허리는 계속해서 고통을 호소했다.

"나 원, 살살 좀 다루란 말이다."

안 그래도 자는 척을 하기가 힘들어진 판에 이런 취급을 받다니. 미라는 두고 보자고 원망 섞인 소리를 중얼거렸다.

그렇게 얼마간 운반된 후. 미라가 든 상자를 실은 마차는 다른 많은 마차가 정차해 있는 장소에서 멈췄다.

그곳은 여러 술집이 들어선 복합 시설이었다. 밤에 가장 붐비는 이 장소는 지금 시간대가 가장 떠들썩했고, 그렇기에 난잡하게 마차가 늘어선 주차장을 신경 쓰는 이는 없었다.

그 혼잡함에 녹아들 듯 마차를 세운 문지기 남자는 마부대에서

짐칸으로 옮겨타더니 아깝다는 얼굴로 미라가 든 상자의 덮개를
열었다.

'어디 보자, 어떻게 되었으려나. 이제 거점에 도착한 겐가?'

떠들썩하다는 것 말고는 주변의 상황을 알 수가 없었다. 여기
서 제압을 시작해도 되는 걸까.

술주정뱅이의 목소리가 시끄럽게 울리는 가운데, 미라는 상황
판단이 잘되지 않아 좀 더 상황을 지켜보기로 하고 계속 잠든 척
을 했다.

그때였다.

"아아, 정말 끝내주는구만."

문지기 남자가 그런 말을 한 직후.

'뭐엇……! 이 변태 녀석이~!!'

미소녀가 잠들어 있다는 사실을 이용해 주물주물, 미라의 가슴
이며 엉덩이를 주무르기 시작한 것이다.

"아아, 감촉 좋고……."

문지기 남자는 황홀한 목소리로 중얼거리며 정욕으로 가득한
얼굴로 미라의 몸을 한참이나 주물거렸다. 그에 반해 미라는 그
불쾌한 느낌을 꾹 참았다. 여기서 두들겨 패서 지금까지의 작전
을 물거품으로 만들 수는 없기 때문이다.

그렇게 얼마간 참다 보니 문지기 남자가 "어이쿠, 서둘러야겠
구만"이라고 중얼거리고는 짐칸에서 내려 마차에서 떠나갔다. 아
주 만족스러운 얼굴로.

그는 어디로 가는 것일까. 확인을 위해 멍슨을 감시로 붙였다.

'저놈은 죽인다.'

문지기 남자는 기어이 죄목을 더 추가하고 말았다. 미라는 마음속으로 판결을 내렸다. 집행유예 따위 필요 없다. 작전이 끝나면 저 남자는 극형에 처할 것이다.

주차장에서 2분 남짓을 기다렸을 즈음. 한 남자가 마부대에 올랐다. 심지어 그 남자는 문지기 남자가 아니라 다른 사람이었다.

멍슨에게 상황을 물어보니 문지기 남자는 처음 있던 창고로 향했다는 모양이었다. 다시 말해서 이 장소에서 다시 양도가 이루어진 것이다.

참으로 주도면밀하다. 미라는 여기서 날뛰지 않기를 잘했다며 안도했다.

그렇게 마차는 또다시 날리기 시작했다. 그와 동시에 엉덩이와 허리의 고난도 시작되어 괴로움에 몸부림치게 된 미라는 새삼 이런 일을 당하게 한 잔당들에 대한 분노를 불살랐다.

마차가 달리기 시작한 뒤로 십여 분이 흘렀을 즈음, 교외에 있는 저택 앞에서 마차가 멈췄다.

마부가 문지기와 몇 마디 말을 나누고 나자 저택의 문이 열렸다. 마차는 그대로 저택 부지 안으로 들어갔다.

마차는 저택을 빙 돌아 뒤편에서 다시 멈췄다. 그러자 이번에는 미라가 들어있는 나무상자를 짐칸에서 내렸다. 게다가 그대로 어딘가로 옮겨가는 듯했다.

상자가 열리더니 누군가의 손이 미라의 몸에 닿았다.

좀 전의 일이 생각나 미라는 바짝 긴장했지만 이 남자는 괜찮은 듯했다. 미라는 그대로 그 품에 안겨 부드러운 무언가 위에 눕혀졌다.

'음, 드디어 도착한 겐가?'

미라는 엉덩이와 허리의 통증이 가시는 것을 느끼며 '생체감지'로 주변을 살폈다.

'뭔가 작은 반응이 감지되는군.'

그 말고도 누군가가 있는 모양이다. 게다가 반응의 크기로 미루어 보았을 때 어른이 아니다.

미라는 자신을 이곳까지 옮겨온 남자의 반응이 먼 곳으로 사라지는 것을 확인하고서야 슬그머니 눈을 떠 보았다.

하지만 깜깜해서 아무것도 보이지 않았다.

'이곳은…… 지하실 같은 곳인가?'

미라는 무형술로 조명을 띄우고서 다시금 주변을 확인했다.

벽과 천장이 투박한 돌로 되어 있는 것으로 미루어 지하창고 같은 곳인 듯했다. 하지만 그곳에는 짐 같은 것이 전혀 없고, 간소한 침대만 몇 개 늘어서 있었다.

'저것은 설마……!'

그 침대 위에 있는 것을 본 미라는 좀 전에 느꼈던 작은 반응이 무엇이었는지를 알아챘다.

놀랍게도 그곳에는 네 명의 아이들이 있었던 것이다. 하지만 네 사람 모두 죽은 듯 움직일 낌새가 없었다.

그러나 '생체감지'로 자세히 확인해보니 네 사람 모두 무사한 듯했다.

'흠…… 문제는 없는 것 같군.'

팔다리를 묶은 로프를 푼 미라는 만약을 위해 아이들의 상태를 한 사람씩 확인해 나갔다.

사지가 모두 묶인 상태였지만 잠들었을 뿐이다. 그리고 미라는 그 일에 관해서도 반격을 당한 남자에게 설명을 들었더랬다.

납치한 아이에게는 특별한 약을 먹여 잠들게 한 후에 운반한다는 것이다.

'분명, 이 도시에서 행방불명된 아이는 네 명이라 했지.'

침대에 눕혀진 아이들을 보고 문득 카구라의 말을 떠올린 미라는 겸사겸사 한 가지 기억을 더 떠올리는 데 성공했다. 행방불명된 아이들의 특징이다.

분명 미라와 비슷한 나이대의 여자아이라고 했다.

그 사실을 확인한 미라는 이곳에 있는 아이들이 틀림없다고 확신했다.

"금방 구해주마."

그렇게 잠든 아이들에게 다정한 목소리로 말하고서 팔다리를 묶은 로프를 풀어준 후, 다시 '생체감지'를 사용해 더욱 넓은 범위의 상황을 확인한다.

반응에 의하면 위층에 수십 명…… 어쩌면 백 명은 될 듯했다.

상당한 인원수다. 게다가 이 지하에는 네 명의 아이들이 잡혀 있다. 그러한 상황을 토대로 미라는 이곳이 중요한 거점 중 하나일 것이라고 결론을 내렸다.

이렇게까지 정황이 갖춰졌으니 해치우는 일만 남았다. 상황 파악을 마친 미라는 단원 1호를 통해 카구라에게 보고했다.

『알았어. 그럼 할아버지는 그대로 해치워버려. 우리는 조금 더 걸릴 것 같으니까, 라고 합니다냥.』

단원 1호를 통해 카구라의 답변을 들었다. 미라는『음, 알겠다.』라고만 답하고서 곧장 행동을 개시했다.

우선 가디언애시를 소환한 미라는 아이들을 호위하는 역할을 맡겼다.

아이들이 인질이 되거나 모종의 피해를 입거나 하는 만일의 사태에 대비하기 위한 보험이다.

『자아, 준비는 되었느냐?』

『네, 됐습니다, 어머님!』

『저희 일곱 자매는 언제든 움직일 수 있습니다.』

『완벽한 거예요!』

『언제든 오케이야~.』

『구구, 싸우는 거야~.』

『저도 됐어요.』

『운디네와 실피드도 언제든 괜찮다는군.』

미라가 묻자 일동이 만반의 준비가 되었다고 답했다.

그렇다. 사실 미라가 미끼가 됨과 동시에 일동이 계속 추적하고 있었던 것이다. 그리고 지금은 위에 있는 건물을 다 같이 포위하고 있는 상태다.

그런 동료들의 보고를 통해 지하실 위쪽의 구조 등도 대충 파악해두었다.

널찍한 부지에 세워진 저택의 면적은 400평방미터 정도다. 또한 지상 3층짜리 건물로, 1층과 2층에 사람이 많다고 한다.

"다들 참으로 믿음직스럽구나."

그 사실을 새삼 실감하며 미라는 드디어 그 말을 입에 담았다.

『돌입이다~!』

미라가 지시를 내린 다음 순간, 지하실 위층이 노호(怒號)와 소음에 휩싸였다.

16

저택 주변에서 대기 중이던 동료들이 저택 안으로 쏟아져 들어왔다. 심지어 그것은 소국 정도는 함락시킬 수 있을 정도의 전력이었다.

지하실 문의 잠금장치를 파괴하고 위층으로 올라간 미라가 목격한 광경은 투쟁이 아니라 이미 패잔병 소탕전의 양상을 띠고 있는 현장이었다.

커다란 로비와 큰 계단. 저택의 상징 같은 1층 홀에는 구구와 이즈에 운디네, 아이젠파르드와 워즈랑베르가 있었다.

그리고 인신매매에 가담한 범죄자들의 모습도 그곳에 뒤섞여 있었다. 열 명 정도는 바닥에 쓰러져 있고, 몇 명은 과감하게 덤볐다가 쓸려 나갔다.

그밖에도 몇몇 사람이 도망을 꾀해 창문과 문을 통해 저택을 빠져나갔지만, 그때마다 밖에서 비명소리가 들려왔다.

한 사람도 도망치지 못하도록 밖에는 코로포클 자매가 감시를 하고 있었기 때문이다. 그들이 우네코와 에테노아가 조종하는 식물의 우리에서 탈출하는 것은 불가능에 가까울 것이다.

"뭐어, 역시 유린밖에 안 되는구먼."

아니나 다를까 잠깐 들른 도시에 있던 악당을 상대로 이만한 전력을 투입하는 것은 지나친 일이었다. 하지만 모두 다 의욕이 넘쳐서 지금 상황에 이른 것이다.

미라는 위층에서 미친 듯이 뛰어 내려오는 악당들을 바라보며, 그리고 그 자들이 차례로 쓰러지는 모습을 바라보며 생각했다. 할 일이 없다고.

"어머님~!"

바로 그때, 아이젠파르드가 달려왔다.

어지간히 의욕이 넘쳤는지 마치 수급이라도 바치듯 두 명의 남자를 질질 끌고서. 그러면서도 상쾌한 미남처럼 미소를 짓고 있었다. 뭐라 말로 표현하기 어려운 그림이었다.

"음, 수고가 많구나. 그나저나 그게, 제대로 봐주고는 있는 게냐?"

두 남자는 축 늘어진 채 꼼짝도 안 했다. 미라는 그 모습을 보고 잠시 불안해졌지만 그것은 괜한 걱정이었다.

"네, 어머님의 분부대로 숨통은 안 끊었습니다!"

아이젠파르드는 그렇게 의기양양하게 답하며 손을 떼었다. 그와 동시에 두 남자가 땅바닥을 나뒹굴었지만 자세히 보니 확실히 목숨은 붙어있는 듯했다.

"음, 옳지. 잘했다."

미라가 칭찬해주자 아이젠파르드는 빛이 날 듯한 미소를 지으며 좋아했다. 그리고 "자아 어머님, 가시죠"라고 말을 이었다.

아무래도 따라올 생각인 모양이다. 이번에는 미라의 눈앞에서 활약을 하고 싶은가보다. 그가 얼마나 의욕적인지 한눈에 알 수 있을 정도였다.

"음, 그래, 그러자꾸나."

아이젠파르드의 재촉에 못 이겨 미라는 계단을 올라 2층으로 향했다.

그러던 도중 도망쳐 내려온 자를 아이젠파르드가 순식간에 잠재워 나갔다. 그리고 어떠냐는 듯 미라를 쳐다보았다.

미라가 칭찬하자 그는 더더욱 기뻐했다.

그렇게 도착한 저택의 2층. 그곳에서는 발키리 일곱 자매가 날뛰고 있었다.

"주인님, 3층 막다른 복도에 이곳의 두목의 방이 있다고 합니다."

미라가 도착하자마자 알피나가 바람처럼 달려와 그렇게 보고했다.

게다가 우연인지, 좀 전의 아이젠파르드 때처럼 알피나의 손에는 한 남자가 붙들려 있었다. 심지어 남자는 어쩐지 상당히 비싸 보이는 장비를 걸치고 있었다.

하지만 남자는 현재, 장비값도 못하고 공포에 질린 얼굴을 하고 있었다.

"자아, 그 두목에 관해 더 할 말은 없나? 지금 당장 말하지 않으면……."

알피나가 그렇게 말하며 남자의 목에 칼을 들이댔다.

아무래도 그는 일찌감치 당한 후, 이렇게 알피나에게 심문을 당하고 있었던 모양이다.

"어, 어, 그게…… 마, 맞아! 두목은 창술사야. 엄청난 실력자고, 그리고, 창부리가 튀어 나가는 특별한 창을 애용해!"

의리는 별로 없는지 남자는 겁에 질린 채 술술 자백을 했다.

"주인님, 그 두목은 창을 잘 쓰는 모양입니다."

알피나는 늠름한 얼굴로 보고했다.

"그래, 음. 잘했다, 알피나. 이 층은 이대로 맡기마."

옆에서 다 듣기는 했지만 미라는 처음 들은 것처럼 고개를 끄덕이고서 그대로 3층과 이어진 계단으로 향했다.

"네, 맡겨만 주십시오!"

기합이 가득한 알피나의 목소리가 울렸다.

그리고 그 후 퍽, 하는 둔탁한 소리가 났다. 정보를 최대한 캐냈으니 비싸 보이는 장비를 걸친 남자에게는 더 이상 볼 일이 없다. 그는 알피나의 손에 의해 평온하게 잠들었다.

3층으로 올라간 미라 일행은 알피나가 말한 대로 막다른 복도에 위치한 방을 향해 나아갔다.

중간에 용병으로 보이는 남자 몇과 조우하기는 했지만 아이젠파르드가 가볍게 상대해주자 눈 깜짝할 사이에 저항을 못 하게 되었다.

그렇게 도착한 막다른 복도의 방. 그곳의 문을 열자 그곳에는 풀아머로 완전무장한 남자가 서 있었다.

그 손에는 상당히 세련된 창이 쥐어져 있다. 상황상 그가 두목이 틀림없을 듯했다.

"음? 현상금 사냥꾼이 냄새라도 맡았나 싶었더니…… 너는, 지하로 보낸 계집인가. 그리고 그쪽에 있는 남자는…… 꼭 공주를 구하러 온 기사 같군."

미라와 아이젠파르드를 번갈아 본 후, 두목은 한숨 섞인 투로

"나 원, 성가신 녀석을 들이고 말았구만"이라고 말하며 웃어 보였다.

하지만 그 자리에는 분위기 파악을 못 하는 사람이 하나 있었다.

"아니요, 저는 아들입니다."

두목의 말을 들은 아이젠파르드는 그렇게 답했다.

"······응? 무슨 뜻이지?"

두목의 눈에 현재의 상황은 남자와 그 동료들이 유괴된 소녀를 구출하러 온 것으로 보였을 것이다. 그렇기에 아이젠파르드의 한 마디가 도무지 이해가 안 된다는 눈치였다.

"아아, 신경 쓰지 말거라. 그대와는 상관없는 일이니."

일일이 설명하기 귀찮기도 하거니와 그럴 이유도 없었다. 미라는 쓴웃음만으로 답하고서 한 걸음 두 걸음, 앞으로 나아갔다.

눈앞에 있는 것은 아이들을 유괴한 자들의 두목이다. 미라는 의욕이 넘쳤다.

"······과연, 예상이 조금 빗나갔군. 우리는 함정에 빠진 거였어."

두목의 시선이 여유롭게 앞으로 나온 미라의 왼팔로 향했다. 그곳에는 단말 팔찌가 있다. 상급 모험가의 증표이기도 한 조자의 팔찌와 똑같이 생긴 팔찌가.

그것을 본 두목은 현재 자신이 놓인 상황을 파악한 듯했다. 미라가 이곳으로 운반된 것은 의도적인 일이었다는 사실도.

"하지만 고작 둘이서 올라올 줄이야. 어지간히 실력에 자신이 있는 모양이다만, 나를 얕보지 않는 게 좋을 거다."

상급 모험가가 쳐들어왔다. 조직은 거의 괴멸 상태다. 하지만 두목의 목소리에서는 여유가 느껴졌다. 그리고 실제로 창을 겨눈 두목의 기백은 흔하디흔한 악당과는 차원이 달랐다.

그냥 겨누기만 해도 기백과 위압감이 느껴졌다. 빈틈은 없고 안정된 자세다. 보통 실력자가 아니다. 그 자세는 경험과 수련을 통해 얻어낸 확고한 자신감으로 가득했다.

더불어 창술사임에도 두목에게서는 마나가 흘러넘치고 있었다. 아무래도 창을 잘 쓰는 암흑 기사인 모양이다.

그 마나의 양도 그렇고 완전히 제어되고 있는 기량으로 미루어 실력은 A랭크 모험가 중에서도 상위에 필적할 듯했다.

"호오, 그대도 입을 놀릴 만큼은 실력이 있는 모양이로구나."

생각했던 것보다 좋은 실험이── 격렬한 전투가 될 것 같다는 생각을 하며 미라는 상대해주겠다는 듯 자세를 취했다.

그때였다.

"어머님, 어머님! 제가 싸우게 해주십시오!"

아이젠파르드가 그런 소리를 했다. 듣자 하니 인간의 형태로도 시원하게 싸울 수 있게끔 특훈을 했다는 모양이다.

그 성과를 꼭 보여주고 싶다고 말을 이은 후, 아이젠파르드는 반짝이는 눈으로 미라를 쳐다보았다.

이 아들은 이러한 상황에서도 분위기 파악을 전혀 못 하는구나, 라는 생각에 미라가 쓴웃음을 지은 순간.

"우랴아─!"

방 안이 쩌렁쩌렁 울릴 정도로 날카로운 기합성과 함께 두목이 날카로운 찌르기를 내질렀다.

아이젠파르드의 빈틈을 노린 일격이었다. 그야말로 질풍과 번개 같은 찌르기는 피아의 거리를 한순간에 좁혀 눈앞까지 닥쳐들었다.

아무리 속도가 빠른 A랭크의 마물이라 해도 그 창에서는 달아나지 못할 듯한 속도의 일격이었다.

"방해하지 마십시오!"

창부리가 거의 닿을 정도로 가까워진 순간. 어떻게든 미라에게 성과를 보여주고 싶어 안달이 나 있던 아이젠파르드는 가볍게 밀치듯 그 창을 떨쳐냈다.

직후—— 너무도 참혹한 광경이 그곳에 펼쳐졌다.

뿌리치는 아이젠파르드의 손이 닿은 순간, 두목의 몸이 찌부러지며 날아가 버린 것이다.

게다가 창이 부러지는 소리와 함께 풀아머가 요란하게 박살 나는 소리가 이어졌고, 곧이어 저택 벽에 구멍이 뚫리는 굉음이 울려 퍼졌다.

그것은 아주 짧은 순간에 일어난 일이었다. 미라 일행의 빈틈을 찌른 두목은 직후, 그 벽의 구멍을 뚫고 날아가고 말았다.

"……결판이 났구나."

그럴싸하게 등장한 두목은 너무도 어이없이 퇴장했다. 미라는 그 흔적을 바라보며 쓴웃음을 지었다.

"아아, 이게 아닌데!"

훈련의 성과를 보여주기는커녕 아무런 활약도 못 하고 끝나고 말았다는 생각에 아이젠파르드는 망연자실했다. 미라로 말하자면 기가 죽은 아이젠파르드와 벽에 뚫린 커다란 구멍을 번갈아 쳐다보며 한 가지 중요한 사실을 깨달았다.

"우선은, 힘을 조절하는 훈련을 하자꾸나."

만약 이대로 아이젠파르드가 의욕적으로 훈련의 성과를 뽐냈다면, 아주 피가 철철 흘렀을지도 모를 일이다.

그렇게 전율하는 미라에게 밖에서 경계 중인 코로포클 자매가 보고를 해왔다. 듣자 하니 벽을 뚫고 호쾌하게 탈출을 꾀하기는 했지만 착지에 실패한 것으로 추측되는 반라 상태의 너덜너덜한 남자를 포획했다고 한다.

아무래도 남자는 숨이 붙어 있기는 한 모양이다. 밀쳐내는 정도로만 닿은 덕이리라.

미라는 안도의 한숨을 내쉬고서 어머님과 함께 훈련을 하게 됐다며 기뻐하는 아이젠파르드를 데리고 아래층으로 돌아갔다.

"흠, 대충 정리된 것 같구나."

한 차례 저택을 둘러본 미라는 현관문에 널브러진 이들을 바라보며 그렇게 중얼거렸다.

또한 몇몇 사람에게 간단히 물어보니 백 명 가까이 있는 인원 중 스무 명 정도가 클리크 상회의 잔당이었다.

나머지 여든 명 남짓은 다른 상회나 조직의 잔당이라는 모양이다.

그렇다, 잔당. 듣자 하니 퍼지다이스가 그들의 상부에 해당하는 조직들의 악행을 모조리 파헤쳐 망해버렸다고 한다.

그런 같은 처지의 이들, 그리고 인신매매의 노하우를 지닌 이들이 모인 것이 이 인신매매 조직이었다.

　그렇게 어느 정도 심문을 하던 중에 드디어 카구라와 티리엘, 그리고 단원 1호가 현장에 도착했다.

"아, 벌써 정리가 된 것 같네."

"역시 단장입니다냥!"

"음, 이 정도는 누워서 떡 먹기이고말고."

　합류 후, 그렇게 간단히 말을 주고받고서 그대로 지하실로 향했다.

　문을 열자 몇 명의 남자들이 가디언애시의 앞에 널브러져 있었다. 아무래도 도망치면서 아이들을 다른 장소로 옮기려 한 모양이다. 그리고 그러다가 가디언애시와 딱 마주친 것이다. 욕심을 부린 벌이다.

　가디언애시가 보호한 아이들은 아무런 피해도 입지 않았다. 아이들은 미라가 확인했을 때와 같은 모습으로 침대 위에서 잠들어 있었다.

　카구라와 티리엘은 곧바로 아이들에게 달려가서 무사한지를 확인했다.

"응, 괜찮은 것 같네."

"다치지도, 않은 것 같아요."

　꼼꼼히 검사한 결과, 아이들에게서 향후에 영향이 남을 듯한 모종의 흔적은 발견되지 않았다. 무사한 것을 확인한 탓인지 그제야 두 사람의 얼굴에서 긴장감이 사라졌다. 그리고 안심한 듯 안도의 미소가 떠올랐다.

"그러면, 우선 이 아이들부터 돌려보내야겠네."

"음, 그래야지."

유괴범들에게서는 지금까지 했던 거래 내역을 비롯해 캐낼 것이 잔뜩 있었다. 하지만 아이들이 먼저다.

걱정하고 있을 부모를 빨리 안심시켜주기 위해 미라 일행은 지하실에서 아이들을 옮겼다.

그때, 네 명의 아이들을 가볍게 안아 올리는 아이젠파르드의 모습은 잘생긴 외모 탓에 정의의 히어로 그 자체처럼 보였다.

그렇게 저택의 로비로 돌아온 참에 현관 앞이 떠들썩하다는 사실을 알아챘다. 많은 사람들이 그곳에 있는 듯했다.

하지만 적은 아니었다.

카구라가 이제 괜찮다고 말하자 그 문에서 경비병들이 들이닥쳤다. 그 숫자는 삼십을 넘었고 하나같이 무장을 하고 있었다.

일이 일인 만큼 카구라가 이곳까지 데려온 것이다.

"여러분, 이번 일에 협조해주셔서 감사합니다."

알피나 일행이 구출한 아이들을 옮기고 잔당들을 현관 옆에 내동댕이쳤다. 그 양측을 바라보며 경비병들의 대장이 감사 인사를 했다. 어지간히 이 사건으로 속을 끓이고 있었는지, 아이들의 모습을 보자마자 매우 감격한 듯한 표정을 지었다.

"무얼, 아이들을 위해 했을 뿐이다."

미라는 가슴을 편 채 당연한 일을 했을 뿐이라고 말했다. 카구라 역시 "좋아서 한 일인걸요"라고 답했다.

"아이들은 우리에게 맡기십시오. 우리가 책임지고 부모에게 돌려보내겠습니다.”

“음, 잘 부탁하마.”

아이들은 피해자의 부모까지 파악하고 있는 경비병들에게 맡기는 편이 나을 것이라는 생각에 아이들을 맡기던 그때였다.

“아아, 케티! 다행이야, 정말로 무사해서 다행이야!”

아이젠파르드에게 한 여자아이를 건네받자마자 부둥켜안고 울음을 터뜨린 이가 있었다.

아무래도 피해자 소녀 중 한 명은 그 경비병의 딸이었던 모양이다. 그는 정말이지 보물이라도 다루듯 딸을 끌어안은 채 “감사합니다. 제가 할 수 있는 일이 있다면 뭐든 말씀해주십시오”라고 말하며 미라 일행에게 고개를 숙였다.

그러자 그 옆에서 경비대장이 “응응, 잘 됐구나”라고 말하며 아주 호쾌하게 눈물을 쏟았다. 감동이 한계치를 뛰어넘은 모양인지, 살짝 식겁할 정도로 펑펑 울었다.

“아~…… 그렇다면 조금이라도 빨리 아이들을 부모에게 데려다주도록. 그게 가장 큰 바람이니.”

미라가 그렇게 답하자 경비병은 “반드시 그렇게 하겠습니다”라는 말과 함께 의욕을 불사르며 열 명 정도 되는 동료들과 함께 아이들을 데리고 돌아갔다. 이제 아이들은 그에게 맡겨도 문제가 없을 듯하다.

그리고 나머지 잔당들도 경비병들이 연행할 준비를 시작해, 밖에 세워둔 이송용 마차에 실어 나갔다.

당연하다고 해야 할지, 아이들과의 취급 차이가 심했다. 실을 수 있는 만큼 꽉꽉 눌러 싣겠다는 기세였다.

그런 작업이 진행되는 가운데, 아직도 세 사람이 미라 일행의 앞에 늘어서 있었다.

"그럼 다시 한번 이번 일에 협력해주셔서 감사합니다. 이 도시 경비국의 국장인 헤이딘이라고 합니다."

그렇게 감사 인사를 한 후에 자기소개를 한 것은 리글렛의 경비국장이었다.

이어서 나머지 두 명도 신분을 밝혔다. 남성이 전사조합의 지부장이고 여성이 술사조합의 지부장이라고 한다.

"이 몸은 미라다. 흔한 모험가지."

미라는 그렇게 자기소개를 하고서 지부장 두 사람을 번갈아 쳐다본 후 "조합에 속한 이도 불렀구나"라고 카구라에게 말했다. 처음에는 경비병만 부르기로 했었기 때문이다.

"응, 경비국장님의 제안으로 모셨어. 두 사람이 있어 주는 편이 분명 일이 수월할 거라고 하시기에 합류했지."

카구라의 말에 의하면 이번 사건에 의한 영향은 경비병만의 힘으로는 대응할 수 없을 정도일 것이라고 한다.

분명 모험가의 힘도 빌려야 하는 사태가 벌어질 것이다. 그 초동 조치를 빠르게 처리하기 위해 지부장 두 사람도 불러온 것이다. 그러한 경위 때문이라고 한다.

"흠, 과연 그렇구먼……?"

이야기를 들어도 미라는 도통 감이 오지 않았다.

"표정을 보니 이해가 잘 안 되는 모양이네……."

카구라는 미라의 얼굴을 보고 쓴웃음을 짓고서 간결하게 이유를 설명했다.

대체 어디까지 퍼져 있을지는 아직 짐작도 못 하겠지만, 행방불명된 아이들은 이 도시 밖에도 잔뜩 있을 것이다.

이번에 체포한 유괴범들이 그 과정에서 어디까지 관여했을지. 어디까지 특정해낼 수 있을지. 그리고 어디까지 파낼 수 있을지 모르는 상황이다.

여러 나라를 뒷배경으로 할 경우, 공무원으로 취급되는 경비병은 관여할 수 없는 사태로 번질 수도 있다. 그런 부분에서 모험가들의 힘을 빌리자는 것이다.

"호오호오, 그런 뜻인가."

말하자면 이번 사건을 해결하는 데 용이한 것은 군이 아니라 용병이라는 식으로 미라는 대충 이해했다.

그렇게 미라가 납득한 참에 한 경비병이 유괴범들을 모두 실었다고 보고했다.

"그럼 우선은 이동하시죠."

두목만 다른 우리에 가두는 것을 확인한 후, 경비국장이 그렇게 말했다. 두목은 경비국의 심문실에서 심문할 것이라고 한다.

경비국장과 지부장, 그리고 카구라도 마차에 올라타는 가운데, 미라는 알피나 일행의 노고를 치하하고서 송환했다.

하지만 아이젠파르드는 그대로 두었다. 이런저런 일이 있기는 했지만 오늘 하루 종일 함께 시간을 보내기로 약속했었기 때문이다.

그렇게 둘이서 마차에 올라타려던 그때였다.

"어머, 어쩌면 좋죠? 이 마차는 6인승인 것 같네요…….."

술사조합의 지부장이 발생한 문제를 입에 담았다.

마차 안에는 흔한 박스 타입의 좌석이 있었다. 그리고 그곳에는 이미 경비국장과 지부장, 그리고 카구라와 티리엘이 앉아 있었다.

그렇다, 빈 좌석이 하나밖에 없었던 것이다.

"흐음…… 그렇다면 이 몸은 페가수스에게 부탁하도록 할까. 아이젠파르드여, 그대가——."

여기 앉거라. 미라가 그렇게 말하려던 참에 아이젠파르드가 "——어머님이랑 같이 있고 싶습니다!"라고 즉답했다.

"흐음…… 못 말리겠구나."

그럼 페가수스에 둘이서 타야 하나. 미라가 그런 생각을 하던 중에 "그러면 있잖아——" 하고 카구라가 해결책을 말해주었다.

17

미라 일행을 태운 마차는 얼마쯤 지나 경비국 본서에 도착했다.

인신매매 조직의 두목이 심문실로 이송되는 가운데, 카구라와 경비국장, 조합 지부장 두 명, 티리엘이 마차에서 내렸다.

그리고 미라 역시 내리려 했지만 다소 내리기가 곤란한 상태였다.

"자, 아이젠파르드여. 빨리 가자꾸나."

"조금만 더, 이러고 있고 싶습니다."

그런 대화를 하고 있는 미라는 현재 아이젠파르드의 무릎 위에 앉아 있었다. 거의 반강제로.

그렇다. 그것이 카구라가 생각해낸 묘안이었다. 여섯 명이 정원인 마차에 일곱 명이 타는 방법. 그것은 몸집이 작은 미라가 아이젠파르드의 무릎에 앉는 것이었다.

미라도 처음에는 쓴소리를 했지만 빨리 출발하고 싶다는 말에 못 이겨 현재의 상태에 이른 것이다. 하지만 아이젠파르드는 평소보다 어머님을 가까이 느낄 수 있어서 기쁘다며 완전히 어리광쟁이 모드가 되어 있었다.

"때 쓰지 말거라. 아직도 괴로움을 겪고 있는 아이들을 위해 서둘러야 한다는 말이다."

"네…… 알겠습니다."

아이들을 위해서. 그것이 얼마나 중요한 일인지 아는 아이젠파르드는 어쩔 수 없다는 듯 미라를 안고 있던 두 팔의 힘을 풀었다. 하지만 그 표정에는 아쉬움과 섭섭함이 뒤섞여 있었다.

"나 원, 그렇게 침울해하지 마라. 날을 다시 정해서 하루 종일 놀아줄 테니 말이야. 귀여운 아들을 위해 그것도 못 할까."

미라는 그렇게 말하며 자리에서 일어나 돌아서서 아이젠파르드의 머리를 살며시 쓰다듬었다.

그러자 풀이 죽은 듯했던 아이젠파르드의 얼굴이 태양처럼 환해졌다.

"정말입니까, 어머님?! 약속하신 겁니다!"

"음, 약속이니라."

그야말로 날아오를 듯 들뜬 아이젠파르드의 모습에 미라도 고개를 끄덕여 답했다.

부모자식 사이인 두 사람은 그렇게 서로의 사랑을 확인했다. 그리고 카구라는 빨리 좀 끝내라는 듯한 눈초리로 두 사람을 쳐다보았다. 하지만 그 옆에서는 경비국장 일행이 그런 미라와 아이젠파르드를 이상하다는 눈으로 바라보고 있었다.

"또 어머님이라고……."

"방금 전엔 아들이라고도……."

"어떤 관계일까요."

세 사람은 궁금한 눈치였지만 생각한 바가 있어서인지 그에 관해 물을 생각은 없는 듯했다.

그런 경위를 거쳐 미라 일행은 경비국 안에 위치한 심문실을 찾았다. 그 앞에는 구속용 의자에 앉은 두목과 그를 치료하기 위한 의사와 성술사가 있다.

"대체 뭘 어떻게 했기에 이렇게 된 걸까요…….."

"이 지경이 됐는데도 생명에 지장은 없다니…… 운이 좋은 건지, 생명력이 검은 날개 벌레만큼 끈질긴 건지."

두목의 상태를 확인하며 의식 회복 치료를 진행하는 두 사람은 그 처참한 상태에 숨을 죽인 채 그런 말을 나누었다.

하지만 경비국장과 두 조합 지부장은 실로 절묘한 힘조절이라며 그 처참한 상태를 절찬했다.

확실하게 전투불능 상태로 만들면서도 이렇게 대화가 가능한 수준으로 피해를 억제하다니. 이 정도면 의식이 돌아온다 해도 저항은 불가능할 테니 효과적인 심문을 할 수 있겠다며 세 사람은 소름 돋는 미소를 짓고 있었다.

상대가 어린아이를 유괴하는 조직의 두목인 탓에 약간 사적인 감정도 섞인 것이리라.

미라로 말하자면 그 처참한 상태를 보고 다소 식겁한 상태였다.

'설마하니 이런 상태가 되어 있을 줄이야…….'

아이젠파르드가 가볍게 뿌리친 손에 닿았을 뿐이건만. 벽을 뚫고 날아가기는 했어도 그게 다일 것이라고 생각했지만, 그 결과는 상상을 초월했다.

박살 난 갑옷 조각이 피부 여기저기에 꽂혀 있거나 뼈가 몇 대나 부러지는 등, 상당한 중상이었다.

하지만 그만한 부상을 입었으면서도 생명에 지장이 있을 법한 것은 하나도 없으니 놀라울 따름이었다.

'이거 원, 얼마나 힘 조절을 하도록 해야 할지 모르겠군그래……'

상당히 어려운 훈련이 될 것 같다. 미라는 두목의 처참한 상태를 보고 고민에 빠졌다.

또한 당사자인 아이젠파르드로 말하자면 인간이 사용하는 도구에 관심이 동했는지, 심문용 기구들을 보고 이건 어떻게 사용하는 것일까 상상하느라 즐거워 보였다.

하지만 환한 얼굴로 그런 도구를 손에 든 아이젠파르드의 모습에 처참한 모습이 된 두목이라는 요소가 더해지자 무시무시한 상상만 머릿속에 떠올랐다.

참고로 카구라는 그런 작업이 이뤄지는 동안 계속 단원 1호와 놀고 있었다.

"그러면 시작해볼까?"

준비가 완료되자 두목에 대한 심문이 시작되었다.

의식을 되찾은 두목은 자신이 어떠한 상황에 놓여 있는 것인지 즉시 이해한 듯했다. 경비국장과 조합 지부장 두 명의 모습을 보자마자 입을 다문 것이다.

하지만 그것도 부질없는 저항이었다.

"자, 그대의 차례다."

미라가 그렇게 말하자 카구라는 자신만만하게 "나 참, 어쩔 수 없지"라고 말하며 두목에게 걸어갔다.

그리고 이런저런 심문 테크닉을 구사하는 경비국장들을 대신해서 자백의 술식을 써서 온갖 정보를 캐내었다.

"이럴 수가…… 이러한 술식이 있었다니……."

일체의 심문 기술을 과거의 유물로 만들어버리는 듯한 카구라의 술식을 목격한 경비국장은 눈이 휘둥그레졌다.

또한 두 지부장들도 그 모습을 보고 충격을 받은 눈치였다. 특히 술사 조합의 지부장은 눈부신 빛이라도 본 듯한 반응을 보였다.

그렇게 카구라는 알고 싶었던 모든 정보를 캐냈다.

심문 결과, 인신매매 조직이 연루된 거래처, 그리고 그것들이 기재된 서류 등을 감춘 장소가 모두 밝혀졌다.

그로 인해 유괴된 다른 아이들의 행방도 판명되었다. 그들이 유괴한 아이들은 이곳저곳으로 보내졌고, 그들을 모두 추적하고 보호하기는 상당히 어려운 상태였다. 경우에 따라서는 실력행사도 필요할 것이 예상되는 상황이다.

하지만 이러한 사태를 상정했기에 두 조합 지부장을 부른 것이다.

"그쪽에는, 제가 잘 아는 모험가가 있습니다. 그녀들에게 맡기면 분명 아이들을 구출해줄 겁니다."

"이 지역은 내 후배의 담당 지역이군요. 그 녀석에게 말해두겠습니다."

그렇게 추적과 보호를 위한 준비가 눈 깜짝할 새에 진행되었다.

과연 이 중요한 교역 거점인 도시 리글렛에 있는 조합 지부장들이라 해야 할지, 둘 다 매우 우수했다.

이번에 조직이 팔아넘긴 아이들은 이제 지부장들에게 맡겨도 될 듯했다. 많은 모험가들을 적절하게 움직여 모든 아이들을 구출해줄 것이다.

그 후에도 두목에게서는 많은 정보를 얻어낼 수 있었다. 인신 매매뿐 아니라 앞으로 여러 가지 비합법 장사를 시작하려고 준비를 하고 있었다고 한다.

결과적으로 이 도시에 만연한 몇몇 뒤가 구린 인물의 이름이 밝혀졌다.

그러자 경비국장도 매우 기뻐했다. 그는 차근차근 궁지로 몰아주겠다며 아주 대담한 미소를 짓고 있었다.

또한 심문을 하는 김에 미라는 퍼지다이스에 관해서도 질문해 보았다. 클리크 상회에 퍼지다이스가 나타났을 때, 모습을 보지는 못했느냐고. 어떤 식으로 움직였고 실력은 어느 정도냐고.

하지만 그에 대한 답은 확실치 않았다. 듣자 하니 그날 경비를 하고는 있었지만, 정신을 차려보니 모든 것이 끝나 있었다는 것이다. 심지어 두목뿐 아니라 그곳에 있었던 다른 이들도 같은 상태에 빠졌다고 한다.

아닌 게 아니라 잠들어 있었다는 것이다.

'아이젠파르드의 적수는 아니지만 이 녀석도 그럭저럭 실력자일 터. 그런 녀석을 그리 간단히 잠재우다니…….'

괴도 퍼지다이스는 아무래도 상당한 실력자인 듯하다.

또한 여담이지만 미라에게 성희롱을 해서 분노를 산 창고 문지기 남자 역시 구속한 상태였다.

그 일을 담당한 경비병의 말로는, 도착했을 때는 이미 문지기 남자가 창고 바닥에서 몸부림을 치고 있었다고 한다. 그는 이 세상의 것 같지가 않은 냄새가 가시질 않는다고 증언했다는 모양이다.

그것은 미라의 지시를 받은 멍슨이 시행한 냄새 마법에 의한 것이었지만 이 사실을 아는 이는 범행을 저지른 두 사람뿐이었다.

그렇게 대충 심문이 끝난 참에 미라 일행은 일단 국장실에 모였다. 다름이 아니라 또 하나의 안건에 관해 논의하기 위해서다.

심문 도중에 신경 쓰이는 정보를 하나 얻어냈기 때문이다.

그것은 유괴범의 저택 지하에 있던 아이들이 팔려나갔을 터인 장소에 관한 것이었다.

"여기에서 알드로리스 남작의 이름이 나올 줄이야."

"역시 구린 구석이 있었군."

논의가 시작됨과 동시에 경비국장과 전사조합의 지부장이 어쩐지 납득한 듯한 얼굴로 그렇게 말했다. 술사 조합의 지부장 역시 정숙한 얼굴을 구기며 "그 엉큼한 인간이……"라고 중얼거렸다.

세 사람의 반응으로 미루어 뭔가 문제가 있는 남작인 듯하다.

"세 사람은 잘 아는 사람인 모양이군. 이 몸에게도 그 남작에 관해 알려줄 수 있겠나?"

"나도나도."

대체 어떤 남작이기에 그럴까. 미라와 카구라가 그렇게 묻자 세 사람의 얼굴에 망설임 같은 빛이 떠올랐다.

"으음~ 그게 참, 뭐라고 말해야 할지……."

그리고 그 시선이 티리엘에게로 향했다. 상황으로 미루어 아무래도 소녀에게는 들려주고 싶지 않은 내용의 이야기인 듯했다.

"흠, 대충 예상은 가는군그래. 뭐어, 그러니 상관없다. 말해다오."

"응, 저도 문제없어요. 말해주세요. 나쁜 남작이라면 더더욱요."

"저도, 마음의 준비는 됐어요."

미라는 물론이고 카구라와 티리엘도 소녀라 불릴 나이는 아니었다. 때문에 세 사람 모두 어느 정도는 예상을 했던 모양이었고 괜찮다며 계속 말하라고 재촉했다.

"알겠습니다. 그럼 제가 말씀드리도록 하죠."

미라 일행에게 답해준 것은 술사 조합의 지부장이었다. 분명 같은 여성에게 이야기를 듣는 편이 심리적으로 편할 것이라는 배려의 일환으로 자진해서 나선 것이리라.

그녀는 "예전부터 소문이 자자했던 일인데———"라고 운을 떼고서 알드로리스 남작에 관한 구린 소문에 관해 이야기했다.

"변태네."

"변태님이네요."

"변태로군."

이야기를 끝까지 들은 세 사람은 그렇게 의견을 모았다. 알드로리스 남작은 설명이 필요 없을 정도의 진정한 변태였다. 다만, 그쪽 방면에 관한 상식이 없는지 아이젠파르드는 도통 감이 안 온다는 표정이었다.

어쨌든 남작에 관한 구린 소문의 내용은 이러했다.

열 살도 되지 않은 귀족 영양에게 청혼하기를 수십 번 거듭하다가 계속해서 거절당한 끝에, 기정사실을 만들고자 강행 수단에 나섰다가 미수로 끝났다.

또한 거리의 아이들에게 과자를 나눠줄 때도 있었다고 한다. 하지만 그것도 소녀들에게만 주었다. 심지어 그 자리에서 바로 먹으라고 강요했다고 한다.

이 사건은 과자를 받지 못한 소년이 부모에게 달려가 울며 말한 덕분에 드러났다. 부모는 그 즉시 달려가서 소녀를 데리고 돌아와서 아무 일도 없었다고 한다.

또한 이거 이상하다 싶어서 과자를 회수해 검사해본 결과, 놀라운 사실이 밝혀졌다. 거기에는 흔히 '미약(媚藥)'이라 불리는 것이 섞여 있었던 것이다.

그밖에도 알드로리스 남작에게는 빚을 탕감해주는 대신 딸을 내놓으라고 협박하거나, 아예 없던 빚을 만들어냈다는 소문이 무성하다고 한다.

만약 이대로 유괴된 아이들이 남작에게 보내졌다면 어떻게 되었을까.

이번에는 아슬아슬하게나마 막아내서 다행이라는 생각에 미라 일행은 진심으로 안도했다.

그렇게 남작이 어떤 인물인가 하는 이야기가 일단락되었을 즈음, 중간부터 자리를 비웠던 경비국장이 돌아왔다. 그리고 왠 서류 다발을 테이블에 내려놓았다.

"약간 신경이 쓰여 조사해보았습니다만——."

서류를 펼치며 경비국장은 그렇게 말을 꺼냈다.

그것은 잔당들의 거점에서 반출한 서류의 일부라고 한다.

그럼 그것은 무슨 서류일까. 경비국장은 말했다.

"놀랍게도 클리크 상회의 고객 명부가 발견되었습니다."

클리크 상회와 그 외의 잔당들이 모여 만든 신흥 인신매매 조직. 그 거점에 클리크 상회의 고객명부가 있었다.

분명 누군가가 가지고 나온 것이리라. 조사해 보니 그들은 이 명부를 써서 단골손님이 될 만한 고객을 추리는 방식으로 신규 고객을 획득하는 데 성공했다는 모양이다.

"수상쩍은 이름이 남아 있군 그래."

경비국장이 가리킨 부분에는 알드로리스 남작으로 추측되는 이름도 적혀 있었다. 명부에 따르면 클리크 상회였던 시절에 두 번 정도 거래를 한 것 같았다.

또한 그 두 번의 거래 내역은 기호품이라고 적혀 있었지만, 상황상 인신매매일 가능성이 매우 높다고 할 수 있었다.

그리고 경비국장이 제시한 또 하나의 자료. 이것이 문제였다.

그것은 신규 계약서다. 알드로리스 남작의 이름은 적혀 있지 않았지만 두목의 증언과 거기 기재된 정보를 통해 간단히 특정해 낼 수 있었다.

그 계약서에는 '열 살 전후의 귀여운 소녀. 마음에 들면 특별 요금을 지불하겠다'는 주문 말고도 지하에서 발견된 네 명 중 세 명의 소녀의 이름이 적혀 있었던 것이다.

그렇다. 한 사람을 제외한 나머지 셋은 우연히 유괴된 것이 아니었던 것이다.

"아이들이 걱정이로군……."

이번에는 미연에 방지했지만 변태 남작의 표적이 되었다는 사실이 밝혀진 현재로서는 또 그런 일이 일어나지 않으리라는 보장이 없었다. 더불어 이미 알드로리스 남작은 몇 명의 소녀를 샀을 것이라는 정황도 나왔다. 사실이라면 그 아이들도 걱정이다.

"응, 빨리 해결해야겠어."

카구라도 당연하다는 듯 동의했다. 그리고 언제쯤 해결할 수 있겠느냐고 경비국장에게 물었다.

인신매매 조직의 두목에게서 얻은 정보와 자료를 토대로 경비국과 모험가 종합조합은 힘을 합쳐 움직일 예정이다. 알드로리스 남작에게도 모종의 조치를 취하겠지만 지명된 소녀와 이미 팔려나간 소녀, 양쪽을 생각하자면 빠를수록 좋을 것이다.

두 번 다시 아이들을 노리지 못하게끔 하기 위해서라도 알드로리스 남작을 끌어내서 법의 심판을 받게 해야 한다. 걱정이 되는 것은 그때까지 시간이 얼마나 걸릴까 하는 점이다.

그러자 경비국장의 표정이 순식간에 어두워지기 시작했다. 그와 동시에 어째서인지 두 지부장까지도 미간을 찌푸리며 심각한 듯한 신음소리를 흘리기 시작했다.

"되도록 빨리……라고 말씀드리고 싶지만, 다소 성가신 사정이 있어서 말입니다——."

경비국장이 그렇게 말을 꺼냈다. 듣자 하니 알드로리스 남작은 경비국을 관할하는 군부의 중역이라 경비병들을 대대적으로 움직일 수가 없다는 듯했다.

"저희의 입지는, 남작의 한 마디로 날아가 버릴 정도로 위태로

워서 말입니다. 이렇게까지 정황이 또렷해도 앞으로 나아갈 수가 없지요. 정의를 관철하려 하면 모든 대원의 목이 날아갈 겁니다. 그리고 그들에게도 지켜야 할 것이 있죠."

알드로리스 남작의 혐의는 명백하지만 그것을 처벌하기 위한 결정적인 증거가 없다. 게다가 남작은 경비국의 모든 동향을 감시할 수 있는 입장에 있다. 때문에 용의만으로 조사를 강행하면 증거는 묻혀버릴 것이고 이 일에 협력한 이들은 모두 직업을 잃게 될 것이다.

사정을 밝힌 경비국장은 심각한 얼굴로 한숨을 내쉬고서 그대로 고개를 푹 숙이고 말았다.

그러자 그 이야기를 받듯 조합의 지부장들이 알드로리스 남작에 관한 과거의 사건을 말해주었다.

당시 경비국장과 뜻을 함께했던 자들끼리 극비리에 알드로리스 남작을 조사한 적이 있다고 한다.

하지만 그러던 도중에 남작에게 발각되고 말았고, 그 결과 수십 명의 경비병이 직장을 잃는 사태가 벌어졌다고 한다.

또한 그때, 경비국장을 감싸기 위해 자신이 책임자라고 밝힌 이가 있었던 덕에 그는 지금도 경비국장으로 있을 수 있었다.

"하다못해 확실한 증거만 잡을 수 있다면, 결과가 달라질 텐데요."

설명을 마친 참에 술사 조합의 지부장이 그렇게 중얼거렸다. 용의뿐이 아니라 남작이 인신매매를 통해 소녀를 샀다는 증거. 그것만 있으면 아무리 군부의 중역이라 해도 추궁을 벗어나지 못할 것이다.

하지만 클리크 상회의 명부에는 정확한 거래내용이 기재되어 있지 않은 탓에 불충분했다. 신규 계약서도 그것이 알드로리스 남작이 쓴 것이라고 확정지을 만한 것은 아닌 탓에 증거 능력은 낮았다.

"이번 유괴 사건도 유괴된 아이들이 팔리기 전에 해결됐으니 말이야. 이걸 남작과 연결 짓기는 어렵겠지."

전사 조합 지부장은 그렇게 말하더니 거래 후에 현장을 잡을 수 있었다면 상황이 바뀌었을 것이라고 말을 잇고서 어쩌면 좋을까, 하고 팔짱을 끼었다.

"이야기를 들어보니 포기하지는 않을 것 같네."

남작은 아주 뼛속까지 변태다. 반드시 또다시 범행을 시도할 것이다. 그렇다면 지명해서 노리고 있는 소녀들이 위험하다. 카구라는 그러한 우려를 입에 담았다.

상황으로 미루어 혐의가 확실함에도 그것을 증명할 증거가 없는 탓에 이대로 가면 벌할 수도 없다.

어쩌면 좋을까 싶어 일동이 입을 다물었다.

얼마간 침묵이 흘렀다.

그리고 잠시 후, 문득 전사 조합의 지부장이 자연스럽게, 그러면서도 눈치를 살피기라도 하듯 그 말을 입에 담았다.

"어쨌든 거래의 증거를 하나라도 찾아내면, 그것을 통해 돌파할 수 있을지도 모르건만……."

혼잣말 같으면서도 들으라는 듯이 중얼거린 후, 전사 조합 지부장은 슬그머니 미라를 쳐다보았다.

"이렇게 된 거, 이번 거래를 미수가 아니라 완수시켜버린다거 나……?"

이어서 카구라가 그런 소리를 했다.

증거가 없다면, 만들면 그만이다. 그리고 현재, 그 거래에 관한 상세한 내역은 이쪽이 쥐고 있다.

못할 것은 없는 작전이 아니냐는 뜻을 담아 카구라가 미라를 흘 끔 쳐다보았다.

"오오, 또 생각났습니다. 우리는 대대적으로는 움직일 수 없지 만, 경비라는 명목으로 근처를 순찰하는 거라면 가능합니다. 그리 고 그때, 피해자 소녀가 우연히 저택에서 도망쳐 나온다면……."

알드로리스 남작의 저택 근처를 순찰하던 중, 놀랍게도 유괴된 소녀를 우연히 확보했다. 거기에 불특정 다수의 시민의 앞에서 증언까지 한다면, 아무리 남작이라 해도 발뺌하지 못할 것이다.

그것참 더없이 좋은 묘안이라며 경비국장이 고개를 들어 미라 를 흘끔 쳐다보았다.

'이자들이…….'

손에 잡힐 듯 노골적인 유도에 미라는 어이가 없다는 듯한 미 소를 지었다.

다시 말해서, 좀 전에 카구라와 했던 잠입 작전을 속행하자는 뜻이다.

인신매매 조직과 알드로리스 남작의 거래를 날조해, 확실한 증 거를 만들어내는 것이다. 나아가 소녀가 남작의 저택에서 도망쳐 나와, 대중의 앞에서 경비병에게 보호되는 장면을 연출해 결코 무시할 수 없는 증거까지 만들어보자는 작전이다.

하지만 그러려면 그것이 가능한 외모와 실력을 갖춘 소녀의 협력이 꼭 필요하다.

때문에 세 사람은 기대 섞인 눈빛을 미라에게 집중시켰다.

그러자——.

"아, 그렇군요! 우리끼리 거래를 성립시켜버리면 되는 거예요!"

세 사람이 말하려 한 바를 알아챈…… 이라기보다는 그것을 듣고 좋은 생각이 났다는 듯이 티리엘이 말했다.

심지어 이어서 그 팔려간 소녀 역할로 자신이 입후보하기까지 했다.

정의감에 불타는 티리엘이 또다시 입후보하자 카구라는 당황했다. 물론 미라도 마찬가지였다.

잠입해야 하는 곳은 변태 남작의 저택이다. 무슨 짓을 당할지 모르는 장소에 티리엘을 보낼 수는 없는 노릇이다.

"아니, 이 몸이 가마. 그러면 되는 게지?!"

한 번 한 일인데 두 번, 세 번이라고 못할까. 카구라 일행의 의도대로 될 대로 되라는 듯 미라는 미끼 역할을 자청한 후, 이번에는 쿠션을 준비해달라고 말을 이었다.

18

알드로리스 남작과의 인신매매 거래를 성립시켜 그것을 증거 중 하나로 채택하자는 작전이 시작되고서 한 시간 반이 지났을 즈음.

마차 한 대가 도시 변두리에 위치한 남작의 저택으로 향하고 있었다. 그것은 인신매매 조직의 거점에서 압수한 마차로, 마부대에는 변장한 조합 직원이 앉아 있었다.

달그락달그락 나아가는 마차 안에는, 메이드복 차림의 미라가 있었다.

"설마, 이러한 차림새를 하게 될 줄이야……."

도착할 때까지는 괜찮겠지 싶어 편한 자세로 쉬고 있는 미라는 억지로 입은 메이드복을 빤히 쳐다보며 한숨을 내쉬었다.

이 메이드복은 압수한 계약서에 적혀 있던 것이었다.

그 인신매매 조직은 유료 옵션 서비스까지 하고 있었는데, 계약서에는 양도 시 추가 서비스로 메이드복을 입히라고 적혀 있었다. 심지어 롱스커트가 특징적인 빅토리안 타입의 메이드복이라는 세세한 부분까지 지정되어 있었더랬다.

때문에 경비병들이 그 저택을 이 잡듯이 뒤져 준비되어 있던 이 소녀용 메이드복을 발견해서, 미라가 입게 된 것이다.

"그나저나 뭐어, 과연 이 몸이로군. 무얼 입어도 어울리는구먼."

억지로 옷을 입게 되었을 때 전신거울로 자신의 모습을 본 미라는 아주 싫지는 않은 표정이었다. 하지만 거기 떠오른 미소는 실로 소녀답지 않은 것이었다.

그런 생각을 하며 덜컹거리는 마차에 몸을 싣고 가다 보니 마부 역할을 맡은 조합 직원이 말했다. "곧 도착합니다."

"음, 알겠다."

미라는 그렇게 답하고서 상자 안에 깔린 망토 위에 누워 잠든 척을 하기 시작했다.

그렇게 드디어 마차는 알드로리스 남작의 저택 앞에 도착했다.

마부 역할을 맡은 조합 직원은 문지기와 말을 나누었다.

그 대화에는 약간의 암호가 포함되어 있었다. 하지만 마부 역할을 맡은 조합 직원은 그것을 보기 좋게 통과했다. 거래에 필요한 요소는 자료와 카구라가 조직에 속한 자들을 직접 심문한 덕에 모두 밝혀졌기 때문이다.

때문에 미라를 태운 마차는 아무런 의심도 사지 않고 문을 통과했다.

남작의 저택 부지 안으로 들어간 후, 마차는 저택을 빙 돌아 뒤편으로 나아갔다. 양도는 저택 정면이 아니라 뒤에서 하라는 것이 남작의 주문이었기 때문이다.

그렇게 도착한 저택 뒤편. 그다지 보는 눈이 없는 그 장소에는 한 남자가 있었다.

"오오, 왔군 왔어. 여기다, 여기."

남자는 목소리를 죽이고는 있었지만 흥분은 가라앉히지 못한 듯했다. 통통한 데다 단정하다고는 말하기 어려운 얼굴이었지만 차림새는 번듯했다.

그자가 바로 알드로리스 남작이었다. 어지간히 기대를 하고 있었는지 본인이 직접 마중을 나온 것이다.

"주문하신 와인과 꽃을 가지고 왔습니다. 확인해주십시오."

마부 역할을 맡은 조합 직원은 인사를 한 후 그렇게 말했다. 이것 역시 정해진 대화 중 하나였다.

"그래그래, 어디 보자."

남작은 더는 못 참겠다는 듯 기대로 가득한 얼굴로 마차의 짐칸을 들여다보았다. 그리고 직후, 불만스러운 표정을 지었다.

"이봐, 이게 어떻게 된 거냐? 상자가 하나밖에 없잖아. 최소한 셋은 주문했을 텐데! 나머지는 어떻게 된 것이야!"

당연히 지명된 다른 소녀들을 데려와서 위험에 처하게 할 수는 없는 일이었다.

따라서 희생자 소녀 역할은 미라뿐이었고 상자도 하나뿐이었다.

그에 반해 남작은 최소한 지명한 세 명의 소녀가 있기를 기대했다. 그렇기에 이야기가 다르다며 화를 내는 것이다.

"네에, 그 점은 잘 알고 있습니다. 물건 자체는 준비했습니다만, 좀 전에 도둑 소동이 일어나서 물건을 보관하고 있던 곳 주변의 경비가 엄중해져 운반이 어려운 상태입니다. 현재 저희 쪽에서 공작을 하고 있으니, 조금만 더 기다려주셨으면 합니다."

마부 역할을 맡은 조합 직원은 속삭이듯 그런 말을 늘어놓았다.

그 말은 남작이 할 법한 불평에 대비해 준비한 답변이었다.

어찌 되었건 그 순간만 얼버무리면 된다며 경비국장이 적당히 그럴싸한 내용을 생각해낸 것이다.

"음…… 그렇군. 뭐어, 됐다. 그래서, 그쪽은 언제쯤 준비되지?"

여전히 불만스러운 얼굴이었지만 어찌어찌 납득한 모양이다. 남작이 그렇게 묻자 마부 역할을 맡은 조합 직원은 "내일은 반드시 전해드리겠습니다"라고 답했다.

"오오, 그래그래. 그렇다면 기대하며 기다리도록 하지. 그래서, 그럼 이쪽은 뭐지?"

일단 기다리라고 하고선 내일이면 된다니. 의외로 빠르다고 생각하게 하는 데 성공했는지, 남작은 다시 기분이 좋아진 모양이다. 그렇다면 오늘은 이쪽으로 즐기겠다는 듯 엉큼한 표정을 짓기 시작한 것이다.

"이쪽은 남작님을 기다리게 한 사과의 뜻이라고 해야 할지, 별도의 루트로 최고의 꽃이 들어와서 의향을 여쭙기 위해 가져와 보았습니다."

아주 끝내준다며 마부 역할을 맡은 조합 직원은 멋진 연기를 해 보였다. 그 표정이며 말투는 배우를 해도 되지 않을까 싶을 정도라서 남작의 기대감을 더더욱 부추기는 데 성공한 듯했다.

"어디, 한 번 보기나 할까."

남작은 욕망이 흘러넘치지는 않을까 싶을 정도의 얼굴을 하고서 마차에 실린 상자에 달려들었다. 마부 역할을 맡은 조합 직원이 덮개를 열어주려 했지만 답답하다는 듯 직접 열어젖힐 정도였다.

그리고 상자 안에서 잠든(척을 하는) 미라의 모습을 본 남작은, 눈이 아주 휘둥그레졌다. 그리고 떨리는 손으로 살며시 덮개를 내려놓고, 미라의 온몸을 샅샅이 쳐다보고서 숨을 죽였다.

"아름다워……."

남작은 엉겁결에 그런 말을 흘렸다. 그 눈에는 이제 미라밖에 보이지 않았다. 완전히 매료된 남자의 눈을 하고 있다.

"멋지군, 이것 참 근사해. 용케 이 정도의 물건을 손에 넣어 내게 가져와 주었구나! 앞으로도 너희를 애용해주마. 이번에는 포상을 겸해서 너희가 부르는 대로 값을 쳐주지."

어지간히 미라가 마음에 들었는지. 남작은 한껏 들떠서 말했고 "그럼 천만 리프는 어떠십니까"라는 마부 역할을 맡은 조합 직원의 말에 "그러지!"라고 즉답했다.

상당한 거금이기는 하지만 그만한 가치가 있다고 생각한 모양이다. 남작의 얼굴에서는 의심의 빛을 전혀 찾아볼 수 없었다. 의심을 하기는커녕 시간이 갈수록 벌겋게 달아오르고 있었다.

"돈은 내일까지 준비해 둘 테니 다시 가지러 오도록. 오늘은 지금부터, 급한 볼일이 있어서 말이야!"

남작은 그렇게 말을 쏟아내더니 잽싸게 미라를 안아 올렸다. 그리고 그 가슴에 얼굴을 파묻더니 거칠게 심호흡을 거듭하며 황홀한 미소를 지은 채 "아아, 끝내주는군"이라고 중얼거렸다.

그 순간, 마부 역할을 맡은 조합 직원은 혐오감이 치밀어 올라서 패버릴까 하고 주먹을 움켜쥐었다. 하지만 슬쩍 눈을 뜬 미라의 눈빛을 보고 가까스로 주먹을 풀었다. 지금 손을 대면 작전이 실패로 끝나기 때문이다.

"——남작님. 심정은 이해하겠지만, 그 전에 사인을 해주시겠습니까. 이걸 받아가지 않으면 윗사람에게서 불벼락이 떨어져서 말입니다."

당사자가 참고 있지 않은가. 평정심을 되찾은 마부 역할을 맡은 조합 직원은 애써 담담한 투로 한 장의 계약서를 내밀었다. 이번 거래가 성립되었음을 증명하는, 중요한 계약서다.

"거 참…… 뭐어, 어쩔 수 없지."

미라를 품에 안은 채 펜을 받아든 남작은 그대로 아무렇지 않게 사인을 했다. 이후에 할 일이 상당히 기대되는지, 그 내용은 별로 신경 쓰지도 않고 사인을 마치자마자 마차에서 내렸다.

"좋아……."

마부 역할을 맡은 조합 직원은 그 계약서를 조심스럽게 통 안에 넣었다. 그리고 남작에게 끌려가는 미라를 기도하는 심정으로 바라보고서 마차를 돌려 남작의 저택을 뒤로 했다.

뒷문으로 저택에 들어온 남작은 가벼운 발걸음으로 계단을 내려갔다.

상당히 깊은 곳으로 향하고 있는지, 계단이 길었다. 심지어 그곳에서 문을 몇 개나 지났다.

그렇게 겨우 도착한 안쪽 방에서 미라는 그 중앙에 위치한 침대에 눕혀졌다.

"자아, 도착했다~. 앞으로 사랑을 키워나갈 둘만의 방이야. 결코 아무도 방해 못 할, 그리고 결코 도망칠 수 없는, 특별한 방이지."

남작은 매우 들뜬 목소리로 중얼거리더니, 향로 같은 것에 하나씩 불을 붙여 나갔다. 시간이 흐르자 수상쩍은 색을 띤 연기가 조용히 피어오르기 시작했다.

'과연, 중간에 문이 몇 개나 있었다만. 도망치지 못하게 그렇게 만든 것인가. 정말이지 어이가 없을 정도로 악취미스럽구면.'

침입도 탈출도 불가능한 밀실 지하실. 이렇게 문란한 짓을 하기 위해 준비한 곳이리라. 너무도 악취미스럽다는 생각에 혐오감을 느끼며 미라는 '생명감지'로 주변 상황을 살폈다. 남작의 희생자가 된 소녀가 또 근처에 없는지 확인하기 위해서다.

하지만 아무리 살펴도 주변에 그럴싸한 반응은 없었다.

'그렇다면 위에 있는 방인가…… 아니면 또 다른 곳에……?'

되도록 빨리 구조해주고 싶다는 생각을 하는 동안에도 남작은 준비해나갔다.

미라는 저항할 수 없도록 두 팔이 침대에 사슬로 묶여 있었다. 심지어 그러는 도중에도 성추행이나 다름없는 짓을 십여 번이나 당했다.

'이놈, 변태 남작. 나중에 두고 보자. 손을 댄 만큼 엉덩이를 걷어차 줄 터이니 말이야!'

그렇게 치밀어 오르는 혐오감과 분노를 억누르며 미라는 기다렸다. 준비가 완료되었다는 신호를.

지금부터 이어질 작전은 이렇다.

순찰 중이라는 명목으로 저택 앞에서 경비병들이 대기한다. 그 준비가 끝난 참에 미라가 날뛰어서 남작에게서 도주한다.

그렇게 되면 당연히 남작도 쫓아올 것이다. 그렇게 남작을 유인해 저택에서 뛰쳐나가, **우연히** 그곳에 있던 경비병에게 도움을 요청한다.

그러면 미라를 쫓던 남작은 발뺌하지 못할 상황에 놓이게 될 것이다.

게다가 이번에는 증인으로 이 도시에 사는 다른 귀족에게도 협력을 요청했다. 우연히 현장을 목격한 것으로 해서 남작이 권력을 이용해 빠져나가게 하지 못하기 위해서다.

하지만 단원 1호가 해오는 정기 보고에 의하면 그 과정에서 약간 애를 먹고 있다는 듯했다. 전속 호위병이니 뭐니 해서 준비에 시간이 걸리고 있다는 모양이다.

그 때문에 미라도 당장은 움직일 수 없어서 아슬아슬한 순간까지 참고 있었다.

하지만 그것도 이제 시간적으로 한계에 가까웠다. 남작의 숨결이 거칠어지고 눈에서 이성이 사라지기 시작했기 때문이다.

"자아, 자, 좋은 아침, 아가씨. 자아, 일어나라고. 어서~!"

남작이 그렇게 말하며 미라의 몸을 흔들기 시작했다. 아무래도 눈을 뜨게 하고 싶은 모양이다.

다시 말해서 남작 쪽의 준비는 끝난 것이다. 그 행동으로 미루어 남작은 자신의 뜻대로 소녀를 덮쳐서 반응을 느긋하게 즐기는 것을 좋아하는── 그런 성적 취향을 지닌 듯했다.

'정말로 저질이로구먼.'

몇 번이나 몸을 흔들기에 자연스럽게 눈을 뜬 미라는 실내 상황과 출입구의 위치를 잽싸게 확인했다.

"느흐흐…… 당황했구나. 하지만 괜찮다, 금방 좋아질 테니까."

남작은 그런 미라의 모습을 바라보며 입가를 더욱 일그러뜨리고서 향로에 무언가를 넣기 시작했다. 그러자 거기서 피어오르는 연기의 양이 더 늘어났다.

'이 달콤한 향은……. 수상쩍은 약이로구나.'

연기가 퍼지면 퍼질수록 남작의 얼굴이 욕망으로 물들어갔다. 그 상태로 미루어 향로에서 나오는 연기는 그러한 욕망을 증폭시키기 위한 것임을 알 수 있었다.

그럼에도 미라는 그 효과를 전혀 받지 않았다.

그것이 상태이상으로 분류되기 때문이다. 원래부터 내성이 높기도 하거니와 여차할 때를 대비해 카구라가 준 내성약을 먹기도 했다.

미라를 보고 욕망이 끓어오른 남작의 숨결은 더욱 거칠어졌고, 그 눈은 굶주린 짐승처럼 불타오르기 시작했다.

그 상태의 남작을 앞에 둔 미라는 더는 지체할 수 없겠다고 직감했다. 이대로 준비가 되기를 기다렸다가는 자신의 몸이 위험하겠다고.

"아아, 그 겁에 질린 얼굴이 정말 끝내주는구나!"

겁에 질린 것이 아니라 혐오감으로 가득한 얼굴이었지만 이상한 약으로 욕망이 증폭된 남작의 눈에는 그렇게 보이는 듯했다. 그는 더는 못 참겠다는 듯 소리치며 미라에게 좋은 짓을 하려고 다가왔다.

준비 완료 신호는 아직인가. 미라는 소름 돋는 남작을 보고 어쩔 수 없다며 자세를 잡았다. 덤벼들면 있는 힘껏 걷어차기 위해 오른발을 한껏 구부렸다.

그러던 그때.

"거기까지다!"

미라와 남작만 있을 터인 지하실에, 두 사람의 것이 아닌 목소리가 울려 퍼졌다. 심지어 무엇을 어떻게 한 것인지, 수상쩍은 색을 띤 연기를 토해내던 향로가 모두 날아가 버렸다.

'무슨 일이야?!'

"누구냐!"

미라는 엉겁결에 걷어차려던 발을 멈췄고 남작은 훼방꾼의 목소리에 성난 목소리로 외쳤다.

그런 두 사람이 고개를 돌린 곳에는, 한 남자가 있었다. 히로인이 위기에 빠지자 씩씩하게 등장한 그는 마치 히어로물의 주인공 같았다.

하지만. 흰 바지를 입고 상체에는 아무것도 입지 않은 그 남자는, 하얀 망토를 두르고 목에 붉은 스카프를 두르고 있었다.

그리고 얼굴은, 뭔지 모를 귀여운 캐릭터가 그려진 타월로 가리고 있었다.

'정말로 누구냐?!'

미라가 속으로 외쳤다. 정말이지 수상해도 보통 수상한 것이 아니다. 보기에 따라서는 남작보다 훨씬 변태스러웠다.

"네놈, 정체가 뭐냐. 이곳은 우리의 사랑의 보금자리다. 대체 어디서 들어온 거지?!"

가만히 생각해 보니 남작은 결코 아무도 방해하지 못할 것이라는 소리를 했었다. 하지만 지금 이렇게 훼방꾼이 난입했다. 그래서인지 남작은 남자의 차림새보다 그쪽이 더 신경 쓰이는 듯했다.

"보다시피 지나가던 정의의 사도지. 도와주기를 바라는 비명소리가 들려와서 이렇게 달려온 거다."

반라의 남자는 보란 듯이 뚜벅뚜벅, 천천히 걸어 들어왔다. 그는 어쩐지 연기를 하는 듯한 목소리로 그렇게 말하더니 남작과 마주한 채 멈춰 서서, 망토를 펄럭이며 포즈를 취했다. 그 동작은 매우 느끼하게 느껴졌지만, 자신감으로 가득했다.

그런 반라의 남자가 나타난 등 뒤의 벽, 구석진 곳…….. 미라가 있는 곳에서 간신히 보이는 그곳에는 커다란 구멍이 뚫려 있었다. 분명 그 구멍에서 나타난 것이리라.

'이 몸은, 비명 같은 걸 지른 적이 없다만.'

분명 지금은 섣불리 딴죽을 걸어서는 안 되는 상황일 것이다. 그렇게 분위기를 파악한 미라는 마음속으로만 대꾸하고 말았다.

하지만 남작은 그렇게 생각하지 않는 모양이었다.

"뭐가 정의의 사도라는 거냐. 아무리 봐도 변태가 아니냐!"

모든 사람의 의견을 대변하듯 딱 잘라 말한 것이다.

반라의 남자는 남작 정도의 변태조차도 변태라 부를 정도의 차림새를 하고 있었다. 실제로 이런 차림새를 한 이가 거리를 걷고 있었다면 불심검문이 아니라 그 즉시 연행되었을 것이다. 남자는 그 정도로 수상한 모습을 하고 있었다.

"정의를 관철하는 데 생김새는 상관이 없지."

하지만 그는 남작의 그 말을 일축했다. 하지만 같은 부류로 엮이기는 싫었던 모양인지, "참고로 지금은 마침 의상을 세탁 중이었던 것뿐이라고" 하고 변명하듯 이유를 밝혔다.

아무래도 정의의 사도로서의 의상이 따로 있는 모양이다. 아닌 게 아니라 그러한 의상을 가지고 있을 듯한 남자이기는 했다.

그것은 지금의 변태 스타일과 얼마나 차이가 날까. 현재의 모습이 너무도 악취미적이라 미라는 상상도 되지 않아 쓴웃음을 지었다. 그리고 어찌 되었건 이상한 남자라는 사실에는 변함이 없다는 생각에 도달했다.

"그보다, 각오는 됐겠지? 어린 소녀를 울린 죗값은 그 몸으로 치르게 해주지."

의상에서 되도록 빨리 화제를 돌리고 싶은 것인지. 반라의 남자는 곧장 말을 이으며 포즈를 취했다.

'아니, 딱히 울지는 않았는데 말이지…….'

비명을 지르기는커녕 운 적도 없다고 미라는 속으로 대꾸했다. 그러던 도중, 문득 반라의 남자와 눈이 마주치자 그는 이제 걱정 안 해도 된다는 듯 눈웃음을 지으며 고개를 끄덕여 보였다.

캐릭터가 그려진 타월의 틈새로 보이는 눈은 변태 같기는 해도 믿음직스러웠다. 하지만 겉모습이 모든 것을 망쳐놓았다.

"이놈…… 내 여자한테 수작 부리지 마라!"

무슨 착각을 한 것인지, 혹은 무슨 오해를 한 것인지. 혼자서 흥분한 남작은 벽에 걸쳐져 있던 지팡이를 움켜쥐었다. 그리고 그것을 반라의 남자에게 내밀며 외쳤다.

"사라져버려라!"

순간, 지팡이 끝에서 눈부신 빛이 솟구쳤다. 하지만 그것은 마술 같은 것이 아니었다. 그 지팡이는 공격용 술구였던 모양이다. 심지어 흔하디흔한 물건이 아니다. 넘쳐 나온 마나의 양으로 미루어 상급 마물을 상대할 수 있을 정도로 강력한 것 같았다.

그것은 직격했다. 강렬한 충격음이 울리고 눈부신 섬광이 퍼졌다.

제대로 막지 않으면 미라라 해도 대미지를 입을 것이 분명한 일격이었다. 그 반라의 남자는 괜찮을까, 싶어서 미라는 빛이 잦아듦과 동시에 확인해 보았다.

반라의 남자는 아무 일도 없었다는 듯 그곳에 있었다. 한 가지 달라진 점은 그의 손이다. 한손을 앞으로 내민 자세로 여유롭게 서 있었던 것이다.

그렇다. 반라의 남자는 피하기는커녕 그 손으로 광선을 막아낸 것이다.

"걱정할 것 없어, 아가씨. 이런 걸로 쓰러질 내가 아니니까."

반라의 남자는 내민 손을 움켜쥐고서 그대로 둘째손가락만 세워 "쯧쯧" 하고 흔들어 보였다. 그리고 그러면서 캐릭터가 그려진 타월 마스크 아래에서 윙크를 해보였다.

분명 진짜 아이였다면, 그리고 변태성 넘치는 차림새가 아니었다면 그 모습이 히어로물의 주인공처럼 보였을지도 모른다.

하지만 유감스럽게도 미라는 그 전형적인 히어로물 주인공 같은 행동에 어이가 없을 따름이었다.

"자아, 얌전히 포기하는 게 신상의 안전을 위해 좋을 텐데, 어쩔 거지?"

반라의 남자는 완벽하게 포즈를 취하며 그렇게 말했다. 차림새는 형편없었지만 그 실력은 대단한 듯했다.

하지만 미라는 그런 반라의 남자와 남작을 번갈아 쳐다보며 어쩔까, 하고 생각하고 있었다.

방금 전에 단원 1호를 통해 준비가 끝났다는 신호가 들어왔기 때문이다. 하지만 현재는 상황이 달라졌다.

이대로 예정대로 작전을 실행할 경우, 자칫 잘못하면 선의의 제3자(?)가 휘말려들 수도 있다.

지금 미라가 도망치고, 그것을 남작이 쫓고, 또 그것을 반라의 남자가 쫓으면, 아주 추하기 그지없는 그림이 연출될 게 뻔하다.

게다가 정의의 사도를 자칭하는 반라의 남자의 행색은 남작의 동료라 해도 과언이 아닐 정도다. 그런 남자가 미라, 남작의 뒤를 따라 나오면 어떻게 될까.

그 결과는 쉽게 상상할 수 있었다.

'으음~ 어찌하면 좋을꼬……..'

이대로 가면 모처럼 준비한 작전이 물거품이 된다. 하지만 그의 정의감을 헛되이 할 수는 없는 일이라며 고민하던 미라는, 일단 대기하라고 단원 1호를 통해 알리고서 현장에서의 상황을 설명했다.

그러는 동안에도 남작과 반라의 남자의 대화는 계속되었다.

"젠장! 젠장! 뭐냐, 대체 뭐냔 말이다, 너는!"

"좀 전에 말했듯이 지나가던 정의의 사도지."

한 걸음도 물러서지 않는 정도가 아니라 반라의 남자는 이어지는 남작의 술구 공격을 화려하게 막아냈다. 초조하고 당황해서 목소리를 높이는 남작과 달리, 반라의 남자는 여유롭게 포즈를 취했다.

그 포즈에는 그 나름의 정의의 의미가 담겨 있는 것일까. 하지만 객관적으로 보았을 때는 남작을 도발하는 것으로만 보였다.

19

"대체 뭐냐, 네놈은! 어째서 맞지 않는 거야!"

"소용없어, 그 정도는 멈춰 있는 것과 다를 게 없으니까."

대체 어디에 숨기고 있었던 것인지, 남작은 여러 가지 술구를 써서 저항했고 반라의 남자는 그것들을 정면에서 모조리 격파했다.

그러면서 반라의 남자는 한 발을 막아낼 때마다 미라에게 별것 아니라는 것을 어필했다. 보호 대상을 불안하게 하지 않기 위한 배려이리라. 그 여유를 통해 보통 강한 것이 아님을 알 수 있었다.

그리고 남작 역시 초조한 얼굴을 하고는 있었지만 미라를 흘끔 쳐다볼 때마다 욕망을 폭발시켜 술구를 휘둘렀다. 무슨 상상을 하고 있는지, 어떤 망상으로 자신을 고무시키고 있는지 실로 알기 쉬운 얼굴이었다.

'뭐라고 해야 할지, 변태들이 내분을 일으킨 것으로만 보인다만⋯⋯.'

만약 지금 이 타이밍에 누군가가 달려왔다면 상황상 먹잇감인 미라를 독점하기 위해 두 변태가 싸우고 있다고 판단하고도 남으리라. 그 정도로 이상한 싸움이 눈앞에서 펼쳐지고 있었다.

하지만 그것도 여기까지였다.

"젠장! 젠장! 젠장!"

남작이 지닌 술구의 마나가 바닥나서 아무런 반응도 보이지 않게 된 것이다.

"벌써 끝이야? 그럼 슬슬, 이쪽도 시작해 볼까?"

반라의 남자가 한 걸음씩 걸어 나갔다. 남작 본인의 실력은 그리 대단하지 않으니 이대로 처단을 당하고 말 것이다.

그렇게 판단한 미라는 어떻게 할지 생각하기 시작했다.

반라의 남자를 막은들 이대로 작전을 속행할 수 있을 것 같지는 않다. 그렇다고 남작이 반라의 남자에게 처단당하면 밖에서 대기하고 있는 증인 귀족에게 결정적인 장면을 목격시킬 수가 없다.

이대로 가면 수상한 인물이 귀족을 공격했다는 사건으로 끝날 가능성도 있다.

그렇게 작전을 어떻게 속행시킬지 미라가 고민하던 도중.

"이것만은 사용하고 싶지 않았지만, 별수 없지!"

남작이 어쩐지 각오를 굳힌 듯한 눈으로 외치더니 옆에 있던 벽을 두드렸다. 그러자 벽의 일부가 스위치였는지 둔탁한 소리와 함께 맞은편 벽이 열렸다.

그리고 그 안에서 무언가가 느릿하게 기어 나왔다.

민달팽이처럼 이상한 생김새와 그곳에서 뻗어 나온 여러 개의 촉수. 척 보아도 변태스러운 남작이 좋아할 것 같은 생물이 그곳에서 나타난 것이다.

하지만 남작의 비장의 카드라는 뉘앙스의 발언과는 달리, 움직임은 느리고 꼬물꼬물 바닥을 기어 다니기만 할뿐 무언가를 할 낌새는 없었다. 오히려 반라의 남자에게서 멀어지기까지 했다.

아무리 보아도 그렇게 강할 것 같지도 않은 데다 싸울 수 있을 것 같지도 않았다.

"어이쿠, 실수했군. 이쪽이다!"

뭔가 굉장한 특기라도 있는 것일까. 그런 생각에 경계했지만 민달팽이 같은 생물은 비장의 카드도 뭣도 아니었던 모양이다. 남작은 허둥대며 또 다른 부분을 두드렸다.

다음에 울린 둔탁한 소리는 좀 전의 것과는 크게 달랐다. 이번에는 요란하게 삐걱거리며 천장이 활짝 열린 것이다.

"자아, 다들 나와라!"

활짝 열린 천장은 저택의 1층 부근과 이어져 있는 듯했다. 그곳을 향해 남작이 외치자 다음 순간, 그 구멍에서 세 마리의 무언가가 내려왔다.

'무어냐, 이 녀석들은. 마물인지 동물인지…… 어찌 되었건 처음 보는군.'

이형의 괴물이 나타났다. 형태는 개에 가깝지만, 몸 이곳저곳이 뒤틀려 있고, 그 눈에는 의지라는 것이 없어 보였다.

그러면서도 본능에 따라 날뛰지도, 욕망에 따라 움직이지도 않았다. 그것들은 마치 명령을 기다리듯 남작의 옆에 내려섰다.

"호오…… 저런 악독한 것을."

반라의 남자는 작은 목소리로 그렇게 중얼거리며 남작을 노려보았다. 그리고 천천히 자세를 잡았다. 그것은 지금까지 보였던 히어로물 주인공 같은 포즈가 아니었다. 싸우기 위한 것이다.

"자아, 우리 집 최강의 파수견이다. 얌전히 먹이가 되거라!"

상당히 자신감이 있는 것인지, 남작은 큰소리로 웃으며 세 마리의 괴물에게 명령을 내렸다. 그 남자를 죽이라고.

그 순간, 그 자리를 가득 메운 분위기가 일변했다. 남작의 명령에 응하듯 세 마리의 괴물이 흉흉한 살기를 내뿜기 시작한 것이다.

괴물들은 마치 사슬에서 풀려난 듯 뛰쳐나갔다.

붉게 핏발이 선 눈에서는 이성을 조금도 찾아볼 수 없었다. 하지만 수렵의 본능이 남아있는 것인지. 세 마리의 괴물은 신호를 주고받지도 않았음에도 연계를 취하기 시작했다.

한 마리가 반라의 남자의 정면에서 공격하고, 두 마리가 동시에 측면으로 돌아들었다. 그 속도는 눈으로 겨우 쫓을 수 있을 정도였고, 그 이빨은 어지간한 나이프를 능가할 정도로 날카로웠다.

남작이 키우는 세 마리 괴물의 힘은 A랭크 모험가에 상당할 정도로, 비장의 카드로 삼기에는 충분한 전투력을 감추고 있었다.

하지만 그것은 일반적인 생활, 일반적인 상황, 일반적인 악당이 있는 세계의 이야기일뿐이다.

대부분의 사람과는 인연이 없는 세계. 일반을 초월한 곳에 펼쳐진, 거의 극에 달한 자들이 보고 있는 세계. 이때 남작은 그 일부분을 직접 목격하게 되었다.

"유감이지만 이 정도의 이빨로는 나를 해치지 못해."

이빨을 꽂고자 반라의 남자에게 덤벼든 세 마리의 괴물은 그 직후, 움직임을 멈췄다. 아니, 제지당했다.

눈에 보이지 않는 무언가에게 붙잡히기라도 한 듯, 괴물들이 발버둥치기 시작했다. 하지만 그것도 아주 잠시뿐이었다. 다음 순간에는 머리 위에 자리한 천장의 구멍을 통해 위로 세차게 날아간 것이다.

"하다못해 편히 잠들길."

반라의 남자는 매우 느끼한 동작으로 오른손을 들어 손가락을 딱 튕겼다.

직후. 불로 된 선이 위를 향해 올라가더니 섬광이 천장에 난 구멍에서 터짐과 동시에 강렬한 굉음이 울려 퍼졌다.

그 후 얼마쯤 지나, 세 개의 물체가 구멍에서 달그락 하고 떨어졌다. 자세히 보니 그것은 이형의 형태를 띤 동물의 뼈였다. 위에서 무슨 일이 있었던 것인지는 모르겠지만, 괴물의 육체를 눈 깜짝할 새 없앨 정도의 위력이 있었던 모양이다.

"이럴 수가…… 최강의 파수견이라기에 샀더니 이게 뭐야! 쓸모가 없잖아!"

눈에 비친 광경만 보면 그 괴물 셋은 너무도 맥없이 쓰러진 것 같을 것이다. 실제로 남작의 눈에는 그렇게 보인 모양인지, "이 쓸모없는 것들!"이라고 외치며 세 마리의 뼈를 걷어찼다.

하지만 그것은 착각이다. 세 마리의 괴물이 지닌 힘은 엄청났다. 하지만 이 반라의 남자의 힘이 그것을 한참 상회한 것뿐이다.

"네놈만 없어지면!"

남작은 분노에 찬 얼굴로 숨기고 있던 단검을 뽑아 반라의 남자에게 덤벼들었다. 하지만 그것은 될 대로 되란 식의 공격이라 반라의 남자는 간단히 피했다.

"불쌍한 남자군."

반라의 남자는 그렇게 말하더니 어디선가 로프 하나를 꺼내, 마구 날뛰는 남작에게 걸었다. 그러고서 무얼 어떻게 한 것인지 간단히 넘어뜨려 눈 깜짝할 새에 구속해 나갔다.

"젠장, 풀어라! 내가 누구인지 알아?!"

남작은 그렇게 악다구니를 했지만 반라의 남자는 알 바 아니라는 듯 질질 끌고 가서 돌기둥에 단단히 묶었다.

"자아, 이게 뭔지는 알겠지? 그 죄가 모두 밝혀질 거다. 참회하고 죗값을 치르도록."

반라의 남자는 그런 소리를 하며 종이 다발을 흩뿌렸다.

무수히 많은 종이가 쏟아졌다. 그중 한 장을 본 남작의 얼굴에서 분노가 가시더니 놀란 표정으로 "어째서 이것이……!"라고 외쳤다.

대체 무엇인가 싶어 고개를 갸웃하던 미라는 우연히 근처에 떨어진 한 장의 종이를 확인했다.

그것은 무언가의 거래에 관한 서류인 듯했다. 그리고 남작의 반응으로 미루어 상당히 그에게 불리한 것인 모양이다.

눈에 들어온 부분에는 꽃이 어쩌니저쩌니하는 문장이 적혀 있었다. 또한 평범한 꽃치고는 꽤나 값이 비쌌다.

'이건 설마…….'

꽃이라는 단어는 좀 전에 거래를 할 때에도 나왔었다. 다시 말해서 이 서류는 남작이 과거에 거래할 때 작성한 것이다.

대체 반라의 남자는 이것을 어디서 발견한 것일까.

하지만 그보다 신경 쓰이는 것이 있었다. 악행의 증거를 보란 듯이 들이미는 그 방식은 누군가와 비슷했다. 그렇다, 최근 소문을 들은 누군가와.

설마. 그 가능성을 떠올린 미라는 혹시나 하는 마음으로 반라의 남자를 바라보았다.

"그대는 혹시——."

그렇게 머릿속에 떠오른 이름을 말하려던 그 순간. 갑자기 미끌미끌한 무언가가 다리에 엉겨 붙어서 미라는 저도 모르게 "흐에?!" 하고 얼빠진 비명을 질렀다.

"누오오! 이 녀석……!"

자세히 보니 두 다리를 붙잡은 것은 좀 전에 실수로 풀어준 민달팽이 같은 생물이었다. 미라는 어떻게든 떼어내려 했지만 두 손은 여전히 구속된 상태다. 더불어 자유로웠던 다리는 촉수에 붙들려 꼼짝도 할 수 없는 상태였다.

"오호오, 잘한다 잘해! 너는 우수하구나!"

절망 속에서 한 줄기 빛을 찾기라도 한 듯이 남자가 신이 나서 외쳤다.

아무래도 그것은 여성의 무언가에 끌리는 모양인지, 정확하게 미라만을 노리고 있었다. 심지어 밀착한 채 다리를 따라 위로 기어 올라와서 미라는 소름이 돋았다.

"이놈, 어디서 감히……!"

오히려 남작보다 위험한 것 같다고 직감한 미라는 다크나이트를 소환하기 위해 소환지점을 지정했다. 하지만 그보다 움직임이 빠른 이가 있었다.

"괜찮아, 아가씨. 잠시 가만히 있어."

반라의 남자였다. 그는 훨씬 변태 같은 짓을 할 것 같은 생김새이기는 했지만 알고 보면 정의의 사도다. 뭐라 형용할 수 없는 상태가 된 미라를 배려하기 위해서인지 시선을 돌린 채 민달팽이 같은 생물에 손을 대었다.

그러자 놀랍게도 미라를 휘감았던 촉수가 순식간에 말라비틀어졌다. 동시에 남작이 절망 어린 비명을 질렀다.

"자아, 이제 안심해도 돼."

반라의 남자가 바싹 마른 민달팽이 같은 생물을 휙 떼어냈다. 그가 무엇을 했는지는 알 수 없었다. 하지만 미라는 알아챘다. 그것이 모종의 술식에 의한 것이라는 사실을. 심지어 미라가 알지 못하는 술식이다. 다시 말해서 최근 30년 동안 생겨난 새로운 술식인 것이다.

하지만 현재, 가장 신경 쓰이는 것은 새로운 술식이 아니라 이 반라의 남자의 정체였다.

"큰일 날 뻔했는데 고맙구나. 헌데, 그대는 혹 퍼지——."

그것을 알기 위해 미라가 다시금 그 질문을 하려던 순간.

"——어이쿠, 아가씨, 그건 비밀이야."

반라의 남자는 말을 가로막듯 살며시 둘째손가락을 세워 입가에 가져다 대더니 비밀이라는 듯 윙크를 해 보였다. 그 동작은 너무도 자연스러워서, 지금까지도 몇 번이나 한 적이 있다는 사실을 알 수 있었다.

"……허——?"

하지만 지금의 차림새로 아무리 멋진 짓을 한들, 반라의 남자는 변태로만 보였다. 그러면서도 당연하다는 듯 느끼한 행동을 해서, 그 겉모습과의 격차에 미라는 자신도 모르게 넋이 나간 얼굴로 답했다.

그러던 그때.

"이봐～ 무슨 일이야～ 괜찮은 거야～?!" 천장에 난 커다란 구멍 위쪽에서 그런 목소리가 들려왔다.

"이런, 믿음직한 경비병이 도착했군. 그러면 뒷일은 저들에게 맡기도록 할까."

조금 전에 울린 폭음이 신경 쓰였는지, 대기 중이던 경비병들이 돌입한 듯했다. 반라의 남자는 그 면면들을 보자마자 "그럼 아가씨, 나는 이만!" 하고 끝까지 포즈를 취하고서 그대로 천장에 난 구멍으로 도망치듯 뛰쳐나갔다.

"잠깐…… 기다리래도!"

저 반라의 남자의 정체가 미라가 예상한 것이 맞다면 학스트하우젠까지 갈 수고를 덜 수 있다. 그런 생각에 허둥지둥 뒤쫓으려던 미라는 두 손이 뒤로 당겨지는 바람에 침대로 다시 돌아갈 수밖에 없었다.

가만히 생각해 보니 아직 두 손이 사슬에 묶인 상태였기 때문이다.

그러다 보니 위쪽에서 "우왓, 뭐야?!" "방금 그건 누구였지?!" 라는 말소리가 들려왔다.

구멍 위쪽이 소란스러워진 가운데, 다크나이트를 소환해 사슬을 끊은 미라는 서둘러 뒤를 쫓고자 일어났다.

그러던 참에 천장에 난 구멍에서 경비국장이 가뿐하게 내려왔다. 그리고 미라를 흘끔 쳐다보자마자 "……일단은 무사한 것 같군" 하고 반쯤 안심한 듯 쓴웃음을 지었다.

"뭐어, 일단은 그렇지."

민달팽이 같은 생물 본체는 반라의 남자가 바짝 마르게 해서 쓰러뜨렸지만, 녀석이 두르고 있던 점액은 그대로 미라의 몸에 축축하게 남아 있었던 것이다.

덕분에 입고 있던 메이드 복은 질퍽질퍽해졌지만, 그것을 제외하면 미라의 상태를 비롯해서 아무런 문제도 없었다.

"해서, 좀 전에 변태가 뛰쳐나가지 않았느냐, 어디로 갔지?!"

미라는 자신은 신경 안 써도 된다는 듯 물었다. 서둘러 뒤를 쫓아가서 붙잡기 위해서. 하지만 그러기는 불가능할 듯했다.

"아니, 그게 너무 갑작스러운 일이다 보니……."

경비국장은 말했다. 마치 바람이 지나간 것 같아서 어디로 갔는지 눈으로 쫓을 수가 없었다고.

20

"우와아…… 꼴이 말이 아니네."

카구라는 미라의 상태를 보자마자 그런 소리를 하더니 미라가 한 걸음 다가갈 때마다 한 걸음 물러났다.

"나 원, 최악의 기분이로구먼. 이봐라, 뭐 닦을 만한 것은 없느냐?"

타월을 가지고 있기는 하다. 하지만 자신의 물건을 이 점액으로 더럽히고 싶지 않다는 생각에 미라는 카구라에게 그것을 요구했다. 애초에 이 작전을 추천한 장본인이니 그 정도는 내놓으라는 듯이.

정체 모를 민달팽이 같은 생물의 점액. 카구라 역시 그러한 것으로 애용품을 더럽히고 싶지는 않은 모양인지 단호히 거부하겠다는 듯 닦을 것을 내놓기를 꺼려하며 뒷걸음질 쳤다.

하지만 구석으로 몰아넣자 결국 체념한 듯 "알았어. 일단 이걸로 갈아입어"라고 말하며 유카타를 한 벌 건넸다.

점액으로 더러워진 것은 주로 검은 스타킹과 메이드 복이다. 닦는 것이 아니라 전부 벗고 갈아입는 게 빠르겠다는 것이 카구라의 타협안이었다.

"흠, 뭐어 그러마."

갈아입어 봐야 피부에 점액은 남겠지만, 아무것도 안 하는 것보다는 낫다. 그리고 애용하는 옷을 그런 상태로 입지 않아도 되는 게 어디인가. 그렇게 판단한 미라는 카구라의 제안을 수락해 유카타를 받아들었다.

두 사람이 그러는 동안에도 경비국장 일행은 상황 확인 등을 진행하고 있었다.

"그나저나 변태 남자가 더 나타나다니…… 오산이었군."

"일이 꼬인 것 같다는 이야기를 우즈메 씨에게 듣고 대기하고 있었더니 갑자기 큰 폭발이 일어나서 얼마나 놀랐는지 원."

경비국장과 경비대장은 좀 전에 있었던 일에 관한 감상을 주고받으며 구속된 남작에게로 시선을 옮겼다.

사실은 미라가 탈출해오면 그것을 보호한다는 것이 작전이었다. 하지만 반라의 남자의 난입으로 인해 그것도 유야무야되었다.

그러나 어떻게 된 일인지 남작은 이 모양 이 꼴이 되어 있고, 그 주변에는 그를 철저하게 궁지로 몰 만큼의 증거가 보란 듯이 준비되어 있었다. 그것들을 활용하면 어떻게든 요리할 수 있을 것이다.

오히려 본래의 작전보다 훨씬 좋은 결과가 나왔다. 반라의 남자가 흩뿌린 서류는 남작이 소녀를 샀다는 증거뿐 아니라 수많은 악행을 입증할 수 있는 것들이었기 때문이다.

놀랍게도 인신매매 거래를 날조한 후, 그것을 계기로 찾으려 했던 정보가 모두 갖춰져 있었다.

"말 안 해도 알겠지만 그건 날조다. 그 이상한 남자가, 나를 함정에 빠뜨린 거야."

마치 그 말이 진실이라는 듯, 남작은 경비국장 일행을 노려보았다. 그 말에는 협박 같은 뉘앙스가 담겨 있었다.

이번 사건이 공개되어 남작이 실각하더라도 그는 귀족이다. 이만한 범죄 증거가 갖춰졌다 해도 권력을 완전히 무효화하려면 시간이 좀 걸린다.

그 유예 시간을 써서 직장과 직위를 빼앗아주겠다고 에둘러 협박하고 있는 것이다.

그의 눈에는 권력을 내세워 진실을 왜곡하려는 추악한 욕망이 또렷이 떠올라 있었다.

남작의 말에 경비국장과 경비대장은 얼굴을 마주 보았다. 남작은 그런 두 사람을 향해 계속해서 말했다.

"나를 믿는다면, 원하는 것을 내주지."

협박에서 그치지 않고 두 사람을 매수할 생각인 모양이다. 하지만 두 사람은 이 작전을 세웠을 때부터 이미 각오가 되어 있었다.

"남작님, 이제 깨끗하게 단념하시는 게 좋을 것 같습니다."

경비국장이 담담한 투로 말했다. 그 늠름한 얼굴에는 정의를 관철하려는 올곧은 의지가 담겨 있었다.

"날조라고 주장하시겠다면 이 서류들을 모두 제출해서 조사요청을 하시지 그러십니까. 정말로 날조라면 국가가 그렇다는 것을 증명해줄 겁니다."

그에 반해 경비대장은 싸늘한 눈으로 그렇게 말했다. 국가의 조사기관은 우수하다. 때문에 이 서류가 날조라면 정확하게 판단을 내려줄 것이다.

하지만 진짜라면 변명이 불가능한 결정적인 증거가 된다. 경비대장은 그렇게 되리라는 것을 확신하는 듯했다. 그의 말에는 남작의 죄를 용서하지 않겠다는 단호한 의지가 담겨 있었다.

"네, 네 이놈들! 내가 아니라 그런 이상한 차림새를 한 녀석을 믿겠다는 거냐!"

조용히 서류를 정리하는 두 사람의 태도에 남작은 버럭 화를 냈다. 오랜 세월 동안 경비국을 돌봐준 자신과, 어디서 굴러온 말뼈다귀인지 모를 반라의 변태 남자 중 누구를 더 믿는 것이냐며 악다구니를 치면서.

일단은 귀족인 남작과 척 보아도 알 수 있는 변태. 두 가지 선택지를 제시받은 경비국장과 경비대장은 망설임 없이 "저희가 믿는 건 증거입니다"라고 잘라 말했다. 아무리 그래도 반라의 남자를 믿는다는 소리는 못 하겠는 모양이다.

어쨌든 남작을 궁지로 몰 증거는 갖춰졌다. 경비국장과 경비대장은 그러한 증거들을 가지고 남작을 긴급 체포했다.

"우리 경비국장과 조합 지부장들이 어려운 역할을 강요해서 죄송합니다."

경비국장이 남작의 신병을 구속해 연행한 참에 경비대장이 침통한 얼굴로 몸을 돌렸다.

피해자 소녀 역할을 맡은 미라 역시 남작을 궁지로 모는 데 필요한 중요 증인이다. 때문에 지금부터 경비국까지 동행해야 했지만 지금은 다소 정신이 없었다.

"괜찮다, 괜찮아. 걷어차 주지는 못했지만 뭐어, 예정했던 것 이상의 결과를 거둔 것 같으니 말이야. 천만다행이지."

빼꼼 고개를 내밀고 답한 미라는 현재, 반라 상태였다. 유카타를 걸쳤을 뿐, 띠를 묶지 않았기 때문이다.

"잠깐, 미라, 그런 차림새로 고개 내밀지 마!"

지하실 구석에서 갈아입기는 했지만 유카타를 엉터리로 입은 것을 보고 울컥한 카구라가 고쳐 입혀주고 있는 도중이었다. 카구라는 허둥지둥 미라의 목덜미를 붙잡아 원위치시키며 "끝나면 바로 나갈 테니, 먼저 가주세요"라고 경비대장에게 말했다.

"아, 네. 알겠습니다! 그럼 밖에서 기다리겠습니다!"

조금만 들여다보면 옷 갈아입는 것이 보일 상황이라는 사실을 알아챈 경비대장은 말 떨어지기 무섭게 황급히 지하실에서 뛰쳐나갔다.

"으음…… 쓸데없이 어울려서 괜히 열 받네."

타협하지 않고 제대로 유카타를 입힌 카구라는 완성된 미라의 모습을 보고 얼굴을 찌푸리고서 신음했다.

검은 천에 황색으로 새겨진 문양은 밤하늘에 빛나는 별과 같아서, 마치 달의 공주님 같은 매력이 느껴졌다.

그 모습은 흠잡을 데가 없는 미소녀였다. 하지만 원래 어떤 사람이었는지를 아는 카구라는 그것을 보고 부조리하다는 감상을 늘어놓았다.

"흠, 수고했다!"

혼자 입었을 때에 비해 훨씬 그럴싸한 착용감에 만족한 미라는 그런 카구라의 마음도 모르고 웃었다. 그리고 "그럼 어서 가자꾸나"라고 말하며 걸어 나갔다.

다만 도중에 미라는 다리가 불편하다며 옷자락을 다소 헐겁게 했고, 그 바람에 유카타가 만들어낸 숙녀 같은 매력은 한순간에 박살 나고 말았다.

지하실에서 밖으로 나온 미라와 카구라는 마차에 타기 전에 두 사람과 합류했다. 아이젠파르드와 티리엘이다.

두 사람이 무엇을 하고 있었는가 하면, 다름이 아니라 저택에서 뛰쳐나간 반라의 남자를 추적하고 있었다.

반라의 남자가 뛰쳐나갔을 때, 미라는 밖에서 대기 중이던 아이젠파르드에게 지시를 내렸다. 쫓아가서 살살 붙잡으라고. 그리고 티리엘도 함께 그 일을 도왔던 모양이다.

하지만 예상치 못한 결과가 나왔다. 놀랍게도 그가 아이젠파르드의 추적을 뿌리친 것이다.

"죄송합니다, 어머님……. 기척도 냄새도 모두 다 사라져서, 놓치고 말았습니다."

아이젠파르드는 어머니가 부탁한 일을 실패했다며 땅을 파고 들어가기라도 할 듯 기가 죽어서 눈물을 글썽거리고 있었다. 티리엘의 말에 의하면 마치 존재 그 자체가 사라진 것처럼 갑자기 인식을 할 수 없게 되었다는 듯했다.

"되었다, 되었어. 그 남자는 상당한 변태처럼 보였지만 엄청난 실력자인 듯했으니 말이다. 게다가 뭐어, 그 정체가 이 몸이 예상한 것이 맞다면 추적을 뿌리치는 데에는 도가 텄을 테니. 분명 누가 쫓았어도 같은 결과로 끝났을 것이야.”

미라는 그렇게 말해서 아이젠파르드를 위로했다.

반라의 남자의 정체. 어째서 이런 곳에 있었는지는 알 수 없지만, 미라는 그 수법을 통해 그의 정체가 괴도 퍼지다이스가 아닐까 생각했다.

알드로리스 남작은 알 사람은 다 알 정도의 악덕 귀족이었다. 그렇다면 괴도 퍼지다이스의 표적이 될 가능성은 충분하다.

하지만 반라였던 것도 그렇고, 본래의 의상이 세탁 중이라고 말한 것으로 미루어 볼 때, 일단 상황을 살피던 도중이었으리라.

그러던 때에 추가 희생자 소녀인 미라가 팔려왔다. 때문에 이렇게 억지스러운 방식으로 등장하게 된 것이 아닐까.

상대는 세상을 떠들썩하게 하는 괴도. 수많은 경비를 돌파하고 증거를 훔쳐내, 바람처럼 사라지는 괴도. 그렇다면 수색이 전문이 아닌 아이젠파르드가 그를 추적하는 것은 무리가 있다.

“어머니임~!”

미라가 다정하게 안아주자 아이젠파르드는 부모에게 응석을 부리듯 매달렸다. 사정을 모르는 이가 보았다면 체포 사태가 벌어지고도 남을 듯한 광경이었다.

마차를 탄 미라 일행은 또다시 경비국으로 돌아왔다. 또한, 이번에도 미라는 아이젠파르드의 무릎에 앉았다.

조금 전과 마찬가지로, 이번에는 남작을 심문실로 연행했다. 그러던 도중에 미라는 타월을 빌려, 약간 남아 있던 점액을 닦아냈다.

다소 늦게 찾은 심문실에서는 이미 카구라의 자백 술식에 의한 심문이 시작된 상태였고, 많은 정보가 알드로리스 남작의 입에서 나오고 있었다.

남작이 지금까지 산 소녀들은 별도로 준비해둔 은신처에 감금되어 있다고 한다.

그 정보를 캐낸 직후, 경보국장이 경비병들에게 구출 지시를 내렸다. 오늘 밤 안에는 모두 다 구출될 것이다.

나아가 남작의 좋지 않은 교우 관계도 모두 적나라하게 밝혀졌다. 여기에 미라의 증언이 보태지자 알드로리스 남작의 퇴로는 완전히 막혔다.

또한 이후, 경비국과 모험가 종합 조합과의 연계로 관계자들이 줄줄이 체포될 것이다.

이렇게 미라와 카구라의 활약으로 불과 하룻밤 만에 도시 리글렛에 만연한 두 가지의 악, 클리크 상회의 잔당이 이끄는 인신매매 조직과 악덕 귀족이 괴멸되었다.

"두 분이 협력해주신 덕분입니다. 정말로 감사합니다."

경비국장이 그렇게 말하며 고개를 깊숙이 숙였다. 이 도시의 경비를 맡은 그에게 오늘 일은 아무리 감사를 해도 부족할 정도일 것이다. "아, 이쪽은 이 도시의 명물입니다"라며 들고 가기도 버거울 정도의 토산물을 준비해주기도 했다.

그 후, 경비대장과 경비병들의 감사 인사도 받으며 미라 일행은 경비국을 뒤로 했다.

정신이 들어보니 늦은 밤, 조금만 더 있으면 날짜가 바뀔 시간이 되어 있었다.

하지만 교역의 요충지로 번성한 도시답게 늦은 밤이 되어도 식당가는 환하게 밝혀져 있었다. 상인이며 모험가에 뱃사람 등, 많은 이들이 신나게 떠들어대고 있었다.

분명 저들은 취기가 가시고 난 다음에야 오늘 밤 비밀리에 대대적인 체포 작전이 있었다는 사실을 알게 될 것이다.

"수고했어, 할아버지. 그리고 고마워."

그런 식당가 한구석. 이 주변에서는 가장 커다란 레스토랑에 미라 일행이 있었다. 심지어 예약석에. 자신을 도와준 감사 인사를 겸해서 오늘은 카구라가 한턱을 내겠다는 모양이다.

"무얼, 되었다. 아이들을 위한 일이니."

뭐니 뭐니 해도 더러운 어른들에게 희생된 아이들을 위한 일이었다. 어른으로서 당연한 일을 한 것이라는 투로 말하면서도 답례는 받을 생각인지. 미라의 손은 메뉴판을 단단히 쥐고 있었다.

"어머님, '루브란스메사나풍'이라는 게 뭡니까?"

아이젠파르드도 그런 미라의 옆에서 메뉴를 들여다보고 있었다. 메뉴에 있는, 이름만 봐서는 무엇인지 알 수 없는 요리를 지목하며 그런 질문을 해왔다.

그리고 미라는 그때마다 같은 답변을 했다. "주문해 보면 알 수 있지 않겠느냐"라고.

미라는 자기 돈이 나가는 게 아니라고 마구 주문을 했다. 아이젠파르드는 궁금한 것이 생길 때마다 요리의 이름을 말했다.

그 결과, 눈 깜짝할 새 수만 리프가 날아갔다.

원인은 그 둘뿐만이 아니었다.

그런 미라 일행에게 편승하기라도 하듯 티리엘도 "천사의 애플파이, 신경 쓰여요"라는 식으로 옆에서 끼어들었기 때문이다.

"흠, 확실히 그렇군. 뭐가 어떻기에 천사라는 것인지 궁금하군 그래."

미라는 그렇게 티리엘의 말을 놓치지 않고 추가 주문을 했다. 이제 이 세 사람의 연계를 막을 수 있는 이는 없었다.

"……늘 그랬지만 이럴 때는 진짜 가차 없더라. 뭐어, 상관은 없지만. 솔로몬 씨의 기분을 조금은 알 것 같아."

내 돈이 아니라면 망설이지 않는다. 그럴 때 망설이면 오히려 한턱을 내는 상대에게 실례다. 카구라는 과거 다 같이 현실 세계에서 식사를 하러 갔을 때, 그런 식으로 솔로몬에게 마구 얻어먹었던 일이 떠올랐다.

그 역할이 자신에게 돌아왔다는 사실에 쓴웃음을 지음과 동시에 카구라는 미라를 바라보며 그 무렵과 달라진 게 전혀 없다면서 어이가 없다는 듯 한숨을 내쉬었다.

또한, 당시는 카구라도 가차 없이 솔로몬을 뜯어먹던 사람 중 한 명이었다.

평소보다 느지막한 저녁 식사 자리는 정말이지 화기애애했다.

미라와 카구라는 키메라 클로젠 사건이 끝나고서 지금까지 있었던 일에 관한 이야기를 주고받았다.

"아니, 그건 그대가 타이밍을 잘못 맞춘 것뿐 아니냐."

"무슨 소릴 하는 거야. 아무리 생각해도 성급하게 나선 건 할아버지였잖아."

그렇게 옛날이야기를 주고받으며 그건 누구 때문이었다, 그때 자신은 잘못하지 않았다, 라는 식으로 서로에게 책임을 떠넘기기도 했다.

"그 아이가 표식인 바위산을 무너뜨리지만 않았어도……."

"플로네 씨는 고집이 세니까."

아홉 현자 중 한 사람인 무형술의 대가 '초상의 플로네'. 아홉 현자 중 유일하게 술사가 아니라 암흑 기사인 그녀는, 그럼에도 검이 아니라 술식의 길의 극에 달한 별종이었다.

마나만 있으면 전사 클래스라도 다룰 수 있다는 것이 무형술의 강점이다. 하지만 그것을 실전 수준까지 발전시킨 것은 플로네 정도뿐이었다.

그렇기에 그녀는 지금도 어딘가에서 터무니없는 짓을 하고 있을 것이다. 그런, 다른 의미에서 걱정을 하면서도 두 사람은 동료들이 모두 모이는 것이 기대된다며 웃었다.

그렇게 두 사람이 대화를 나누는 가운데, 그 옆에서는 아이젠파르드와 티리엘도 이야기꽃을 피우고 있었다.

천사라는 존재와 그 특별한 힘. 그중에서도 천사만이 사용할 수 있는 '천문(天紋)마법'에 아이젠파르드가 관심을 보였다.

아무래도 그는 **부모**를 닮은 모양이다. '용마법'을 사용할 수 있게 된 이후, 지식에 대한 흥미가 솟구치고 있다는 듯했다.

티리엘 역시 황룡이라는 존재에 매우 관심이 있는 듯했다.

황룡은 흔한 용과는 격이 다르다. 그렇듯 특별한 존재인 아이젠파르드는 어떤 생활을 하고 있는지 궁금한 모양이다.

"대장로님은, 용의 도시에서 너무 자주 나가지 말라고 하십니다. 저 같은 자가 이리저리 날아다니면 생태계? 라는 것이 이상해진다면서. 평소에는 친구들과 용의 도시에서 놀거나 용마법의 특훈을 하고 있습니다."

아이젠파르드는 질문 하나하나에 정성껏 대답했다.

서로의 종족에 대한 관심. 그리고 인간과는 다른 존재이면서도 이렇게 인간과 깊이 얽힌 이들이라는 공통점이 있어서인지 공유할 수 있는 인식이 많은 듯했다.

개중에서도 특히 음식이 맛있다며 의기투합한 두 사람은 테이블에 차려진 대량의 음식 중 태반을 먹어치우고 있었다.

본래 황룡인 아이젠파르드는 둘째 치고, 얼핏 보면 작은 소녀의 모습을 하고 있는 티리엘 역시 비슷한 양을 배 속에 넣어서 놀라움을 주었다.

그렇게 먹은 다음에 식후 디저트도 추가해서 카구라의 지갑은 텅텅 비게 되었다.

"그럼 할아버지, 나중에 봐. 아이젠 군도 또 보자."

"안녕히 주무세요."

"음, 나중에 보자꾸나."

"오늘은 두 분을 만나서 기뻤습니다!"

식사를 마치고 레스토랑에서 나온 순간, 임시 그룹도 해산되었다.

카구라 일행은 근처에 위치한 이스즈 연맹 지부에서 하룻밤을 묵을 것이라고 한다. 모두 다 숙박비까지 식비로 날아가버린 탓이었지만, 그 사실을 아는 이는 카구라뿐이었다.

그렇게 카구라 일행과 헤어진 후, 미라 일행은 어느 번듯한 여관으로 향했다. 식사를 얻어먹은 덕분에 미라의 지갑에는 아직 충분한 숙박비가 남아 있었다.

"어디 보자──."

오늘은 이제 목욕을 하고 자는 일만 남았다. 그런고로 아이젠파르드를 송환하려던 미라는 문득 손을 멈췄다.

인간의 도시, 인간의 문화 등에 관심이 많은 듯한 아이젠파르드. 그가 번듯한 여관을 보고 눈을 반짝이고 있었기 때문이다.

"──어떠한 여관일지 기대되는구나."

예정을 바꿔 그렇게 말한 미라는 "그럼, 가자"라고 말하고서 여관에 들어갔다.

그 여관은 반 일본풍 양식 같은 분위기를 풍기는 곳이었다. 건물 자체는 돌과 나무로 지어졌고, 내부 장식으로는 포렴과 장지문, 등롱 같은 일본식 소품이 잔뜩 사용되었다.

로비는 어두웠지만 어쩐지 따스함이 느껴지는 조명이 배치되어, 매우 포근한 분위기가 감돌고 있었다.

"골드 스위트──."

접수처 앞에 선 미라는 아주 좋은 방을 고르려 했다. 하지만 그러던 도중에 말을 멈췄다. 평소 같았다면 이대로 사치를 즐기고 말았겠지만 이번에는 아이젠파르드가 있는 만큼 숙박비도 더 들기 때문이다.

그러면 카구라에게 밥을 얻어먹은 의미가 없어진다는 사실을 미라는 알아챘다. 아낀 돈이 하룻밤에 날아가고 말 것이다.

"이것 좀 보십시오, 어머님. 이런 곳에 물고기가 헤엄치고 있습니다!"

실버 스위트로 해둘까 고민하는 미라의 등 뒤에서는, 아이젠파르드가 환한 얼굴로 커다란 수조를 들여다보고 있었다. 그렇게 작은 수조를 보는 것도 그에게는 신나는 체험인 모양이다.

"음음, 그렇구나."

모든 것이 다 즐거운 듯한 아이젠파르드의 영향으로 미라는 다시 접수처 담당자와 마주함과 동시에 "골드 스위트 두 명"이라고 말했다.

"굉장합니다, 어머니. 여기에도 물고기가 있습니다!"

"호오, 이것 참 훌륭하군그래."

골드 스위트룸에도 훌륭한 수조가 놓여 있었다. 화려한 색의 금붕어가 우아하게 헤엄치는 그 수조는 전문가가 관리를 하고 있는 것인지, 마치 작은 숲을 담아놓은 듯한 **풍경**이 그곳에 펼쳐져 있었다.

"오오, 이쪽도 멋지구나!"

골드 스위트룸답게 방에 딸린 욕실 시설도 훌륭했다. 일본풍 양식을 채용한 것인지, 그곳에는 나무 욕조가 있었다. 문을 열자마자 노송나무 냄새가 퍼져 나왔다. 그것은 일본인의 영혼에까지 울림을 줄 듯 향기로운 냄새였다.

넓이는 두 사람이 한계일 듯했지만 커다란 창문으로 별이 보여서 폐쇄감은 없었다. 심플하고 콤팩트하게 완성된 욕실에서는 가정적인 차분한 분위기가 느껴졌다.

"우선 목욕부터 해볼까!"

가정적이면서도 고급스러운 나무 욕조. 그 조합을 보고 이 또한 운치 있고 좋다고 감탄한 미라는 곧바로 유카타를 벗기 시작했다.

그러자 그 목소리가 들렸는지, 수조에 푹 빠져 있던 아이젠파르드가 어린애 같은 미소를 띤 채 달려왔다. 그리고 미라를 흉내 내듯 같이 옷을 벗기 시작했다.

"목욕은, 아주 기분 좋은 것이라고 들었습니다!"

목욕이라는 인간의 문화는 처음 경험한다는 모양이다. 들어본 적은 있지만 접할 기회가 없었던 것을, 사랑하는 어머니와 함께 체험할 수 있게 되었다며 아이젠파르드는 아주 신이 났다.

"오오, 그러하냐. 처음이로구나. 그렇다면 실컷 즐기게 해주마!"

미라는 그런 아들의 첫 체험을 최고로 만들어주겠다고 의욕을 불사르며 욕실에 발을 들였다.

"잘 들어라, 욕조에 들어갈 때는 여러 가지 매너를——."

노송나무 냄새가 나는 욕실. 욕조에 넘실대는 따뜻한 물. 하지만 미라는 그것을 앞에 두자 들뜬 마음을 억누르고 탕에 들어가기 전에 몸을 씻어야 한다는 등의 매너에 관해 말하고자 고개를 돌렸다.

하지만 그 직후.

"아아……! 이것이 목욕이군요. 뜨거운 물에 들어온 것뿐인데, 엄청 기분 좋습니다!"

기다릴 수가 없었던 것인지 아이젠파르드는 미라의 옆을 지나쳐 곧장 욕조로 뛰어들었다.

"……뭐어, 아무렴 어때."

이곳은 공중목욕탕이 아니라 개인탕이다. 그렇게 생각을 바꾼 미라는 매너니 뭐니 하는 것을 내던지고 자신도 마음이 시키는 대로 욕조로 뛰어들었다.

"아~ 천국이 따로 없구나아."

흘러넘친 따뜻한 물이 나무 바닥을 타고 흐르자 노송나무 냄새가 더욱 진하게 퍼져 나갔다.

미라는 마음껏 다리를 뻗고 그 순간을 만끽했다. 그리고 아이젠파르드 역시 그런 미라를 흉내 내듯 다리를 뻗었다.

하지만 키가 큰 그에게 이 욕조는 좁았는지, 조금 답답해 보였다. 하지만 어머니와 함께 무언가를 한다는 것이 어지간히 기뻤는지, 어떻게 몸을 담그는 것이 가장 좋을지 둘이서 시행착오를 할 때도 매우 즐거워 보였다.

"어디, 모처럼 부모자식의 시간을 가지게 되었으니 등을 밀어

주마."

그런 미라의 말로 목욕탕에서의 단골 행위가 시작되었다. 그게 무엇이냐는 듯한 표정의 아이젠파르드를 몸 씻는 곳에 앉게 한 미라는 타월을 한 손에 들고 그의 등을 살살 씻기기 시작했다.

"아아, 기분 좋습니다. 어머님의 사랑이 느껴집니다!"

작은 미라의 손과 커다란 아이젠파르드의 등. 거품이 잘 나는 비누와 부드러운 타월의 조합은 더러움을 씻겨내는 것 이상의 쾌감을 주었다.

특히 본래의 모습일 때는 비늘로 뒤덮여 있던 탓에 아이젠파르드에게는 씻는다기보다는 마사지에 가까워서, 인간의 모습으로 그러한 쾌감을 얻으니 그야말로 새로운 경지에 눈을 뜬 듯한 기분이리라. 등을 밀어주는 것뿐이었지만 매우 마음에 든 모양이다.

"저도 어머님을 기분 좋게 해드리겠습니다!"

양식 있는 사람이 있었다면 위험하게 들렸을 말이었지만, 미라가 등을 다 씻어주자 이번에는 아이젠파르드가 타월을 손에 쥐며 말했다.

"오오, 그래그래. 그럼 부탁하도록 하마!"

오히려 느긋하게 등을 씻어달라고 할 생각으로 시작한 일이었던지라 미라는 자진해서 씻어주겠다는 아들을 보고 그 성장에 뿌듯해했다.

"잠깐…… 너무 세다———…… 좀 더 세게 해도 된다———…… 아니 잠깐, 앞은 되었다——…… 그래그래, 그런 리듬으로——."

미라를 따라서 시작한 아이젠파르드의 등 밀어주기는, 처음인 탓도 있어서 빈말로도 잘한다고 할 수 없었다. 하지만 서서히 숙달되어가는 모습은 뭐라 말할 수 없을 정도로 감동적이어서, 미라는 만족스러운 미소를 짓고 있었다.

목욕을 마친 후, 미라와 아이젠파르드는 나란히 침대에 누웠다. 오늘은 이제 자는 일만 남았지만 그것도 함께 하기로 한 것이다.

하지만 아무래도 아이젠파르드는 아직 잠이 안 오는 모양이다. 오히려 이렇게 차분한 공간에 있는 탓인지 그야말로 어린애처럼 자기 말을 들어달라며 이런저런 이야기를 하기 시작했다.

아이젠파르드의 이야기는 대부분 용의 도시에서 있었던 일에 관한 것이었다.

"어머님, 어머님. 그게, 지난주에 용마법 대회가 있었습니다———."

누구와 승부해서 이겼다느니, 대장로에게 칭찬을 받았다느니, 맛있는 나무열매를 찾았다느니. 그야말로 두서없이, 앞뒤의 맥락도 없이, 마음만 앞선 이야기뿐이었다.

하지만 거기에는 어머니에게 어리광을 부리고 싶은 아이의 마음이 가득 담겨 있었다.

"그래그래, 잘했다. 역시 이 몸의 아들이구나."

미라가 감탄하고 칭찬할 때마다 아이젠파르드의 미소에서는 빛이 났다. 그렇게 다음 에피소드가 계속해서 튀어나왔다.

미라가 없는 동안, 30년이라는 세월이 흘렀다.

이렇게 밤이 조용히 깊어지는 가운데, 미라는 힘이 다할 때까지 아이젠파르드의 이야기에 어울려주었다.

21

"으음~ 역시 위화감이 엄청나군그래……."

골드 스위트에서 맞은 아침. 눈을 뜬 미라는 어리광을 부리다 잠든 아이젠파르드를 보자마자 그렇게 중얼거렸다.

아이젠파르드의 인간 형태는 마치 빛의 왕자라 불릴 것 같을 정도로 미남이었다. 그렇듯 모든 이가 부러워할 듯한 미남이 지금은 미라의 가슴에 얼굴을 묻고 잠들어 있었다. 그 잠든 얼굴은 어머니의 곁에서 안심하고 잠든 자식의 그것이었고, 남자다운 면과는 담을 쌓은 듯 순수함만이 남아 있었다.

과거 아버지였던 때의 반동인지. 엄격하게 키운 만큼 엄청난 어리광쟁이가 되어버린 듯했다.

"뭐어, 솔직하고 건강하게 자라주어 다행이로구나."

미라는 미소를 지은 채 행복한 얼굴로 잠든 아이젠파르드의 머리를 살며시 쓰다듬으며, 올곧고 착한 아이로 자라준 것에 감사했다.

그 후, 아침 준비를 하던 도중에 일어난 아이젠파르드와 함께 아침 식사를 했다.

골드 스위트인 만큼 아침 식사도 호화로웠는데, 두 사람은 그 중에서도 얼마든지 양을 추가할 수 있다는 장점을 최대한 활용했다.

아이젠파르드는 맛있다는 말을 연발하며 요리를 먹어치웠다. 덕분에 충분히 만족한 모양이다.

"그럼 착하게 지내고 있어야 한다."

"네, 어머님. 다음 약속 날을 기다리겠습니다!"

체크아웃하고서 아이젠파르드를 송환했다. 돌아가면서 아이젠파르드는 즐거운 얼굴로 다음에 무엇을 부탁할까 고민했다. 분명 이번보다 더 복잡한 부탁이 될 것이다.

"목욕을 꽤나 마음에 들어 한 것 같으니 온천 순회 같은 걸 하자고 할지도 모르겠군그래."

오히려 그거라면 얼마든 환영이다. 그렇게 생각한 미라는 은근슬쩍 유도해 볼까 하는 흉계를 꾸미며 대여 주차장으로 향했다.

교역의 요충지인 도시 리글렛. 그곳의 주차장은 넓어서 수백 대에 이르는 마차가 거기 세워져 있었다.

미라의 마차는 그 수많은 것 중 하나였는데, 뭔가 상태가 이상했다.

"무…… 무어냐, 저건……."

왜건의 마부대 즈음에 정체 모를 무언가가 들러붙어 있는 것이 보였다. 미라는 어깨를 움찔하고 걸음을 멈춘 채 그것을 응시했다.

그것은 사람의 형태를 하고 있었다. 그것은 온몸이 흠뻑 젖어 있었다. 그것은 마치 건져 올린 익사체 같았다.

정체불명의 기분 나쁜 존재다. 하지만 자세히 보니 한 가지 특징이 있었다.

그것을 확인한 미라는 "무어냐, 벌써 온 게야?"라고 중얼거리고서 가슴을 쓸어내리며 경계를 풀었다.

그 존재의 티 없이 맑고 푸른 머리카락은 정령 특유의 광채를 띠고 있었다. 그렇다. 정체 모를 그것은 정령이었던 것이다.

그 사실을 계기로 미라는 그저께 나누었던 대화를 떠올렸다.

성검의 무구정령 상크티아에 정적의 정령 워즈랑베르. 그리고 그 둘과 같은 장소에서 만났던 물의 정령 안루티네. 그때 유일하게 소환 계약을 하지 않았던 그녀는 서글프게도 정령왕 네트워크의 바깥에 있었다.

그 일에 관해 이야기하고 정령왕의 힘으로 중복 계약이 가능하다는 사실을 알게 된 후, 안루티네는 그 즉시 미라를 찾아나섰다고 한다.

아무래도 불과 이틀 만에 이곳을 찾아온 듯했다. 하지만 어지간히 무리를 해서 빨리 온 것인지, 힘이 다해서 왜건에 축 늘어진 채 곤히 잠든 그 모습은 아무리 보아도 익사체 같았다.

"이봐라~ 살아 있는 게냐~?"

우선 미라는 마부대로 다가가 그곳에 축 늘어져 있는 정령의 어깨를 잡아 흔들어보았다. 그때 언뜻 보인 얼굴은 그때 만났던 안루티네의 것이 맞았다.

하지만 어지간히 지친 것인지, 그녀는 누가 업어 가도 모를 정도로 푹 잠들어서 쉽게 깰 것 같지 않았다.

"흐음, 어쩌면 좋을꼬……."

정령왕의 덕분에 중복 계약이 가능해진 현재, 그것을 하지 않을 이유는 없다. 하지만 당사자가 이런 상태여서는 계약을 할 수가 없다.

언제 깨어날까. 깨워도 되는 것일까. 그런 생각을 하던 참에 정령왕이 한 마디를 건넸다.

정령왕의 말에 의하면 안루티네는 상당히 서두른 탓에 정령력을 꽤 소모했다는 듯했다. 하지만 시간이 지나면 자연스럽게 눈을 뜰 것이라고 한다. 그러니 그대로 데려가 달라는 것이다.

"깨어나면 놀라겠군그래."

안루티네를 마부대의 문을 통해 왜건 안으로 끌어들여, 흠뻑 젖은 몸을 목욕 타월로 닦았다. 정령력을 최대까지 발휘했는지, 안루티네는 목욕 타월을 세 장이나 써야 할 정도로 흠뻑 젖어 있었다.

그렇게 닦아낸 후에는 구석에 이불을 깔고 그 위에 눕혔다.

정신이 들면 왜건 안. 타이밍에 따라서는 하늘 위일 수도 있다.

대체 어떤 표정을 지을까. 미라는 잠시 그 장면을 상상하며 도시 리글렛을 뒤로 했다.

"호오, 과연."

목적지를 향해 날아오른 왜건 안. 미라는 소울하울의 연구서 복사본을 탐독하고 있었다.

거기 기재된 지식을 차분하게 흡수하고 있던 미라는 중간에 매우 신경 쓰이는 기술을 발견했다. 그것은 각 술식에서 보이는 사역 계열 술법의 공통점, 이라는 항목이었다.

사역계. 다시 말해서 자신 이외의 존재를 다루는 술법으로, 소환술의 소환, 사령술의 골렘과 불사 조작, 음양술의 식신 등이 그에 해당된다.

이 세 종류는 사역 계열이라 해도 술법의 기반이 되는 부분이 다른 탓에 완전히 다른 것으로 취급되고 있다. 하지만 소울하울의 연구 결과에 의하면 거기 사용되고 있는 술식에서 몇 가지 공통점이 발견되었다고 한다.

"이거, 흥미롭구먼……."

그 공통점을 이용한 합성술이라는 것은 아직 연구 도중인데 여러 가지 문제가 있다는 모양이다. 하지만 이 구조를 자세히 조사해 보니 몇 가지 클래스 전용 기술의 기반이 같은 성질을 띠고 있다는 사실이 판명되었다고 한다.

소환술과 음양술, 사령술에 모두 있는 기능, 대상을 회복하고 강화하는 등의 비슷한 효과를 지닌 것은 대부분 구조가 같다고 한다.

그것이 의미하는 바를 즉시 이해한 미라는 전율했다. 다시 말해서 이 연구의 내용은 지금까지 효과가 비슷하지 않았던 기능 중, 그밖에도 유용할 수 있는 것이 있지 않을지를 고찰하는 것이었다.

그 순간 미라는 새삼 사령술사와 음양술사의 기능을 떠올려 보았다. 그리고 그중에서 효과가 비슷하지 않은 기능을 추려내기 시작했다.

'시체의 기억을 읽는 것…… 시체를 장기 보존하는 것…… 오행상생의 영향력을 높이는 것…… 오행상극의 영향력을 높이는 것……. 흐음…… 이건 너무 전용성이 높아서 유용할 수 있을 것

같지가 않구먼. 이것 말고는———.'

거기까지 생각한 참에 미라는 어느 날의 일을 기억해냈다. 그 것은 세인트 폴리에서 있었던 일이다. 미라는 이스즈 연맹의 지 부에서 주작 식신인 피스케를 통해 카구라와 대화를 했었다.

그때 카구라가 사용했던 기능의 이름은 '의식동조'. 효과는 마나 로 만들어낸 종자에 한해 자신의 의식을 빙의시킬 수 있다는 것이 다. 그리고 그것은 사령술에서도 유효했다고 카구라는 말했다.

사역 관련 술식이면서도 음양술과 사령술, 양측에서 가능한 술 식……. 소울하울의 연구 결과가 옳다면 소환술에서도 가능할 것 이라고 미라는 직감했다.

쇠뿔도 단김에 빼라는 속담에 따르기라도 하듯, 미라는 메모장 을 꺼냈다. 거기에는 카구라에게 알아낸 '의식동조'에 관한 자세 한 내용이 기재되어 있었다.

미라는 기능대전으로 알게 된 기능 말고도 시간이 날 때마다 이 '의식동조'를 습득하기 위한 노력을 해왔다. 하지만 그것은 아직 성공하지 못했다. 아닌 게 아니라 메모에 적힌 대로 연습을 하고 있지만 돌파구조차 찾지 못했다.

혹시 소환술로는 무리인 것이 아닐까. 연구서의 기술을 발견했 을 때는 그렇게 생각했더랬다.

'이건 자세히 알아볼 필요가 있을 것 같군그래.'

습득 조건의 차이, 그리고 공통점. 거기에 중대한 힌트가 숨어 있을 것이라는 생각은 정답이었다. 카구라에게 알아낸 상세한 설 명과 소울하울이 정리한 연구 성과. 이렇게까지 정보가 모였으니 그다음으로 넘어가는 것은 일도 아니다.

실패의 원인은 대체 무엇이었을까. 미라는 각 술식의 특징과 기능의 습득 조건, 그 차이, 그리고 공통점 등을 꼼꼼히 메모장에 정리해 나갔다.

"다시 말해서 이 부분의 차이가 습득을 방해한 것이었나."

기능 해명에 몰두하고서 두 시간 남짓이 지났을 즈음. 미라는 드디어 '의식동조'를 습득하지 못한 원인인 듯한 부분을 해명해 냈다.

그것은 '의식동조'에 내포된 '신체조작'이라는 요소였다. 일전에 카구라가 주작인 피스케에게 '의식동조'를 써서 움직였던 것처럼, 이 기능에는 대상의 신체를 지배한다는 효과가 포함되어 있었다.

사령술의 골렘은 술사가 그 행동을 모두 조작하거나 명령한다.

음양술의 식신은 기초 작성 시에 술자가 사고, 행동 원리 같은 요소를 설정한다.

그에 반해 소환술은 무구정령을 비롯해서 모두 다 개별적으로 판단을 내리고 성장해 나간다.

다시 말해서 소환대상이 의식적인 부분을 술자에게 의존하지 않기에 소환술사가 '의식동조'를 습득하려면 어떻게든 '신체조작' 부분을 변경할 필요가 있었던 것이다.

"흠, 조금만 더 해볼까."

필요한 정보가 모두 모였으니 미라에게 이것을 성공시키는 것은 이제 시간문제였다.

메모와 연구서, 그리고 이번에 판명된 원인을 토대로 소환술사용 습득 방법을 추측하기 시작했다.

기능의 습득 방법. 이것은 크게 세 종류로 나뉜다.

첫 번째 방법은 반복 연습을 통해 몸에 익히는 것이다.

전사 계열 클래스의 기능 중 대부분은 숙달을 하면 할수록 효과가 높아지는 특징이 있다. 미라가 곧잘 사용하는 '축지' 등은 여기에 속한다.

두 번째 방법은 첫 번째 방법의 정신(情神)판이라고 할 수 있다.

그러하다고 믿는 것, 그것을 할 수 있다고 믿어 의심치 않고 두려워하지 않는 것. 그렇게 마음의 수련을 쌓음으로써 습득하는 타입의 기능은 술사 계열에 많다. '마나 감지'나 '마도의 관찰안' 같은 것이 여기에 속한다.

세 번째 방법은 특별한 표식을 육체, 혹은 마력 그 자체에 각인하는 것이다.

이 타입의 기능은 특별한 것이 많아서, 효과가 상승되는 일은 거의 없다. 하지만 본래 효과가 큰 것이 대부분이라 비장의 카드가 되는 기능도 많다는 것이 특징이다. 미라가 습득한 것 중에서는 '아르카나 제약진'과 '로자리오 소환진', '후퇴의 인도' 등이 여기에 속한다.

"흠…… 이거 상당히 복잡해졌군그래."

추측을 시작하고서 한 시간 남짓이 흘러. 드디어 소환술사용

습득 방법이 보이기 시작했을 즈음, 미라는 투덜대듯 그렇게 중얼거렸다.

기능의 효과를 소환술사답게 다시 조정했다. 하지만 그것도 간단한 일이 아니었다. 카구라에게 기초 기능의 구성을 자세히 배웠기에 가능한 일이었다.

하지만 내용만 판명되면 약간 손을 대는 것은 가능하니 미라의 이해력도 상당하다 할 수 있었다.

그런 미라가 소환술사용으로 변화시킨 '의식동조'의 효과. 그것은 **계약으로 맺어진 상대에 한해서** 자신의 의식만 동조시킬 수 있다는 것이었다.

"자아, 성공하면 좋으련만."

이번 기능, '의식동조'의 습득 방법은 정신적인 반복 훈련이다. 미라는 개량한 기술의 구성과 흐름을 확실하게 머릿속에 집어넣고서 살며시 눈을 감았다. 그리고 천천히 자신의 내면에 의식을 집중시켰다.

수많은 요소들이 뒤섞인 내면세계. 이미지조차 할 수 없는 그 안에서 미라는 강한 계약의 끈을 인식하고, 그것을 더듬어 끌어당겼다.

그러고서 얼마쯤 지나 명확한 반응을 느낀 미라는 이거구나, 하고 확신했다.

다음 순간, 눈을 감았음에도 불구하고 시야가 서서히 밝아졌다. 저 멀리까지 펼쳐진 대지와 지평선이 보인다. 녹음이 울창한 초원에 파릇한 강이 미라의 머릿속에 또렷하게 비추었다.

'옳지옳지. 완벽하군그래!'

왜건의 창문으로 보는 것과는 또 다른 광경이다. 그것들을 내려다보는 시점은 넓은 하늘 위에서 날갯짓을 하는 가루다의 것이었다.

보기 좋게 가루다와의 '의식동조'를 성공시킨 미라는 기뻐함과 동시에 한 가지 위화감을 알아챘다.

'소리가, 안 들리는군.'

이번에는 특별히 기능의 구성을 조작하기는 했지만, 본래 얻을 수 있는 효과 자체에는 전혀 손을 대지 않았다. 다시 말해서 성공했다면 소리도 들렸어야 했다. 하지만 지금은 희미한 바람 소리조차 들리지 않았다. 아무리 가루다가 바람을 조종할 수 있다고는 해도 소리가 없는 공간을 만들어내기는 어렵다.

그렇다면 이유는 하나뿐이다.

'훈련이 필요하겠군그래······.'

완전히 감을 잡았다고 생각했건만 아무래도 아직 불충분한 모양이다. 그렇게 판단한 미라는 '의식동조'의 감각에 적응하기 위해 그대로 상태를 유지한 채 가루다의 시점으로 지상의 풍경을 즐겼다.

"오오, 드디어 보이는구나."

신기능의 감을 잡기 위해 수백 번이나 연습을 거듭했을 즈음. 시작한 뒤로 두 시간 정도가 지나 하늘이 저녁놀로 물들었을 무렵. 가루다와 동조시킨 시야 안에 다음 목적지인 학스트하우젠이 저 멀리 보였다.

"오늘은 이쯤 해둘까."

동조를 해제한 미라는 한숨을 내쉬며 요구르트 오레를 마셨다. 그리고 상큼하고도 새콤한 맛을 즐기며 연습의 성과를 간단히 정리했다.

미라는 확실한 성취감을 느꼈다. 감각은 반복할 때마다 날카로워져서, 지금은 동조를 시작하고서 시야가 전환될 때까지 10초 정도가 걸렸다.

또한 처음 도전했을 때는 20초는 걸렸었다. 그것을 두 시간 정도의 연습으로 절반으로 줄였으니, 상당한 성과라는 생각에 미라는 만족했다.

하지만 적응이 되기는 했지만 아직 '의식동조'로 얻을 수 있는 감각은 시각뿐이다. 소리가 들리는 경지에는 이르지 못했다. 여기서부터는 연습만이 답이다.

더불어 거리의 문제도 있었다. 우선 미라는 구구와이즈를 소환해 동조 가능한 거리도 시험해보았다.

구구와이즈와 동조한 체 얼마나 멀리 떨어질 수 있을까. 그러한 방법으로 조사해 보니 약 500미터가 한계라는 것을 알 수 있었다. 그보다 멀어지면 강제 해제되고 말았다.

'카구라는, 세인트 폴리에 있는 피스케에게 본거지에서 동조했었지……. 아무리 그래도 막 습득한 상태로는 상대가 안 되나.'

현재 미라의 한계는 500미터 남짓이다. 그에 반해 카구라가 해 보인 '의식동조'의 거리는 천 킬로미터를 넘었다.

카구라는 얼마나 연습을 했을까. 몸으로 익히는 경우와는 달리, 감을 익힐 필요가 있는 기능 중에는 다소 특별한 재능이 필요한 것도 많다.

'뭐어, 막 습득했는데 이 정도라면 잘 된 편이겠지.'

효율적인 연습방법도 생각해냈다. 이제 반복하는 일만 남았다.

무엇보다도 세월의 차이는 뒤집기 어렵다는 사실을 뼈저리게 깨닫게 되어 미라는 쓴웃음을 지었다. 그 말은 즉, 연습을 계속하면 그런 경지에 도달할 수 있다는 증거이기도 하기 때문이다.

'하늘에서의 수사에 사전 조사. 생각만 해도 좋구나!'

정보 수집을 할 때, '의식동조'는 상당한 이점이 있었다. 그 이용 방법은 그야말로 매우 다양하다.

미라는 그러한 가능성을 상상하며 끝으로 다시 한번 '의식동조'를 시험해보았다. 그것은 10초 남짓 만에 연결되어서, 미라의 시야에 더욱 가까워진 학스트하우젠이 보였다.

"그나저나 새삼 생각해 보니 신기하기도 하구먼."

동조를 해제한 미라는 문득 생각이 난 듯 그렇게 중얼거렸다. 그 말은 지금이 아니라 먼 과거를 돌이켜보며 한 것이었다.

머릿속으로 상상한 것이 또렷한 효과를 띠고 나타난다. 상상력이 곧 힘이 된다. 현재 상황에서 이러한 일들은 실로 판타지 세계다운 현상으로, 매우 꿈과 희망이 넘치는 **사양**이라 할 수 있었다.

오랜만에 깊이 집중해서 마음의 훈련을 한 탓인지, 미라는 문득 예전에 훈련을 했던 일이 떠올랐다.

그것은 아직 이 세계가 게임이었던 시절의 일이었다. 훈련을 하면 하는 만큼, 생각했던 효과와 영향이 나타났고 그것은 익숙해질수록 다루기 쉽고 강력해져 갔다.

그렇게 과거를 회상하던 미라는 문득 느꼈다. 말, 동작과 같은 명확한 **입력**이 아니라 머릿속에 그리기만 해도 **입력**이 되는 것은 역시 굉장한 기술인 것 같다.

'막 나타났을 때는 애초에 사고 조작은 다른 분야의 기술이라고 들 했으니 말이지.'

사고한 것을 읽어 들여 재현하는 기술. 과거 세계에 보급되었던 몰입형 VR기술은 그것을 기초로 한 것으로, 당시의 미라도 그 것을 당연히 받아들였다. 그리고 그 멋진 기술을 한껏 향유했다.

그러나 애초에 사고 조작 쪽은, 굳이 말하자면 의료 관련 기술에 가까운 것이라고 기술 관련 역사에 관해 기술된 교과서에 적혀 있었다.

서력 2000년 초반. 오랜 기다림 끝에 VR기술이 세상에 등장했다. 초기의 그것은 미라가 아는 것과 비교하자면 전혀 다른 것이라 해도 과언이 아닐 정도의 물건이었다.

우선 고글 같은 형태를 한 모니터와 두 손에 장착하는 컨트롤러가 필요했다. 그것이 구식이라 불리는 VR기기로, 기술의 진보와 함께 형상 등은 여러 가지로 바뀌었지만 기본적인 구조인 모니터를 보고 물리적으로 조작한다는 점은 바뀌지 않았다.

그것이 현재의 사고를 기기에 직접 연결하는 몰입형으로 진화한 것은 미라가 있던 시대에서 반세기 정도 전의 일이었다.

몰입형이란 사고회로와 가상현실을 완전히 동기시키는 것으로, 마치 또 하나의 자신이 그곳에 있는 것과 같은 착각을 불러일으키는, 혁명이라 할 수 있는 기술이었다.

그리고 그 몰입형의 기초가 된 것이 사고 조작 기술이다. 몰입형이 세상에 나왔을 즈음으로부터 반세기 전. 다시 말해서 현대로부터 1세기 전.

그 무렵의 사고 조작에 관한 기술은 단순한 단어를 겨우 식별할 수 있을 정도에 머물러 있었다.

하지만 그 시기로부터 수십 년이 흘러, VR기술은 한층 더 진화하게 되었다. 사고 조작 기술을 흡수한 것이다. 그리고 그것을 눈 깜짝할 새에 완전한 형태로 완성시키고 말았다.

그렇다. 사고 조작은 VR기술의 급격한 진화 과정에서 완성된 기술이었던 것이다.

'분명 단어 식별 가능 단계에서 40년 정도는 별다른 진보가 없었다고 했었지. 하지만 그로부터 10년 만에 모든 사고를 입력 신호로 읽어 들여 재현하는 것이 가능해졌다니. 흠…… 굉장하군그래.'

이렇게 기술의 진보가 가속화되는 일은 역사적으로도 가끔 있었다. 하지만 그 가능성은 가늠할 수 없을 정도라는 생각을 하면서도 미라는 어떤 위화감을 느꼈더랬다.

너무 급격하지 않은가 싶었던 것이다.

단순한 단어의 식별. 그런 수준에서 복잡한 단어와 세세한 움직임, 나아가 상상에 이르는 모든 뇌신호를 완전히 읽어 들일 정도가 되는 데 10년밖에 안 걸리는 일이 있을 수 있는 것일까. 미라는 그렇게 생각했었다.

'분명 VR기술의 혁명가로 불리는 학자가 있었다고 교과서에 적혀 있었더랬지. 흐음, 이름이 무엇이었더라.'

미라는 이름을 기억해내려 했지만, 역사 성적은 썩 좋지 않았는지 도통 이름이 떠오르지 않았다. 하지만 당시에 갑작스럽게 두각을 드러낸 대천재에게는 여러모로 비밀이 많았다는 부분만은 기억했다.

'그자가 없었다면 지금도 구식 VR을 쓰고 있었을까……. 분명 아크 어스 온라인도 나오지 않았을 테지. 나왔다 해도 이렇게까지 몰두할 수 있었을는지…….'

모든 동작이 자유자재인 몰입형에 비하면 구식 VR은 제한이 많았다.

미라는 게임이면서도 압도적인 리얼리티를 느낄 수 있는 그 세계에 끌렸다.

과연 그만한 리얼리티를 구식으로 재현할 수 있을까.

생각할수록 그러기는 어려울 듯했다. 그랬다면 아홉 현자라 불릴 정도로 게임에 푹 빠지지는 않지 않았을까.

그렇게 생각한 미라는 이곳에 와서 맺어진 많은 인연을 돌아보고서 나쁘지 않다며 미소를 지었다.

그와 동시에 어떠한 생각이 머리를 스쳤다. VR기술의 혁명적 진화가 아니었다면 애초에 자신은 현재 이곳에 없지 않았을까.

만약 있었다 해도 구식과 몰입형은 조작 방식이 많이 다르니 지금처럼 만족스럽게 싸우지는 못하지 않았을까. 그런 생각이 문득 들었다.

'몰입형이기에 위화감 없이 지금의 몸을 다룰 수 있다 말해도 과언이 아닐지도 모르겠군.'

소녀의 몸인 것은 일단 둘째 치고 미라는 다시금 가루다와의 '의식동조'를 시험해보았다.

동조는 순조롭게 완료되었다. 이번 연습은 물론이고 지금까지의, 게임이었던 시절부터 몇 번이고 반복해온 마음의 훈련 경험이 결실이 되어 돌아왔다.

'이 세계는, 대체 무엇일까……'

지금까지는 군이 생각하지 않고 현재를 즐기고 있었다. 뭐가 어찌 되었건 아름답고 즐거운 세계라는 데에는 변함이 없기에.

하지만 이곳은 일찍이 게임이었던 세계다. 몰입형 VR장치를 사용해 접속하는 가상 세계였다.

그런 생각을 하던 미라는 문득 위화감을 느꼈다.

정말로 그 무렵에도, 이 세계가, 가상 세계였을까.

아니, 설마. 미라는 그 상상을 일소에 부쳤다. 그런 판타지 소설 같은 일이 있을 리가 없다면서.

하지만 현재 상황 자체가 이미 판타지 그 자체였다. 더불어 요 전에 고대지하도시에서 발견한 의문의 연구시설의 비밀도 있다.

이제 어떠한 판타지다운 일이 생겨도 이상할 게 없다는 기반이 만들어진 상태다.

"흠, 슬슬 도착이로군!"

복잡한 일을 두고 계속 생각해 봐야 답은 안 나온다. 미라의 머리는 애초에 그런 것을 생각하는 데에는 적합지 않다.

이 세계는 무엇인가 하는 것은 그런 것을 조사하고 있다는 자들에게 맡기기로 하고 미라는 사고를 전환했다. 우선은 지금 해야 할 일을 처리해야 한다.

그렇게 다시금 가루다의 시점으로 전방을 바라보았다. 하늘에서는 이미 저녁 해가 저물고, 달이 떠오르고 별이 반짝이기 시작했다. 그런 밤하늘 아래, 정신이 들어보니 학스트하우젠이 코앞까지 다가와 있었다.

대부분의 거리에는 가로등만 밝혀져 있고 주변에 자리한 몇몇 가정집에서는 빛이 새어나오고 있다.

하지만 그와는 대조적으로 영업을 계속하고 있는 가게는 밤의 어둠에 질 새라 대로를 밝게 물들이고 있었다.

형형색색의 조명으로 장식된 그곳은 하늘에서 보면 반짝이는 빛의 선 같았고, 그것은 도시의 저 끝까지 이어져 있었다.

도시는 명암이 또렷하게 갈려 있어서, 커다란 도시 안에서 어디가 가장 번화한 곳인지 한눈에 알 수 있었다.

'어디 보자, 착륙할 만한 장소가 안 보이는구먼.'

미라는 가루다에게 밤의 도시의 상공을 선회하게 하며 왜건을 착륙시킬 장소를 찾았다. 하지만 어째서인지 공간이 적절한 장소에는 이래저래 사람이 있어, 이대로 다가갈 수 있을 것 같지 않았다.

그리고 이 도시에는 그란 링스에 있었던 것과 같은, 비행수단을 지닌 이들을 위해 준비된 발착장 같은 것이 애초에 없을 듯했다.

'뭐어, 이 근처는 던전이 적으니 말이지. 고대지하도시를 낀 그 도시와 비교하는 건 잔인한 짓이려나……'

고대지하도시는 하급, 중급, 상급 모험가를 모두 만족시키는 난이도에 쟁탈전이 벌어지지 않을 정도로 광대하며 언제나 일정 이상의 가치를 지닌 전리품을 손에 넣을 수 있다.

그런 반면 학스트하우젠 주변에 있는 던전은 네 개로, 모두 다 중급이다. 커다란 짐승형 마물이 메인이라 돈벌이는 쏠쏠하지만, 무리를 이루고 있는 경우가 많아서 작은 방심이 사고를 부르기 일쑤다. 때문에 모험가들의 인기도 그냥저냥인 곳이었다.

'얌전히 문으로 들어가도록 할까.'

자세히 보니 도시의 하늘에는 미라밖에 없었다. 때문에 밤인 탓에 지상이 잘 보이지 않아, 여긴 괜찮겠거니 하고 착륙한 곳에 어두워서 보이지 않은 무언가가 있기라도 하면 큰일이 날 것이다.

그렇게 생각한 미라는 선회를 멈추고 도시의 입구 근처에 착륙하라고 가루다에게 지시했다.

완만한 원을 그리며 비행하던 가루다는 울음소리를 한 번 내서 답하고는 대로 끝에 위치한 커다란 문으로 진로를 잡았다. 그리고 문 바깥쪽으로 나온 참에 강하를 시작해, 도로에서 다소 떨어진 초원에 왜건을 내려놓았다.

미라는 착륙과 동시에 '의식동조'를 해제하고 왜건의 마부대로 나가 가루다의 노고를 치하했다.

그러자 가루다는 위풍당당하게 날개를 펼치고서 이 정도는 아무것도 아니라는 듯 울었다. 순간, 봄바람 같은 숨결이 주변을 부드럽게 흔들어놓았다.

"다음에도 부탁하마."

믿음직한 그 모습에 감사하며 미라는 가루다를 송환했다. 그리고서 가디언애시를 소환하려던 참에 문득 손을 멈췄다.

"흠……. 오늘은 이쯤 해둘까."

벌써 저녁 일곱 시가 지났다. 지금부터 도시로 가서 정보 수집에 여관 잡기 등을 하기에는 늦은 듯했다. 때문에 미라는 이곳에서 노숙을 하기로 했다.

하지만 미라의 노숙은 보통 사람들의 그것과는 다르다. 모닥불을 피우고 불침번을 두고 간소한 잠자리에서 자는 일반적인 노숙이 아니다. 튼튼한 지붕과 설비가 갖춰진 집에서 쾌적하게 하룻밤을 나는 것이다.

왜건 옆에 저택정령을 소환한 미라는 이번에도 그 모습을 보고 만족스러운 듯한 미소를 지었다. 역시 마이홈은 좋은 것이라며.

22

"어디, 이쪽은 어떻게 할꼬……."

일단 왜건으로 돌아온 미라는 구석에 눕혀둔 안루티네를 쳐다보았다. 행복해 보이는 얼굴로 잠든 물의 정령은 결국 하루 종일 일어나지 않았다.

완전히 푹 잠들었지만 며칠 지나면 멀쩡하게 눈을 뜰 것이라고 한다.

그런고로 미라는 안루티네를 그대로 두기로 했다. 우선 벽장에서 커다란 목욕 타월을 꺼내 잠든 안루티네에게 덮어주었다. 그러자 안루티네의 손이 꼬물꼬물 움직이더니 목욕 타월을 꼭 움켜쥐고 끌어당겨 몸을 휘감았다.

이렇게 보니 새근새근 잠든 안루티네의 모습은 인간과 다를 것이 없었다.

미라는 이제 문제없겠다고 생각하며 왜건에서 내렸다. 그리고 불침번 역할을 대신할 무구정령을 소환하기 위해 의식을 집중시켰다.

잠시 후, 성검을 든 두 기의 기사가 마법진에서 나타났다. 합성술과 정령왕의 가호로 완성한 잿빛 기사였다.

이 잿빛 기사 소환은 합성술을 행사할 때의 감각, 그리고 정령왕의 가호를 더욱 몸에 적응시키는 데 매우 적당한 존재였다. 그때문에 미라는 노숙을 할 때 불침번으로 정기적으로 이들을 소환하기로 결심했더랬다.

"음, 제법 잘 되었군."

잿빛 기사를 지긋이 관찰하며 완성도를 확인했다. 사실 이 술식은 완성된 지 얼마 되지 않은 탓에 미라의 실력으로도 숨을 쉬듯 자연스럽게 소환할 수는 없었다. 소환을 하려면 제대로 합성하고 연결하기 위한 집중 과정이 필요했다.

그렇게 한 후, 문제가 없는지를 차분히 확인했다. 미라는 새로운 술식이 완성되었다고 해서 적당히 넘어가거나 하지 않았다. 이번에는 완벽하게 완성하기 위한 시행착오를 시작한 것이다.

'흐음…… 장갑이 두꺼워진 만큼 다크나이트일 때에 조정했던 부분이 약간 부풀어 올라 있군. 이건 조만간 검정해서 재조정할 필요가 있겠어.'

이렇게 문제점을 하나씩 찾아 수정을 거듭해, 한 걸음 한 걸음 완성에 다가가는 것이다. 시간은 걸려도 확실한 방법이다.

"언젠가 완벽하게 완성해 주마. 함께 노력해 보자꾸나."

미라는 잿빛 기사에게 그렇게 말하고서 저택 정령의 문을 열었다. 말이 없는 잿빛 기사는 미라가 문 안으로 사라지자 자신이 받은 지시를 실행하기 위해 왜건과 저택정령 주변을 순찰하기 시작했다.

상크티아라는 특례가 있기는 했지만, 기본적으로 무구정령에게는 자아가 없다고 알려졌다. 하지만 신기하게도 순찰 경비를 수행하는 잿빛 기사의 발걸음은 어쩐지 가벼워 보였다.

저택정령에 들어간 미라는 곧바로 목욕 준비에 착수했다. 뜨거운 물을 받으며 목욕을 마신 후 마실 것을 준비하고, 냉큼 볼일을 보고서 저녁 메뉴를 생각하며 얼마간 기다렸다.

그렇게 목욕 준비가 다 되자 그 즉시 옷을 벗어던지고 욕조에 뛰어들었다.

이날은 창문으로 높이 솟은 학스트하우젠의 외벽이 보였다. 지금은 보이지 않지만, 그 안쪽에는 많은 사람들이 생활하는 거리가 펼쳐져 있다. 달빛을 받아 떠오른 그 광경은 고요하면서도 듬직해서, 어쩐지 살아있는 사람처럼 숨결이 느껴지는 듯했다.

이날, 목욕을 마친 미라는 팬티 한 장 차림으로 돌아다니지 않고 곧장 옷을 입었다. 드디어 여자다운 태도를 몸에 익힌 것일까 싶었지만 그런 이유는 아니었다. 그 이유는 현재의 입지에 있었다.

저택 정령은 현재 학스트하우젠의 입구에서 그다지 멀지 않은 곳에 위치해 있다. 다시 말해서 입구 근처에서는 무언가가 있다는 것은 알 수 있는 상태다.

어째서 이러한 곳에 저택정령을 소환한 것인가 하면, 바로 소환술을 포교하기 위함이었다.

아무것도 없던 곳에 의문의 저택이 있다. 그렇다면 누군가가 조사하러 올 것이다. 그러면 웃는 얼굴로 환영하며 '이것은 소환술로 소환한 것이며 수행을 쌓고 고난을 넘어, 운명적인 만남을 이뤘을 때 이러한 혜택을 누릴 수 있게 된다'고 말할 생각이었다.

또한 미라 본인도 저택정령 소환은 난이도가 상당하다는 사실을 아는지라 이번 선전은 진입장벽이 높다는 것을 내보이는 것이기도 했다.

어디까지나 이러한 가능성이 소환술사에게는 있다는 것만이라도 알리자는 것이 이번에 미라가 세운 목표였다.

언제 누가 와도 괜찮도록 준비를 마친 후, 저녁 식사를 했다. 오늘 메뉴는 따끈따끈한 소고기덮밥이다.

아이템 박스를 이용하면 언제든 따끈따끈한 요리를 먹을 수 있다. 미라는 그 은혜에 감사하며 따끈따끈한 소고기덮밥을 입에 넣었다.

미라는 저녁 식사를 마친 후, 소울하울의 연구서를 숙독하고 기능대전도 훑어보는 등, 정력적으로 공부를 했다. 나아가 중간중간 '의식동조' 훈련을 겸해 밖에 있는 잿빛 기사의 시야를 공유해서 누가 조사하러 오지는 않는지 확인하기도 했다.

'아무래도 밤이다 보니, 사람이 오질 않는구먼……'

이곳에 저택정령을 소환하고서 다섯 시간 정도가 흘렀다. 슬슬 졸음에 저항하기가 어려운 시간이다.

이 저택은 도로 옆에 느닷없이 나타난 것처럼 보일 것이다. 하지만 소환을 한 것은 이미 주변이 밤의 어둠으로 뒤덮인 시간대였고, 도시 밖에는 인적도 적었다. 어쩌면 해가 뜰 때까지 아무도 못 알아챌지 모른다. 실제로 잿빛 기사의 눈을 통해 둘러본 범위에 다가오는 사람은 전혀 없었다.

유일하게 보이는 것은 멀리 떨어진 도시 입구에 있는 문지기들이었다. 마침 교대 시간이었는지 열 명 가까운 인원이 모여 뭐라 이야기를 나누는 모습이 보였다.

얼마쯤 지나자 절반이 도시로 돌아가고 나머지 절반이 외벽 문에 남았다. 벌써 자정이었다.

'이렇게 늦은 시간에, 수고가 많구먼.'

미라는 지금부터 밤 경비를 설 그 자들을 마음속으로 격려하며 '의식동조'를 해제했다.

그러고서 연구서와 기능대전을 정리한 미라는 덧창을 꼭 닫고 특제 침낭으로 들어가 잠을 청했다.

저택정령에서 맞이하는 아침은 실로 상쾌하다. 일곱 시가 조금 지났을 즈음에 눈을 뜬 미라는 볼일을 본 후, 덧창을 열고 아침 햇살을 실내로 들였다.

밝은 햇빛은 적절한 자극이 되어 미라의 머리를 개운하게 해주었다.

눈을 뜸과 동시에 미라의 귀는 멀리서 들려오는 떠들썩한 소리를 포착했다.

아침 일찍부터 꽤나 소란스럽다고 느낀 미라는 다음 순간, 문득 생각했다. 현재 있는 장소—— 저택정령이 있는 장소는 외벽 밖으로, 도로에서 어느 정도 떨어진 지점이었을 터다.

그럼에도 떠들썩한 소리가 들리는 것은 이상하지 않은가. 그 사실을 알아챈 순간, 미라는 자신의 노림수가 효과를 거두었다는 생각에 의기양양한 미소를 지었다.

분명 아침 일찍, 날이 밝자마자 누군가가 이 저택정령을 발견한 것이리라. 그리고 느닷없이 나타난 저택정령에 관심이 생겨 저게 뭘까 하고 수군거리고 있는 거다.

계획대로 되었다. 그렇게 확신한 미라는 소환술의 인지도를 더욱 높이기 위해 행동을 개시했다.

우선은 한껏 차려입었다. 뭐, 차려입었다 한들 시녀들이 만든 원피스를 입은 것뿐이지만.

미라는 지금까지의 경험을 통해 한 가지 사실을 배웠다.

그것은 갭(gap)에 의한 인상 차이다.

과거 덤블프였던 시절보다 지금의 모습으로 같은 술식을 쓰는 편이 훨씬 상대의 인상에 남기 쉽다는 것을 지금까지의 반응을 통해 학습한 것이다.

그리고 확실히 그럴 만도 하다고 납득하고 있었다.

척 보아도 노련하고 굉장한 일을 간단히 해낼 것 같은 자보다, 전혀 그렇게 보이지 않는 미소녀가 굉장한 일을 간단히 해내는 편이 훨씬 놀랍기 때문이다.

따라서 이런 모습이 된 이상, 그것을 최대한 이용해주겠다고 미라는 획책하고 있었다.

'이리 떠들썩한 것을 보니 인원수가 꽤 되나 보군.'

이만한 미소녀가 선보이는 최대급의 소환술. 그리고 저택정령의 편리성. 분명 소환술에 대한 인상도 좋아질 것이다. 미라는 그렇게 믿어 의심치 않았다.

그렇게 주관적으로 봤을 때 그럭저럭 잘 차려입은 미라는 그 모습을 선보이기라도 하듯 문을 열고 우아한 발걸음으로 저택정령 밖으로 나갔다.

직후, 미라는 놀란 듯이 눈이 휘둥그레져서 걸음을 멈췄다.

"뭣, 이라고⋯⋯?"

미라의 눈에 비친 광경은 상상했던 것과 조금 달랐다. 예상했던 광경은, 이 저택은 뭘까 하는 호기심에 사로잡힌 이들이 구경꾼처럼 몰려들어 있는 것이었다.

하지만 실제로 그곳에 모여 있던 것은 병사와 무장한 모험가들뿐이었다. 심지어 하나같이 경계심을 드러낸 채 무기를 겨누어 완전히 임전 태세를 취하고 있었다.

예상치 못한 상황에 미라는 어깨를 움찔하고서 무슨 일인가 하고 주변을 살폈다.

하지만 놀란 것은 미라뿐이 아니었다.

"이봐, 저게 어떻게 된 거야?"

"귀여운 여자애가 나왔잖아?"

저택정령을 빙 둘러싸듯 배치된 모험가들은 정체불명의 저택에서 나온 미소녀를 보고 눈에 띄게 동요했다.

모두가 속으로 이렇게 생각한 것이다. 들었던 것과 다르잖아?

"어쩔 거야, 겁먹었잖아."

한 모험가가 그 옆에 있던 병사에게 말했다.

그 병사는 이곳에 있는 여느 병사들보다 번듯한 갑옷을 입고 있었다. 아무래도 그가 이곳의 책임자에 해당하는 병사장인 모양이다.

무장한 집단에 느닷없이 포위당한 탓인지, 저택에서 나온 소녀는 어깨를 움찔하더니 당황한 얼굴로 주변을 둘러보고 있었다.

책임자인 병사장은 그 모습에 가슴이 아프기는 했지만 엄격한 표정으로 말했다. 상대는 그 유명한 대괴도나 그 관계자일 우려가 있다. 무슨 짓을 할지 모르니 경계 태세를 유지하라고.

그곳에 모인 이들에게 그렇게 말한 후, 병사장은 소녀의 정체를 확인하기 위해 천천히 다가갔다.

의문의 무장 집단에 포위된 미라는 지금 이게 무슨 상황일까 생각했다. 바로 그때, 지시를 전달하듯 그자들이 소곤소곤 나눈 말 속에서 원인으로 추정되는 단어를 포착했다.

'어째 괴도가 어쩌니 하는 말이 들린 것 같다만⋯⋯. 이건, 혹시⋯⋯.'

대충 어떻게 된 상황인지 이해가 되기 시작한 참에 가장 차림새가 번듯한, 이 현장의 책임자로 보이는 병사장이 이쪽을 향해 오는 것이 보였다.

'예상이 맞다면 이 상황은⋯⋯.'

병사장이 움직임과 동시에 잿빛 기사가 다가오는 자의 앞을 가로막고 배제하고자 자동적으로 움직이기 시작했다. 미라는 일부러 그런 잿빛 기사에게 "되었다, 물러나라"라고 소리 내어 지시를 내려 대기시켰다. 이쪽에게 적의는 없다는 것을 주변에 알리기 위해서다.

잿빛 기사는 지시대로 물러나서 미라의 곁으로 돌아와 대기 자세를 취했다.

그러자 아무래도 미라가 의도한 바가 전해졌는지, 그것을 본 병사장이 자진해서 검을 거두고 미라에게 다가왔다.

"대화를 할 생각은 있나?"

쌍방의 거리가 5미터 정도로 줄어들었을 때, 병사장은 멈춰 서서 그렇게 말했다. 그 얼굴에서는 경계심이 어느 정도 빠져나가 있었지만, 그 대신 품평을 하는 듯한 빛이 떠올라 있었다.

"음, 바라마지 않던 제안이로군."

미라는 그런 병사장과 똑바로 마주하고서 고개를 끄덕였다. 그러면 분명 해결될 것이라고 생각했기 때문이다. 현재의 상황은 오해에 의한 것이기에.

"그런가, 고맙군."

미라가 대화에 흔쾌히 응하자 병사장은 한시름 놓았다는 듯 웃어 보였다. 하지만 그것도 잠시뿐. 다음 순간에는 다시 긴장된 얼굴로 말을 이었다.

"우선 알려다오. 너는, 퍼지다이스의 관계자인가?"

그 말은 미라가 예상한 것이었다. 무엇을 어떻게 오해해 그렇게 된 것인지는 모르겠지만, 그들은 미라가 괴도 퍼지다이스와 관련이 있지는 않을까 하는 의심을 품고 이렇게 포위하고 있는 것이다.

"아니, 이 몸은 평범한 여행자다. 이번에 이 도시에 괴도가 나타난다고 들어서 말이지. 붙잡아 주고자 달려온 게다."

그렇게 말하며 미라는 모험가증을 보란 듯이 내밀었다. 깜찍한 카드 케이스에 든 모험가증을.

병사장은 더 가까이 다가가 2미터 정도 되는 거리에서 그것을 응시했다.

"과연……. 오오, A랭크라니!"

그것이 진짜가 맞다는 것을 확인한 병사장은 이어서 미라가 A랭크라는 사실에 경악했다. 주변에서 대기 중이던 이들이 병사장의 말을 듣자마자 술렁대기 시작했다.

그럴 만도 했다. A랭크 모험가는 상급 중에서도 숙련자가 속한 랭크로, 모험가들에게는 동경의 대상이 될 수 있을 정도의 존재이기 때문이다.

"게다가 괴도 퇴치에 협조해 주시겠다니. 이거이거, A랭크 모험가분이 와주시다니 정말 믿음직하군요! 최근에는 별로 와주시지 않아서 정말로 큰 도움이 될 것 같습니다!"

모험가증과 A랭크. 아무래도 이 둘은 상당한 신뢰성을 지닌 물건인 듯했다. 병사장은 거의 완전히 경계심을 걷어내고 좀 전과 달리 환영하는 태도를 취했다.

"호오, 그러한가? 오히려 A랭크가 모여들 것 같은 이벤트라 생각했건만."

A랭크 모험가가 최근에는 와주지 않는다는 병사장의 말에 미라는 고개를 갸웃했다.

괴도 퍼지다이스의 출현 소식은 다른 도시에까지 전해질 정도로 큰 사건이다. 그리고 모험가 종합 조합에서는 퍼지다이스 체포 임무가 긴급 안건으로 나붙었다고 한다.

보수는 파격적이라 할 수 있을 정도로 높고 주목도도 엄청나서 많은 명성을 얻을 기회라 할 수 있었다. 성공하기만 하면 A랭크 모험가들 사이에서 벌어지고 있는 경쟁에서 한 발 크게 앞설 수 있는 절호의 기회다.

……라고 미라는 이벤트를 대하는 감각으로 생각하고 있었다. 하지만 실제 사정은 다른 모양이다.

"전해 들은 이야기입니다만, 처음에는 상당히 모여들었다고 합니다. 그리고 A랭크 모험가를 보기 위해 많은 구경꾼들이 모였다고 하죠. 당시의 관계자는 그야말로 1년에 한 번 열리는 축제만큼 떠들썩했었다고 하더군요."

과거를 돌아보듯 병사장은 지인에게 들었다는 퍼지다이스에 관한 이야기와 어느 도시에서 있었던 일을 이야기했다.

그것은 너무도 충격적이고 압도적인 일이었다고 한다.

모험가 종합 조합에서 직접 임무와 표적을 지정한 의뢰에 응해 모인 A랭크 모험가는 총 열 명. 그것은 A랭크를 초월한 흉악한 마수, 도시 하나를 위기에 빠뜨릴 수 있을 정도의 상대라 해도 토벌할 수 있을 정도의 전력이었다.

때문에 모든 이가 A랭크 모험가들이 승리하리라 믿었고, 그들의 활약을 기대하고 있었다.

하지만 실제로 뚜껑을 열어보니 그 사건은 압도적인 패배로 끝났다고 한다. 당시 상당히 기세등등했던 A랭크 모험가 열 명이 퍼지다이스 한 명을 상대로 모두 다 패했다는 모양이다.

심지어 그 열 명은 꽁꽁 묶여 조합 처마 밑에 나뒹굴고 있었다고 한다.

"A랭크 열 명이 상대였는데도 그 정도라니……. 역시 상당한 실력자인 듯하구먼."

알드로리스 남작의 저택에서 만난 퍼지다이스로 추측되는 남자는 끝을 가늠하기 어려울 정도의 실력자였다.

싸우는 모습을 직접 보았기에 알 수 있었다. 그것도 전력을 다한 것이 아니라는 사실을.

심지어 병사장의 말에 의하면 A랭크 모험가 열 명을 상대로 압도적인 승리를 거뒀다고 한다.

어쩌면 미라와 막상막하일지도 모른다. 미라는 그런 예감에 눈을 가늘게 떴다.

"네에, 터무니없이 강했다고 합니다. 그리고 무엇보다도 큰 기대를 받았음에도 완패한 탓에 그 열 명은 상당히 신뢰를 잃었다고 들었습니다. 게다가 괴도가 노리는 표적에도 여러 가지 의혹이 있어서……."

병사장은 쓴웃음을 지은 채 한숨을 내쉬며 "지금은 이쪽이 악역 취급을 받고 있습니다"라고 말했다.

"그 뭐냐, 의적으로 이름을 날리고 있기 때문이로군."

"그렇습니다."

처음 출몰했을 때만 해도 퍼지다이스는 평범한 괴도로 알려졌었다. 하지만 출몰을 거듭할 때마다 표적의 공통점이 드러났고, 그 결과 퍼지다이스는 서민의 영웅으로 진화했다.

그 공통점은 악인이라는 것이다. 퍼지다이스가 표적으로 삼는 이는 모두 다 안 좋은 소문이 끊이지 않는, 그리고 그것이 사실인 악인뿐이었다.

실제로 요전에 있었던 일만 해도 그렇다.

알드로리스 남작은 퍼지다이스가 소문과 같은 의적이라면 당연히 노렸을 정도로 완벽한 악인이었다.

그리고 무엇보다도 의상이 없음에도 불구하고 미라를 구하기 위해 돌입할 정도의 정의감을 지녔다.

그때의 복장과 억측으로 오해를 하는 경향은 좀 그랬지만, 그 실력과 정의심은 진짜배기다. 세간 사람들이 퍼지다이스야말로 정의라고 수군대는 것도 납득이 갈 정도였다.

그렇다면 이와 적대하는 이는 악이라는 관계성이 성립하는 것은 자연스러운 일이라 할 수 있으리라.

아닌 게 아니라 영향력이 높은 A랭크 모험가들에게 그것은 상당한 마이너스 이미지가 될 것이다.

그 결과, 지금은 퍼지다이스 체포 임무가 나붙어도 A랭크 모험가는 거의 나타나지 않게 된 것이다. 때때로 실력을 시험하거나 견학을 하겠다며 나타나는 이는 있어도, 퍼지다이스를 감옥에 처넣어 주겠다는 강자는 없다고 한다.

'그러고 보니 이 몸도 그다지 칭찬을 받을 만한 이유로 온 것은 아니었군.'

미라의 목적은 퍼지다이스에게서 아르테시아가 있을 듯한 고아원의 위치를 캐내는 것이다.

붙잡을 생각은 있어도 감옥에 처넣을 생각까지는 없었다. 오히려 정보를 듣고 나면 그대로 풀어주려고 했었다.

하지만 그런 이야기를 굳이 할 필요는 없으리라. 미라는 어디까지나 괴도를 잡으러 왔다는 듯한 태도로 병사장을 상대했다.

23

"이것 참, 그나저나 당신이 협력자라 다행입니다. 한때는 눈앞이 컴컴했었는데 말입니다."

병사장은 어지간히 속을 끓이고 있었는지 그렇게 말하며 안도의 한숨을 내쉬었다.

"어째 놀라게 한 것 같아 미안하군그래. 허나 이 몸도 무장 집단에 갑자기 포위되어 놀랐으니, 비긴 거다."

우선 혐의는 걷혀서 미라와 병사장은 웃음을 주고받았다. 하지만 이만한 무장 집단을 움직이는 것은 상당히 큰일이다. 미라는 뭐가 어떻게 되어 이런 사태가 벌어진 것인지 궁금해져서 그 점을 병사장에게 물어보았다. 왜 자신을 퍼지다이스의 관계자라고 생각했느냐고.

"그것은 어젯밤에 보고가 들어왔기 때문입니다. 밤하늘에 수상한 큰 새가 있다는 보고가."

병사장은 그렇게 운을 떼더니 그다음 움직임에 관해 말했다.

보고에 따라 깜깜한 밤하늘을 자세히 확인해 보니, 확실히 도시의 상공을 선회하는 커다란 새의 모습이 보였다.

무언가를 찾는 듯한 그 움직임을 본 병사장은 생각했다. 퍼지다이스가 밤의 어둠을 틈타 도시를 정찰하고 있는 것이라고.

현재 도시는 퍼지다이스에 관한 이야기로 들썩이고 있다. 그리고 퍼지다이스가 예고한 날까지는 이틀이 남았다. 퍼지다이스에 대한 대책으로 해온 여러 가지 준비들도 끝나가는 중이다.

때문에 그 괴도가 정찰을 와도 이상할 것은 없다고 병사장은 생각했다고 한다.

그러고는 놓쳐서는 안 된다는 생각에 즉시 소집 가능한 병사들을 모아 하늘의 큰 새를 쫓았다는 모양이다.

그러자 큰 새는 얼마 후, 외벽 너머에 착륙했다. 신중하게 그 장소를 확인해보니, 그곳에 지금까지 없었던 저택이 세워져 있는 것이 아닌가.

심지어 강인해 보이는 기사가 둘이서 지키고 있기까지 했다. 놀랍기도 했지만 저것이 바로 퍼지다이스의 은신처가 아닐까, 하는 직감이 병사장의 머리를 스쳤다고 한다.

그 직감은 보기 좋게 빗나갔지만 상황상 그렇게 생각하는 것도 무리는 아닐지 모른다.

저택이 있다면 누군가가 그곳에 있을 것이다. 그것은 퍼지다이스 본인일까, 아니면 그 관계자일까. 어느 쪽이 되었건 붙잡는 데 성공한다면 상황은 크게 진전될 것이다.

그렇게 생각한 병사장은 저택을 감시하며 퍼지다이스 포획 의뢰를 받은 모험가들을 긴급 소집했다고 한다.

그렇게 주변을 보면 알 수 있듯, 이만한 인원수가 모인 참에 잽싸게 저택을 포위한 것이다. 그러고서 기사에게 사정 청취를 하려고 하자 답변이 전혀 없어서 더욱 수상하다고 느낀 병사장은 검을 뽑고 퍼지다이스의 관계자냐고 잿빛 기사에게 목소리를 높여 물었다는 모양이다.

그리고 그 직후에 반격을 받았다고 한다.

"이야아, 이거 참, 그렇게까지 요란하게 내동댕이쳐지고 나니 웃음밖에 안 나오더군요."

그 순간이 다시 생각났는지 병사장은 유쾌하게 웃어 보였다. 그에 반해 미라는 "아~ 미안하게 됐구나" 하고 쓴웃음을 지었다.

보초로 세워두었던 잿빛 기사에게는 몇 가지 지시를 해두었다. 우선 마물이 접근하면 베어 넘겨라. 사람이 다가오면 경계만 해라. 사람이 적의를 보이면 반격해라. 하지만 그때도 목숨을 빼앗지는 마라, 라는 것이 그 내용이었다.

"아뇨아뇨, 사과하실 필요는 없습니다. 결국은 제가 지레짐작을 한 것 같으니 말이죠. 그리고 저들도 많이 봐준 것 같기도 하고 말입니다."

따지고 보면 이런 곳에 저택정령을 소환한 미라에게 잘못이 있었지만 병사장은 전혀 개의치 않는 눈치였다. 게다가 저들이 봐줘서 다행이라고까지 말을 했다.

하지만 옆에 선 잿빛 기사의 무기를 바라보며 "이야아, 정말 다행이구만"이라고 작은 목소리로 중얼거렸다.

"뭐어, 그 후 실력자가 도전을 하기도 했지만, 결과는 같았다고 해야 할까요. 그 바람에 감시하는 게 고작인 상황이 되어버렸죠."

아무래도 병사장 일행 중 몇 명이 잿빛 기사와 겨뤄본 모양이다. 그리고 그 실력을 확인하고서 강행돌파는 어렵겠다고 판단한 것이다. 큰 맘먹고 대화를 시도해보기는 했지만 끝까지 답을 해주지 않아서, 저택 안에서 말이 통하는 누군가가 나오기를 기다리고 있었다고 한다.

그리고 미라가 목격한 것은 그러한 상황이었다는 모양이다.

"그런데 만난 뒤로 계속 입을 다물고 있습니다만, 거기 계신 분들도 A랭크 모험가, 되십니까?"

병사장은 대충 이야기가 끝난 참에 미라의 옆에서 대기 중인 잿빛 기사를 기대감으로 가득한 눈으로 바라보았다. 현시점에서 괴도와 맞서기 위한 세력은 심각한 전력 부족 문제에 시달리고 있어서인지, 그의 목소리에는 기도를 하는 듯한 뉘앙스가 담겨있는 듯했다.

하지만 유감스럽게도 애초에 잿빛 기사는 모험가는커녕 사람도 아니었다.

"아니, 이 녀석들은, 이 몸의 소환술이다."

미라는 그렇게 말하며 한쪽 잿빛 기사를 송환시켜 보였다.

잿빛 기사가 눈 깜짝할 새에 환상처럼 사라졌다. 좀 전까지 눈앞에 있던 용맹한 호걸 같던, 믿음직한 기사가 불현듯 사라졌다.

그 순간, 주변 사람들이 한층 더 동요했다.

미라의 눈앞에 선 병사장은 말문이 막혔는지, 넋이 나간 얼굴로 잿빛 기사가 사라진 장소를 쳐다보고 있었다.

"꽤나 과묵하다고는 생각했지만, 과연, 역시 사람이 아니었습니까. 하지만 소환술이라니……."

겨우 목소리를 낸 병사장은 놀란 얼굴을 한 채 남아있는 한 대의 잿빛 기사를 응시했다. 그리고 이런 소환술은 처음 봤다고 중얼거리며 지긋이 관찰한 후, 고개를 돌려 "이 소환술의 이름은 뭘니까?"라고 물었다.

그 눈은 역시나 기대감으로 가득했다.

"뭐라고 해야 할지, 그냥 무구정령이다. 약간 손을 대기는 했지만."

미라가 그렇게 답하자 병사장의 얼굴에 당혹감이 떠올랐다.

그럴 만도 했다. 무구정령 소환은 소환술의 기초다. 그것이 척 보아도 상급 모험가 같은 위압감을 두르고 있지 않은가. 성장 정도에 따라 차이가 있다고는 하나 이 자리에 있는 잿빛 기사는, 소환술의 기초라 부르기에는 어폐가 있지 않나 싶을 정도였다.

그래서인지 주변에서 야유가 터져 나왔다. 아무리 그래도 과장이 심하지 않으냐, 척 봐도 상급 소환이다, 라는 것이 그 내용이었다.

"이것이, 무구정령⋯⋯."

병사장은 믿기지 않는다는 얼굴로 잿빛 기사를 응시했다. 미라는 그런 병사장의 모습과 술렁이는 주변을 흘끔 쳐다보고서 조용히 의기양양한 미소를 지었다. 이거 꽤나 놀랐구나, 싶어서.

미라의 말은 거짓이 아니었다. 다크나이트와 홀리나이트를 합성술 이론을 사용해 융합하고, 거기에 상크티아의 힘을 정령왕의 가호로 연결한 존재가 이 잿빛 기사이니. 엄연한 무구정령 소환이다.

"으음~ 정말로 그 무구정령이 맞습니까? 아는 소환술사가 있는데, 아무리 봐도 이 정도 수준이 아니었던 것 같았습니다만⋯⋯."

가만히 잿빛 기사를 관찰하던 병사장은 의문이 가득한 얼굴로 미라를 쳐다보았다. 그러자 미라는 기다렸다는 듯 답했다.

"정말로 무구정령이고말고."

그렇게 말한 미라는 이어서 잿빛 기사 셋을 동시에 소환해 보였다.

그러자마자 주변에서는 경악한 목소리가 새어 나왔고 병사장은 눈이 휘둥그레졌다.

"아는 소환술사에게 듣지 못했나? 동일한 것을 복수 소환할 수 있는 것은 인공정령인 무구정령뿐이라는 이야기를 말이야."

동시 소환, 혹은 복수 소환이라는 것은 무구정령만의 특징이다. 아이젠파르드나 워즈랑베르 등은 본인 그 자체를 소환하는 것이기에 당연히 한 마리나 한 명만 소환할 수 있다.

그에 반해 무구정령은 다소 특수해서 존재만이 술사에게 깃들어 있는 상태다. 그 때문에 술자의 마나를 그릇 삼아, 마나가 지속하는 한, 소환 한도가 남아있는 한 얼마든지 소환할 수 있게끔 되어 있다.

또한 상크티아는 다소 경우가 다르다. 하지만 미라는 연구 끝에 원리 자체는 그리 다르지 않은 것 같다고 판단을 내렸다. 정령인 상크티아 본인이 아니라 성검 쪽이 소환되는 것이 그 이유였다.

"들은 적이 있습니다……. 과연, 정말로 무구정령이라니……."

그러한 소환술의 무구정령 사정이 있고, 그리고 그 사정을 지인에게 들은 덕에 이해한 것인지 병사장은 놀라면서도 납득했다.

그와 동시에 주변에 있던 모험가들에게서 날아들던 야유가 뚝

그쳤다.

그리고 곳곳에서 뭐라고 수군거리기 시작했다. 아무래도 소환술에 관해 아는 이가 모르는 이에게 상황을 설명하고 있는 모양이다.

그리고 얼마쯤 지나, 이 대화가 끝났을 즈음에 이번에는 환호성이 터졌다. 이번에는 괴도에게 이길 수 있지 않을까, 한 방 먹여줄 수 있지 않을까, 하는 희망으로 가득한 환호성이.

모험가들은 이것 참 마음이 든든하다 떠들어댔고, 병사장 역시 흥분된 얼굴로 잿빛 기사를 바라보았다.

"아아, 참고로, 이것도 소환술이다."

적절하게 주목이 집중되어 분위기가 호의적인 쪽으로 기운 가운데, 때는 지금이라고 판단한 미라는 이어서 저택정령도 송환시켜 보였다.

계속 미라의 등 뒤에 있던 저택 한 채가 홀연히 사라져, 이전처럼 초원으로 돌아갔다.

그러자 이번에도 미라의 예상대로 주변 사람들이 술렁거렸다. 그럴 수가, 설마…… 라는 소리가 들려왔다.

"이럴 수가……. 하룻밤 만에 어떻게 지은 것일까 궁금했었는데, 설마 그것도 소환술이었다니……."

병사장은 믿을 수가 없다는 눈으로 저택정령이 있던 장소로 다가가 응시했다. 그러고서 손을 뻗어보거나 발을 디뎌보거나 해서 그곳에 이제 아무것도 없다는 사실을 확인한 후, 어린애처럼 "이거 굉장하군"이라는 말을 반복했다.

소환술의 부흥을 목표로 노력해온 미라는 그런 이상적인 병사장의 반응에 신이 나서 "암, 그렇고말고"라고 중얼거렸다.

나아가 주변 사람들의 목소리도 들려왔다.

"설마 집까지 소환할 수 있을 줄이야." "나는 목수를 소환해서 급히 지은 줄 알았어." "소환술사가 있으면 야영할 걱정은 안 해도 된다는 건가?" "그렇겠지. 소환술사가 있으면 활동 범위가 넓어질지도 몰라." "이거 끝내주는구만."

그런 말을 신이 나서 듣고 있던 미라는 한 마디를 덧붙여야 한다는 것을 깜박했다는 사실을 기억해냈다.

미라는 다소 허둥대며 "하지만 말이다──." 라고 운을 떼고서 저택정령 소환이 얼마나 난이가 높은지를 다시금 설명했다.

마나 소비량이 많아서 마나 보유량이 매우 많거나 자신을 끊임없이 갈고닦은 숙련된 소환술사여야만 가능하다고. 정령과의 인연을 소중히 해야 가능하다고. 그리고 무엇보다도 저택정령을 발견해야만 한다고.

그 때문에 저택정령 소환은 당연히 사용할 수 있는 것이 아니라고 미라는 똑똑히 전달했다. 앞으로 배출될 소환술사가 무모한 요구를 받지 않도록. 그러면서도 희망 넘치는 소환술사의 가능성도 제시해 보일 속셈이었다.

"집을 소환하는 거니 그럴 만도 하군요. 역시 굉장한 소환술이었군요."

병사장은 납득한 듯 고개를 끄덕였다. 그와 동시에 주변에 있던 이들도 "뭐어, 그렇겠지" 하고 납득한 듯한 태도를 취했다.

저택정령은 집치고는 작지만 소환한 것치고는 충분히 큰 물건이다. 그만한 것을 소환했으니 상당히 수준이 높은 소환술이라는 것을 모두가 이해해준 듯했다.

"그나저나 집을 소환하다니. 여행이 수월해지겠는걸. 묵을 곳이 없어 노숙하지 않아도 된다니 멋지구만."

문득 모험가 중 한 명이 그렇게 말했다. 그러자 그 말은 눈 깜짝할 새 모험가들에게 퍼져 나갔다.

비가 오나 바람이 부나 쾌적한 집 안에서 휴식을 취할 수 있다. 미라가 한 것처럼 무구정령을 불침번으로 세워두면 다 같이 휴식을 취할 수 있다. 여차하면 숙박비를 절약할 수도 있다. 녹초가된 상태로 텐트를 설치하지 않아도 된다. 등등, 모험가들은 소환술의 새로운 가능성을 두고 흥분하기 시작했다.

그런 모험가들의 모습을 본 미라는 또다시 기회가 찾아왔음을 직감했다.

"그밖에도, 이런 일도 할 수 있지."

미라는 때는 지금이라는 듯【소환술 : 운디네】를 발동했다.

마법진에서 나타난 운디네는 주변을 둘러본 후, 슬그머니 미라의 옆으로 다가섰다. 아무래도 많은 사람이 둘러싸고 있어 놀란 모양이다.

"놀라게 한 것 같구나. 하지만 괜찮다. 나쁜 자들이 아니니."

미라는 다정한 목소리로 말하고서 운디네와 마주했다. 그리고 소환술의 유용성을 똑똑히 보여주기 위해, 그리고 정령과의 인연을 내보이기 위해 아이템 박스에서 컵을 꺼냈다.

"자아, 운디네여. 여기에 물을 좀 줄 수 있겠느냐?"

그렇게 말하며 미라는 손에 든 텁을 내밀었다. 그러자 운디네는 곧바로 자신을 의지해주어서인지 기쁜 듯 고개를 끄덕이고서 두 손을 컵 위로 내밀었다.

운디네가 두 손을 그릇처럼 살며시 붙였다. 그 직후, 그 두 손에서 물이 넘쳐 컵으로 흘러내렸다.

눈 깜짝할 새에 물이 가득 찬 컵을, 미라는 과감하게 기울였다. 그리고 "음, 맛있구먼!"이라고 말했다.

"저택정령은 어려울지 몰라도 물의 정령과의 계약은 그리 어렵지 않다. 제대로 정령을 사랑하고, 존중하고, 함께 걸어 나갈 마음이 있다면 반드시 답해주지. 그것이 정령이고, 정령의 다정함이다. 그리고 소환술은 그 인연을 힘으로 삼는 것이야. 이렇게 물의 정령의 힘을 빌리면 어디서든 깨끗한 물을 마실 수 있다는 말이지!"

그렇게 큰소리로 소환술을 선전한 미라는 계속해서 유용성에 관해 설명했다. 물의 정령의 소환 자체는 마나의 소비가 적다고. 물의 정령이 만들어낸 물은 마술과 달리 사라지지 않고 남는다고. 그리고 무형술로 만들어낸 물보다 훨씬 마나 소비가 적다고.

종류에 따라 다르지만 원초정령은 소환 자체의 소비 마나가 적다. 그 대신 정령이 힘을 행사할 때, 술자의 마나를 소비한다는 제한이 있다. 이것은 자연계의 법칙을 어지럽히지 않기 위해서라는 이유로 계약에 포함된 소환술의 사양이다.

또한, 술자의 마나를 소비한다고는 해도 정령의 힘을 빌리기에 그 효율이 파격적이라 할 수 있을 정도로 좋다. 무형술로 같은 양의 물을 만들려면 20배의 마나가 필요할 정도다.

거기까지 미라가 설명한 참에 병사장은 "과연" 하고 감탄한 듯 말했다. 그건 확실히 편리할 것 같군, 이라는 간단한 감상이 떠오른 것이리라.

하지만 아무래도 주변에 있는 모험가들은 미라의 설명을 듣고 그 이상의 가능성을 알아챈 모양이다.

"다시 말해서, 물이 차지하던 짐의 면적을 확 줄일 수 있다는 건가?"

"그만큼 마나 효율이 좋다면, 마나 회복약만 있으면 물을 운반하는 것보다 훨씬 가볍겠는걸."

"안전한 물을 언제나 확보할 수 있다니……. 과연, 굉장한데?"

던전을 탐색하거나 여행길에서 물은 필수 자원이다. 물의 정령과 계약한 소환술사가 있으면 그것은 쉽게 확보할 수 있다. 미라에게 이 사실을 들은 이들에게 그것은 놀라운 사실이었다.

하지만 물의 정령과 계약한 소환술사에게는 당연한 지식이다. 그럼에도 어째서 이렇게까지 잘 알려지지 않은 것일까.

"소환술에 이런 사용법이 있었다니."

"미끼역과 짐꾼만 있는 게 아니었구나."

어떤 모험가가 나직한 목소리로 중얼거렸다. 그들이 아는 것은 겉모습 이상으로 적재량이 많은 다크나이트, 그리고 방패를 들고 적을 유인해주는 홀리나이트뿐인 듯했다.

적은 소환술사의 숫자와 질의 저하. 역시 이 두 가지가 소환술사에 대한 지식이 그다지 퍼지지 않은 원인인 듯했다.

하지만 미라가 그러한 인식에 파문을 일으켰다. 미라의 소환술과 그 지식은 압도적인 인상을 심어 넣고도 남는 힘을 지녔다. 그것은 소환술사의 가능성을 명확하게 보여주는 것이었다.

생각 외로 미라의 포교활동이 잘 먹혀들어, 벌써 그 효과가 나타났다.

"수원(水源)이 없는 던전은 많아. 그런 반면 태반이 깊숙한 곳까지 이어져 있고, 대부분의 경우에는 깊은 곳에 들어가야 벌이가 좋지. 이건 큰 도움이 되겠는걸."

"그러게, 가지고 들어갈 수 있는 물의 양은 체재 가능 시간으로 직결되니까 말이야. 그걸 이렇게 간단히 확보할 수 있다면……."

물을 쉽게 확보할 수 있게 되었을 때의 영향, 그로 인해 넓어지는 던전 공략의 폭. 모험가 중 몇 명이 그 가능성을 알아채고 논의를 시작했다.

게임이었던 시절에는 식사와 물이 전혀 필요 없었던 플레이어들이 벌이가 좋은 던전 깊숙한 곳에서 대량의 전리품을 건졌었다.

하지만 현실이 된 현재, 플레이어 출신자의 수는 줄고 움직임도 신중해져서 일부 던전 심부의 전리품은 시장에 나오는 일이 거의 없어졌다.

그 원인은 던전의 공략 난이도뿐이 아니었다. 환경의 영향도 있는 것이다. 던전 심부에서도 충분히 통할 실력을 갖춘 모험가도 많다. 하지만 그곳에 도달하려면 그에 상응하는 자원이 필요하기 마련이고, 물과 같은 자원의 확보가 어려워 긴 시간동안 체류할 수가 없는 것이다.

소환술은 그러한 문제들을 크게 개선할 수 있을 정도의 가능성을 지니고 있었다.

그 매력은 특히 경험이 많은 숙련자들에게 더 많이 와 닿은 모양이었다.

하지만 미라는 더욱 더 소환술의 매력에 매료시키기 위해 때는 지금이라는 듯 말을 토해냈다.

"물이라는 것은 다른 데에도 필요하지 않으냐. 특히 보충할 수 없는 던전에서 가장 먼저 제한되기 일쑤인 일들에 말이다."

그렇게 의미심장하게 말을 시작한 미라는 특히 여성 모험가들을 둘러보며 말했다.

마시는 것 이외의 물의 용도. 그렇다. 빨래를 하거나 몸을 씻을 수 있는 것이다.

고대지하도시에서 그러한 사정을 목격했기에 그런 식으로 홍보를 할 수 있는 것이었다.

나아가 빨래와 샤워를 실천해 보이자, 여성 모험가들에게서 환호성이 터져 나올 정도로 반응이 좋았다.

작전은 성공이다. 성공적으로 여성들을 소환술사 우대 진영으로 끌어들였다는 생각에 미라는 조용히 미소를 지었다.

모험가들의 의논의 열기가 갈수록 뜨거워졌다. 그만한 가능성을 보여주었으니 어쩔 수 없는 일이리라. 그런 이들의 이야기의 내용은 점차 소환술의 유용성에서 그것을 확보하는 것에 관한 것으로 바뀌어갔다.

우선 가장 먼저 나온 문제는 물의 정령을 소환할 수 있는 소환술사를 무슨 수로 발견하냐는 것이었다.

이어서, 애초에 소환술사 자체를 거의 찾아볼 수 없다는 현재의 상황에 부딪혔다.

그리고 나아가 설령 운 좋게 발견한다 해도 그 소환술사가 물의 정령을 소환할 수 있는지 어떨지가 또 문제라며 고민에 빠졌다.

그리고 겨우 발견한 소환술사가 물의 정령을 소환하지 못하면, 다음 만남을 기다려야 하리라는 이야기로 이어졌다.

하지만 그런 짓을 하다 보면 소환술사와 던전을 공략하러 떠나는 것이 언제가 될지 모를 일이다.

거기까지 이야기를 하던 몇몇 모험가 그룹은 그 결과, 당연하다는 듯이 미라에게 시선을 날렸다. 큰 기대감이 담긴 눈으로.

"아…… 이 몸은 볼 일이 있어서 말이다."

미라는 그렇게 말해서 모든 시선에 담긴 기대감을 뿌리쳤다. 그러자 모험가들이 낙담했다. 하지만 어떤 답이 돌아올지는 어렴풋이 알았는지, 금방 마음을 다잡은 한 사람이 미라에게 질문했다.

물의 정령과의 계약은 그렇게 어렵지 않다고 말했는데, 구체적으로는 어떻게 하면 되느냐고.

최종적으로 모험가는 물의 정령을 소환하지 못해도 좋으니, 우선은 수가 적은 소환술사와의 만남을 우선하기로 한 모양이다.

그리고 물의 정령을 소환할 수 있게 될 때까지 협력해주면 된다는 답에 도달한 듯했다. 실로 긍정적인 녀석들이다.

'이 역시 이상적인 방향으로 흘러가고 있구나!'

이유는 둘째 치고 이렇게 협력적인 모험가들이 세상에 묻혀 있는 소환술사를 발견해 성장을 도와준다면 그보다 고마울 수 없을 것이다. 그리고 향후, 어엿하게 자라난 소환술사들이 상응하는 활약을 해준다면 수요도 늘어서 소환술사의 숫자도 늘어날 거다. 선순환이 시작되는 것이다.

"좋다. 물의 정령과의 계약에 관해 말해주도록 하지!"

여기가 승부처다. 그렇게 판단한 미라는 상대가 일반적인 모험가라는 점과 현실적인 요소를 감안해서 충분히 가능할 것으로 생각되는 방법과 장소 등을 떠올리며 되도록 차분하고도 자세하게, 알기 쉽게 물의 정령과 계약하는 방법을 설명하기 시작했다.

그와 동시에 미라가 설명하는 내용의 중요성을 알아챈 몇몇 모험가는 그 즉시 메모장과 펜을 꺼내들었다.

24

"뭐어, 많은 이야기를 했다만 가장 중요한 것은 역시 상성이다. 친해지고 싶다, 함께 있어서 즐겁다, 소환술에는 그러한 감각이 무엇보다도 중요해서 말이다. 계약은 인연을 맺는 것이기도 하니 말이지. 소환술사는 사역 계열이라 불리고 있지만, 이 몸은 그렇지 않다고 생각한다. 사역하는 것이 아니라 함께 걷고 협력하는 관계라 생각하지. 이 몸과 운디네처럼 말이다."

소환 계약에는 여러 가지 사정과 조건, 속박과 약속 등이 있다. 하지만 가장 중요한 것은 상성. 다시 말해서 서로의 감정이라는 말로 미라는 말을 끝마쳤다.

그 후에는 질문 시간이 이어졌다.

모험가들의 질문에 미라는 정확하게 답해 나갔다.

미라는 사람의 이름은 까먹기 일쑤고, 이래저래 깜박하는 일이 많았지만 소환술에 관한 일이 되면 보기 드문 기억력을 발휘했다.

자신들이 바랐던 정보 이상의 것을 얻은 모험가들은 놀람과 동시에 매우 기뻐하는 듯 했다.

"고마워! 당장 찾아볼게!"

"알려주셔서 고맙습니다! 소환술은 정말 굉장하네요."

미라가 대충 정보를 전달하고 나자 그것을 열심히 듣고 있던 대부분의 여성 모험가는 감사 인사를 입에 담고서 앞다투어 도시로 달려갔다. 그녀들의 행선지는 술사 조합이다.

모험가 종합 조합에는 모험가들이 그룹을 짜기 위한 서포트 서비스가 있었다. 랭크 외에도 클래스와 연령, 성별 등, 여러 가지 조건에서 일치하는 자나 그룹을 찾아주는 것이다.

그녀들은 그 서비스를 이용해서 모험가 등록을 한 프리 소환술사를 조사할 생각이다. 최우선 조건은 물의 정령을 소환할 수 있을 것. 그다음은 물의 정령을 소환할 수 있는 가능성을 지닌 자다.

이날부터 얼마 동안 술사 조합은 소환술사를 찾느라 상당히 분주해질 것이다.

"저기, 뭣 좀 부탁해도 될까요?"

그 말을 듣고 고개를 돌린 미라의 눈에 같은 그룹으로 보이는 여섯 명의 여성이 보였다. 옷차림새로 미루어 전위 세 명과 중위 한 명, 후위가 두 명인 듯했다. 그중에서도 후위 두 명은 아직 소녀라 할 수 있는 나이로 보였다.

"호오, 부탁이라? 무엇이냐."

어딜 어떻게 보아도 화사한 그룹이라 미라는 저절로 미소가 지어졌다. 어떤 상황에서든 여성에게 부탁을 받는 것은 썩 기분이 좋은 일이었다.

"이 아이는 레이라라고 하는데, 소환술사거든요. 하지만 소환술을 못 써서……."

그렇게 말하며 여성이 소개한 것은 녹색 로브를 걸친 소녀, 레이라였다.

"레이라라고 해요!"

소개를 받은 레이라는 힘차게 인사한 후, 기대감이 넘쳐나는 눈으로 미라를 똑바로 바라보았다. 그 눈에는 엄청난 선망의 감정이 담겨있었다.

"으, 음. 이 몸은 미라다."

너무도 순수하고 올곧은 시선에 미라는 당황했다. 여성 여섯 명으로 된 그룹이 부탁을 하자 불순한 감정을 품고 말았기 때문이다. 그런 일은 있을 수가 없음에도 불구하고.

"해서, 부탁이라는 게 무엇이냐?"

헛기침을 한 번 해서 마음을 다잡은 후, 미라는 다시금 본론을 말하라고 재촉했다. 소환술을 못 쓰는 소환술사 레이라를 소개한 이유가 무엇이냐고.

"부탁하고 싶은 건 다름이 아니라, 레이라에게 소환술을 쓰는 방법을 알려주셨으면 하는 거예요."

"……사용하는 방법이라? 습득이 아니라 사용하는 방법 말이냐?"

여성의 진지한 부탁에 미라는 흐음, 하고 고개를 갸웃했다.

소환술을 못 쓴다는 말을 통해 미라는 그 원인을 대충 예상해 보았다. 소환술사의 기본이자 기초라 할 수 있는 무구정령 소환을 습득할 수가 없다는 고민이리라고.

그것은 다크나이트와 홀리나이트와 같은 무구정령과 소환계약을 하려면 소환술사가 스스로의 힘으로 그것들을 쓰러뜨려야만 한다는 조건이 있기 때문이다. 쓰러뜨림으로써 힘을 증명하는 것이다.

하지만 무구정령이라는 것은 정령인 탓에 상당히 강하다. 가장

약한 무구정령이라도 D랭크 정도의 실력을 지녔다. 상급자로 분류되는 C랭크보다 한 단계 낮은 수준으로 여겨질 정도니 얼마나 강한지는 대충 짐작이 될 것이다.

초보 소환술사가 이 무구정령을 이기는 것은 그리 쉬운 일이 아니다. 그리고 레이라라는 소녀는 외모로 미루어 아직 열세 살 정도 되어 보이니 더더욱 그럴 것이다.

그러나 소환술사로서의 경험은 무구정령 소환으로 시작된다 해도 과언이 아니다.

소환계약을 맺을 때나, 소환술사로서의 힘을 증명할 때나 이 무구정령이 여러모로 기준으로 사용되기 때문이다.

인공정령인 무구정령은 스스로 성장하지 않는다. 인간의 손에 의해 태어나, 인간이 사용해야 비로소 존재 의미가 있다고 할 수 있는 무구. 그것에 깃든 정령인 탓에 무구정령 소환은 술자가 처음부터 차근차근 키울 필요가 있는 소환체다. 그렇기에 술사로서의 자질을 가늠하는 재료가 될 수 있는 것이다.

따라서 무구정령을 사용하지 못한다면 향후의 계약에 상당히 많은 제한이 따르게 된다.

정령과 만나 친해져서 계약을 했다는 운 좋은 자도 있을 것이다. 하지만 그것은 매우 드문 일이라, 경우에 따라서는 무구정령 소환을 습득하는 것보다 어려웠다.

그 때문에 다소 무리를 해서라도 견습 소환술사는 어떻게든 무구정령을 쓰러뜨릴 방법을 모색할 수밖에 없다. 미라 역시 과거에 그런 류의 상담을 많이 받았다. 그리고 힘을 합쳐 여러 가지 정보를 수집해서 하나의 해결책을 만들어냈다.

　미라는 이번에도 소환술을 사용하지 못한다는 소녀를 돕기 위해 그것을 전수해주려 했다. 하지만 어쩐 일인지 이번에는 그럴 필요가 없다고 한다.

　"그게, 지금으로부터 두 달 전 일인데요——."

　듣자 하니 아무래도 이미 무구정령 소환은 습득했다는 모양이다.

　우선 가장 먼저 말을 붙여온 여성의 이름은 사라라는 듯했다. 그리고 레이라의 언니라는 모양이다.

　그런 동생을 아끼는 언니의 말에 의하면 두 달 정도 전의 일이었다고 한다.

　그 당시 레이라는 아직 무구정령과의 계약은 하지 않은 상태였다는 듯하다. 그리고 역시나 그 일로 고민에 빠져 있었다고 한다.

　그러던 중에 사라 일행은 엄청난 실력을 지닌 소환술사를 만났다고 한다. 그 소환술사는 초로의 나이를 넘긴 남성으로, 소환술을 세상에 널리 퍼뜨리는 활동을 하고 있다는 듯했다.

　"호오, 멋지군!"

　자신 말고도 소환술의 미래를 우려하는 이가 있었다는 사실에 미라는 매우 감동했다. 그 남자는 누구일까. 미라가 그렇게 묻자 브루스라는 이름 외에 그녀들이 아는 것은 없다는 모양이었다.

　하지만 그녀들은 처음에는 조금 경계했었다고 한다. 소환술을 못 쓰는 일로 고민에 빠진 레이라에게 그 남자 소환술사가 느닷없이 말을 붙여왔다는 모양이다. 도와주겠다면서.

　"……그렇다면 경계하는 것도 무리는 아니군그래."

미라는 레이라를 흘끔 쳐다보며 그렇게 중얼거렸다. 레이라는 아직 어린 소녀다. 그런 그녀에게 웬 남자가 느닷없이 도와주겠다며 말을 붙인 것이다. 무엇을 도울 생각이냐며 경종을 울리기에는 충분한 상황이었다.

"실제로는 굉장히 다정한 분이셨지만."

"응응, 여러 가지를 알려주셨는걸."

어지간히 좋은 인물이었는지, 사라는 수줍은 미소를 지은 채 말을 이었다.

경계심은 이야기를 하다 보니 풀렸다고 한다. 무엇보다도 결정적으로 작용한 것은 소환술의 실력이었다. 듣자 하니 그는 여러 가지 소환술을 선보였다는 모양이다.

그 결과, 레이라는 그를 동경하게 되었고 '무구정령 소환을 습득하는 걸 도와주겠다'는 그의 말을 순순히 받아들였다.

그 후, 무구정령 소환을 습득하기 위한 이런저런 활동이 시작되었다고 한다.

우선 핵심인 무구정령을 쓰러뜨리는 방법은 놀랍게도 미라가 과거에 제창했던 그것이었다.

그렇다. 그 브루스라는 인물이 그녀들에게 전수한 것은 마봉폭석을 이용하는 방법이었던 것이다.

그것은 미라가 덤블프였던 시절에 고안해낸, 무구정령과의 계약 방법으로——.

견습 소환술사에게는 버거운 상대인 무구정령을 쓰러뜨릴 수 있는 확실한 작전이다.

다만 그러기 위해서는 마봉폭석이 반드시 필요했다. 그 이유는 일찍이 덤블프가 연구 끝에 도달한 무구정령의 특성과 관련이 있었다.

무구정령과 계약하려면 혼자서 그것을 쓰러뜨릴 필요가 있다. 더불어 활과 같은 원거리 공격은 무효라는 조건도 있었다.

그럼 무구정령은 어떤 기준으로 그러한 판정을 내리고 있는 것일까. 과거의 미라는 그 점을 중점적으로 연구했다. 그리고 그 판정 조건을 발견했다.

그것은 마나였다. 무구정령은 교전 대상의 마나의 파장을 기억해서 판별하고 있었던 것이다. 그리고 마나의 감지범위는 반경 2미터 정도라는 것도 알아냈다. 화살 등에 의한 원거리 공격이 무효인 것은 이 감지범위 때문이었던 것이다.

하지만 이 조건은 마봉폭석과의 상성이 매우 좋았다.

투척을 해야 하기에 마봉폭석 역시 원거리 공격이라 할 수 있었다. 하지만 화살이나 폭탄 같은 것과 비교했을 때 한 가지 다른 점이 존재했다.

마봉폭석을 사용 가능한 상태. 다시 말해서 활성화시키려면 사용자의 마나를 흘려 넣을 필요가 있다. 그리고 돌은 그 마나를 기폭제로 폭발한다. 그것이 마봉폭석의 원리였다.

이러한 원리로 무구정령은 마봉폭석의 마나를 감지하여 자신을 쓰러뜨린 마나라고 기억하는 것이다. 그리고 그 결과, 무구정령과의 계약이 가능해지는 거다.

무구정령의 입장에서 보면 사기처럼 느껴질지도 모르지만, 이렇게라도 하지 않으면 습득하기가 너무 어려우니 어쩔 수 없는 일이다.

또한 그보다 특별한 방법도 존재했다. 그것은 장기전을 시도하는 것이다. 긴 시간 동안 전투를 계속해도 무구정령은 대상을 기억한다. 그렇게 되고 나면 화살이나 폭탄 같은 것으로 쓰러뜨려도 자신이 기억한 대상에게 격파되었다고 인식해주었다.

하지만 이 방법은 현실적이지가 않았다. 무기를 손에 든, 지칠 줄을 모르는 강한 검사와 몇 시간이나 계속 싸우는 것은 몸을 단련한 전사라 해도 어려운 일이기 때문이다. 견습 소환술사는 오죽하겠는가.

뭐어 회복약을 왕창 준비하면 가능하기야 하겠지만.

그렇듯 높은 허들에 직면한 소환술사들에게 마봉폭석을 쥐여주는 방법은 효율이 매우 좋았지만 결점이 없는 것은 아니었다.

문제는 마봉폭석을 구하는 일이었다. '정련'이라는 생산기술이 필요한 데다. 이것은 이 기술의 창시자인 덤블프와 그 지식을 이어받은 일부 기술사들만 만들 수 있는 물건이었다.

다시 말해서 유통량이 절대적으로 부족한 것이다. 게다가 무구정령을 안전히 쓰러뜨릴 만큼의 위력을 지닌 마봉폭석은 숫자가 더욱 한정적일 수밖에 없었다.

하지만 도와주겠다고 나선 소환술사는 그런 마봉폭석 하나를 레이라에게 주었다고 한다. 참으로 통도 크다.

"호호오, 마봉폭석을. 누구인지는 모르겠지만 마음씨도 좋군!"

마봉폭석을 제작하는 데는 기술도 필요하지만, 이래저래 비용이 들기도 한다. 그것을 후진 육성을 위해 제공하다니, 그야말로 소환술사의 귀감이라고 미라는 절찬했다.

"그분에게는 지금도 여전히 감사하고 있어요. 덕분에 레이라가 잘 웃어주게 되었으니까요."

사라가 그렇게 말하며 레이라의 머리를 살며시 쓰다듬었다. 걱정을 많이 했던 탓에 어지간히도 기쁜지, 그 얼굴에는 다정한 미소가 가득했다. 그런 언니의 태도에 레이라는 조금 쑥스러워하면서도 강한 의지를 눈빛으로 내비치었다. 앞으로는 소환술로 언니인 사라를 돕고 싶다고 생각하는 듯했다.

"음음, 그것참 잘된 일이로구나."

마음속까지는 들여다볼 수 없지만 사이좋은 자매라는 것은 한눈에 알 수 있었다. 미라는 그런 두 사람의 모습에 마음이 훈훈해지는 것을 느꼈다.

"네, 아무리 감사 인사를 해도 부족할 정도예요! 그만한 귀중품을, 처음 만난 우리에게 주시다니. 그런 분은 흔치 않으니까요. 그래서 절대로 빗맞힐 수는 없다는 생각에 저희는 그걸 확실하게 명중시킬 방법을 생각했어요!"

엄청난 실력의 소환술사에게 얼마나 고마워하고 있는지를 말하다가 갑자기 이야기가 진행되었다. 그리고 미라가 진지하게 이야기를 듣고 있어서인지, 사라의 말투에 흥이 실리기 시작했다. 사라는 무용담이라도 풀어놓듯 그 이야기를 해나갔다.

무구정령에게 마봉폭석을 확실하게 맞힐 방법. 그것을 고찰하기 위한 회의에는 엄청난 실력의 소환술사도 동석했다고 한다. 하지만 논의에는 거의 참견하지 않고, 지금까지의 성공 사례 등을 늘어놓기만 했다는 모양이다.

'학교와는 다르니 말이지. 생각하는 것도 귀중한 경험이고말고.'

사라의 말에 의하면 엄청난 실력의 소환술사가 제공한 것은 마봉폭석 하나와 전례에 관한 지식뿐이었다. 그것들을 토대로 그녀들은 어떤 해답을 도출해낼까.

그 소환술사는 그녀들의 성장면도 고려한 것이리라. 그렇게 느낀 미라는 그 소환술사는 대체 누구일까 싶어 더욱 관심이 생겼다. 분명 만난다면 즐겁게 술잔을 나눌 수 있을 것 같다는 생각도 들었다.

"무구정령과의 전투는 도울 수 없지만, 그 준비라면 얼마든지 도울 수 있다고 하셨어요."

미라가 엄청난 실력의 소환술사의 인물상에 관해 생각하는 중에도 사라의 이야기는 계속되었다.

전례를 참고로 동료들과 여러 가지 방법을 생각해낸 끝에 겨우 떠오른 작전은 함정을 파는 것이었다고 한다.

무구정령을 함정에 빠뜨려, 극단적으로 행동을 제한한 뒤에 레이라가 마봉폭석을 던지는 것이다.

엄청난 실력의 소환술사도 함정으로 유인하는 데 성공하기만 하면 이것만큼 확실한 방법은 없을 것이라고 칭찬해주었다고 한다.

소환 계약에 필요한 조건, 단독으로의 격파에는 전투 개시 전의 활동은 포함되지 않는다. 다시 말해서 동료들과 대규모 함정을 준비한다 해도 문제는 없는 것이다.

그러한 이야기를 엄청난 실력의 소환술사에게 들은 사라 일행은 곧바로 전투의 무대를 만들기 시작했다고 한다.

필요한 것은 적절한 크기의 구멍과 확실하게 유도하기 위한 동선이었다. 사라 일행은 이 두 가지를 한 달 정도에 걸쳐 준비했다고 한다.

동선은 흙주머니를 쌓아서 좁은 통로로 만들고, 함정은 그 통로 끝에 팠다고 사라는 말했다.

또한 엄청난 실력의 소환술사도 준비하는 것을 도왔다고 한다. 덕분에 예상했던 것보다 완벽하게 완성되었다는 듯했다.

"확실하게 유인해서 떨어뜨리기 위해, 전초전 삼아 마물을 상대로 실험도 했어요."

만에 하나라도 실패해서는 안 된다. 확실성을 높이기 위해 예행연습을 해두는 편이 좋다. 엄청난 실력의 소환술사의 그 조언에 따라 몇 번인가 시험을 해보았다고 한다.

그 결과는 성공적이라서 통로로 유도만 제대로 하면 함정에 빠뜨릴 수 있었다고 한다.

그렇게 만반의 준비를 하고서 실전인 무구정령과의 싸움에 나섰다. 시간을 들인 만큼 모든 것이 잘 맞아떨어져서 무구정령을 함정에 빠뜨리는 데 성공했다. 그리고 유일한 걱정거리인, 귀중품이기에 연습 때는 사용하지 못했던 마봉폭석도 레이라는 차분하게 배운 대로 활성화시켜서 제대로 명중시켰다고 한다.

그 결과, 레이라는 보기 좋게 무구정령을 단독으로 격파했다.

거기까지 이야기한 참에 그때는 마봉폭석의 위력이 생각했던 것보다 강해서 놀랐다며 사라 일행은 웃었다. 아무래도 엄청난 실력의 소환술사는 상당히 질이 좋은 마봉폭석을 제공한 모양이다.

확실하게 처리하려면 다소 지나치다 싶을 정도로 타격을 입혀야 한다.

게임이었던 시절, 그렇게 실천해온 미라는 뭘 좀 아는구나 싶어서 그 소환술사, 브루스에 대한 호감이 더욱 커졌다.

그 브루스는 그녀들이 무구정령을 격파하는 것을 지켜보고서 곧장 떠나고 말았다는 모양이다.

그녀들 말고도 시작 단계에서 고민에 빠진 소환술사들은 많다. 조금이라도 빨리, 그리고 많이 그런 자들을 돕기 위해 떠나야 한다면서.

"참으로 훌륭한 마음가짐이로구먼. 꼭 한번 만나보고 싶을 정도야."

지도자의 귀감이라는 생각이 들어 미라는 더더욱 감동했다. 하지만 이때, 미라는 잊고 있었다. 그녀들이 처음에 뭐라고 말했는지를.

"그렇게 해서 무구정령과의 계약은 끝났어요. 하지만, 어째서인지……."

사라는 지금까지 무용담을 말하던 것과는 전혀 다른 말투로, 풀이 죽어서 말했다. 소환계약은 끝났는데 그것을 좀처럼 소환할 수가 없다고.

일단 레이라는 브루스에게 습득 후 어떻게 해야 하는지를 배웠다는 모양이다. 하지만 귀로 들어서 아는 것과 실제로 하는 것은 아무래도 다를 수밖에 없다. 그런 탓에 도무지 감을 잡을 수가 없어서 계속 실패했다는 모양이다.

그리고 무엇보다도 소환술사의 수가 너무도 적었다. 가르침을 구하려 해도 선생 역할을 할 수 있는 인물이 지금까지 없었다고 사라는 말했다.

"흠, 그렇게 된 것이었나……."

사용방법을 알려달라는 것이 무슨 뜻이었는지를 알게 된 미라는 다시금 레이라에게 고개를 돌렸다.

"잘 부탁드리겠습니다!"

눈이 마주침과 동시에 레이라는 힘차게 머리를 숙였다. 겉모습으로 치면 미라는 레이라보다 어려 보였다. 그런 미라에게 솔직하게 부탁하는 그 목소리, 그 태도에서는 그녀가 얼마나 진지한지가 전해져왔다.

하지만 그런 이유보다는 소환술에 관한 일로 고민하는 이가 있다면 끝까지 돕겠다는 것이 미라의 각오였다. 때문에 미라는 자신만만하게 자신만 믿으라고 대답했다.

25

"그럼 지켜보고 있을 테니, 소환을 한 번 해보겠느냐?"

미라가 그렇게 말하자 레이라는 당황해서 "네······?" 하고 고개를 들었다. 소환을 못 해서 알려달라고 부탁했더니 소환을 해보라는 답이 돌아왔다. 그것은 모순이 아닌가 싶었던 것이리라.

하지만 미라의 의도는 다른 데에 있었다.

"그대의 술식 구성의 흐름을 확인하려는 것이야. 분명 그렇게 하면 대략적인 원인을 알 수 있을 터이니."

미라는 대수롭지 않다는 투로 그렇게 말해 보였다. 그리고 그 자신감에는 확실한 근거에서 나온 것이다.

미라는 사람에게 무언가를 잘 가르치는 타입은 아니었다. 하지만 소환술에 한해 말하면 전문 분야라 해도 과언이 아니었다.

무엇보다도 아홉 현자로서 소환술사의 정점에 군림했던 시절. 여러 가지 질문을 받고 가르치다 보니 그에 관한 문답에는 도가 터 있었던 것이다.

그 때문에 지금은 어떠한 일로 고민하고 있는지를 들으면 대략적인 원인을 추측할 수 있는 수준에 도달해 있었다.

"으음, 알겠어요."

미라의 실력은 강력한 잿빛 기사와 저택정령을 통해 충분히 확인했다. 그런 미라의 말이니 분명 그렇게 하면 알 수 있으리라. 그렇게 해석한 레이라는 지금까지 한 것처럼 브루스에게 배우기는 했지만 잘 안 되는 소환술을 행사해 보았다.

레이라의 마나가 퍼져 나간다. 하지만 마법진을 형성해야 할 그것은 몇 초 후에 허무하게 흩어지고 말았다.

"으으……. 왜 이럴까."

몇 번이나 반복된 그 결과에 레이라는 기가 죽었다. 미라는 그 모습을 지켜본 후, 레이라와 동료들에게로 시선을 돌렸다. 전위 세 사람은 기사와 전사, 그리고 사무라이 같았다. 중위는 사냥꾼, 후위는 성술사다.

술사 중 가장 인기가 높기로 유명한 성술사와 가장 인기가 없다고 알려진 소환술사. 이 상황을 통해 미라는 한 가지 결론을 내렸다.

"레이라라고 했느냐. 그대, 무형술은 상당히 자주 사용하고 있지?"

그녀들의 그룹 편제, 그리고 소환 실패 시의 현상. 그것들을 토대로 미라는 레이라에게 그렇게 물었다.

"어떻게 아셨어요?! 맞아요. 저는 무형술이라면 꽤 자신이 있어요!"

어지간히 자신이 있는지 그렇게 답한 레이라의 표정은 빛나고 있었다. 나아가 사라와 동료들도 레이라의 무형술은 모험가 활동을 하는 데 있어 빼놓을 수 없을 정도로 훌륭한 수준이라고 칭찬했다.

'역시 그런 것이었나.'

그 말을 들은 미라는 확신했다. 레이라의 소환술이 어째서 실패하는지를.

우선 미라가 레이라의 무형술 실력을 간파한 이유. 그것은 그녀가 처한 상황이다.

무형술이라는 것은 조금 특수해서 마나를 지닌 이라면 누구든 다룰 수 있다. 다시 말해서 그녀들의 그룹에 있는 성술사 소녀도 사용할 수 있는 것이다.

무형술은 습득하면 어떤 술사든 사용할 수 있는 데다 효과가 다종다양한, 실로 편리한 술법이다.

그 사실을 염두에 두고 그녀들의 그룹을 살펴보면 한쪽은 회복과 보조 등으로 대활약하는 성술사이고 한쪽은 기초도 사용하지 못하는 소환술사다. 무형술에 필요한 마나를 누가 담당할지는 안 봐도 뻔했다.

그리고 레이라가 처한 그러한 상황이 소환술이 실패하는 데 영향을 미치고 있었다.

"그대도 술사라면 알 테지. 뭉뚱그려 술식을 발동시킨다 해도, 그 사이에는 여러 가지 공정이 있다는 사실을."

미라가 그렇게 확인하자 레이라는 고개를 끄덕이며 답했다. 브루스에게 배웠다고. 그리고 배운 대로 했지만 매번 실패했다고.

"그것은 그대가 공정만 의식하고 있기 때문이야."

혹시 브루스가 잘못된 방법을 가르쳐준 걸까. 아니면 자신이 잘못 배웠거나. 그런 생각으로 고민에 빠진 레이라에게 미라는 핵심을 말했다.

소환술에서 중요한 것은 술식을 구축하는 공정뿐이 아니라고.

미라는 게임이었던 시절 비슷한 상황에 빠진 소환술사들을 몇 명이나 보았다. 그리고 그들 중 대부분이 덤블프의 소환술을 보고 영향을 받아 전향한 이들이었다.

다시 말해서 소환술사가 되기 이전에 다른 술법을 주로 사용했던 자들이었던 것이다.

하지만 당연히 그것은 게임이었던 시절의 일로, 레이라에게는 해당사항이 없을 터였다.

현실이 된 이 세계에서 술식을 다루는 데는 개인이 지닌 마력의 자질, 요컨대 재능이라는 것이 중요하다.

마술의 재능이나 성술의 재능, 그리고 소환술의 재능 등이 그것이다. 한 가지를 선택하면 마력은 그에 적합한 형태로 변화해서, 기본적으로는 선택한 술법과 무형술 말고는 사용할 수 없게 되고 만다.

하지만 선택하지 않았던 자질을 각성시키는, 내재 센스라는 기능이 존재했다. 날 때부터 지니고 있던 여러 가지 재능 중, 선택하지 않았던 한 가지를 각성시키는 그것은 쌍방의 효과가 떨어지기는 하나 상황 대응 능력이 높아지기에 잘만 사용하면 장점이 단점을 상회할 수도 있었다.

하지만. 소환술사에 대한 비난이 거센 요즘 세상에 여러 개의 재능 중 굳이 소환술사를 택할 사람이 있을까?

미라는 한탄하면서도 그럴 리는 없다고 판단했다. 애초에 소환술사인 레이라에게 소환술 이외의 재능은 없었던 것이다.

"무형술과 소환술은 공정뿐 아니라 마나의 운용 방법도 달라서 말이다."

소환술을 잘 발동시킬 수 없는 원인. 그 답이 너무 익숙해진 무형술이라고 미라는 설명했다.

술식을 발동하려면 몇 가지 공정을 거칠 필요가 있다. 술식 선택에 대상 조준, 마나 집속, 궤도와 속도, 범위 등을 정하는 공정이 술식에 따라 무수히 존재한다.

여기까지는 술사의 기초 지식이다. 문제는 이 공정 중 하나인, 모든 술법의 공통 요소라고 미라는 말했다.

"모든 술법의 공통 요소…… 라고요? 으음…… 그러니까……. 아, 마나 집속 말씀이시죠?!"

마치 교수의 강의를 듣기라도 하듯 레이라는 진지하게 답했다. 미라는 실로 성실하게 공부에 임하고 있는 레이라에게 호감을 느끼며 "바로 맞혔다"라고 말하고서 설명을 이어나갔다.

마나 집속. 그것은 술식의 발동에 필요한 마나를 결정하는 중요한 공정인 동시에 마나의 상태를 좌우하는 요소다.

그리고 마나의 상태란 숙련된 대부분의 술사가 무의식중에 제어하고 있는 것이라고 미라는 말했다.

불을 뿜을 때 마나의 상태는 '방출', 회복을 할 때 마나의 상태는 '활성'이다. 이런 식으로 마나에는 각 술식에 적합한 상태가 있다.

하지만 본래 마나의 상태를 신경 쓸 필요는 거의 없다. 중립 상태라 해도 집속이 성공적으로 이루어지면 술식은 발동하기 때문이다.

하지만 술식의 이해를 깊이 해서 자연스럽게 그 흐름을 느낄 수 있는 숙련자가 되면 거기에 변화가 발생한다. 술식의 이미지가 완성되면 그 이미지에 맞춰 마나의 상태를 변화시키게끔 되는 것이다.

사람들은 이것을 두고 흔히 한계를 넘었다고 말한다. 하지만 정확히 말하자면 무의식중에 마나의 상태를 효율적으로 운용할 수 있게끔 변화시키고 있는 것뿐이다. 미라는 의기양양하게 가슴을 펴고서 그렇게 말했다. 이것이 연구의 성과라며.

무의식 상태에서의 마나의 상태와 그 변화. 이 연구 성과에 얼마만큼의 가치가 있는지 아는지 모르는지. 그 말을 들은 레이라와 또 한 명의 술사 소녀의 얼굴에 놀란 빛이 퍼졌다.

"마나의 상태? 그거랑 이게 무슨 상관인데?"

레이라의 옆에서 이야기를 듣고 있던 사라가 그렇게 질문을 했다. 술식에 관한 지식이 없어서인지 미라가 말한 내용이 얼마나 중요한 것인지 모르는 눈치였다.

레이라의 소환술은 아직 걸음마를 뗀 상태다. 더불어 마나의 상태를 변화시키지 않아도 술식은 발동한다면 레이라는 어째서 소환술을 사용하지 못하는 걸까. 사라의 의문은 그것뿐이었다.

그리고 레이라 역시 확실히 그 점이 신경 쓰였다. 이 이야기와 현재 상황과 무슨 상관이 있는 걸까.

"무형술과 상관이 있지."

그렇게 답한 미라는 레이라에게 가장 자신 있는 무형술을 사용해 보라고 말했다.

레이라는 그런다고 뭔가 알 수 있을까 싶어 의아했지만 이야기를 듣고 미라의 지식이 상당한 수준이라는 사실을 깨달은 듯했다. 레이라는 "네!" 하고 순순히 답하고서 무형술을 발동시켰다.

그것은 '조명'의 무형술이었다. 심지어 평범한 '조명'이 아니었다. 레이라가 만들어낸 빛구슬은 레이라의 뜻대로 날아다녔고, 빛의 강약까지 자유자재로 조절할 수 있었던 것이다.

'이것 참⋯⋯. 보기와는 다르게 상당히 숙련되었구면.'

미라는 레이라의 '조명'을 보고 놀랐다. 벌써 이 정도 영역에 오르다니.

빛구슬을 자유자재로 다룰 수 있는 술사는 미라가 아는 한, 레이드 보스와 맞설 수 있는 수준의 술사 플레이어나 무형술의 탑에 소속된 이들 정도뿐이었다.

다시 말해서 레이라는 '조명'의 무형술만 놓고 보면 이미 그 정도 수준의 술사라는 뜻이다. 그리고 그렇기에 소환술의 발동이 어려워진 것이라고 미라는 확신했다.

"실로 훌륭한 솜씨로군."

미라는 레이라의 술식을 칭찬한 후, 지금부터가 본론이라는 듯 "그렇기에 장해물이 되는 게지"라고 말을 잇고서 진짜 교수라도 되는 양 레이라가 현재 빠져 있는 상태를 설명해 보였다.

소환술은 견습자 수준이지만 무형술의 솜씨는 상당한 수준이었다. 그야말로 충분히 숙련자라고 할 수 있을 정도다.

다시 말해서 레이라는 무형술을 사용할 때, 무의식적으로 마나를 형태 변화시키고 있다고 미라는 지적했다. 오히려 그렇게 하지 않으면 빛구슬을 조작하는 단계에는 도달하지 못한다고도.

"그랬구나⋯⋯. 몰랐어요."

레이라는 놀람과 동시에 다소 기쁜 듯 중얼거렸다. 그럴 만도 했다. 숙련자가 아니면 할 수 없는 일을 하고 있었으니. 지금까지 고생한 보람이 있다는 생각이 들었을 것이다.

하지만 그것이 소환술을 못 쓰는 원인이라는 말도 들은 레이라는 복잡한 표정으로 미라의 다음 말을 기다렸다.

"그것은 멋진 기술이다만, 지금 안 것과 같이 마나를 무의식적으로 형태 변화시키는 것이 지금은 문제가 되는 게야."

미라는 그렇게 운을 떼고서 실로 당당한 태도로 설명을 계속했다. 꽤나 신이 난 듯한 얼굴로.

레이라가 무의식적으로 행하고 있던 마나의 형태 변화. 그때의 감각이 소환술에 영향을 미치고 있다고 미라는 지적했다.

새로운 일, 새로운 술식을 처음 시도할 때는 아무래도 어색하기 마련이다. 그 때문에 지금까지의 경험을 참고하기 일쑤다.

특히 다른 술식을 숙련자 수준까지 다룰 수 있게 된 상태라면 새로운 술식을 발동할 때, 더더욱 익숙한 술식의 이미지로 보완하려는 경향이 생겨나기 쉽다는 사실을 미라는 연구 끝에 알아냈다.

같은 종류, 같은 계통의 술식이라면 어느 정도는 공유할 수 있을 것이다. 하지만 소환술은 다소 특수했다.

"좀 전에 그대가 보여주었던 '조명' 술식의 마나는, '변화' 상태였다. 그밖에도 해방, 고정, 유동, 확산, 응축 등 여러 가지가 있다만――."

미라는 그렇게 말하며 착화용 불꽃, 냉각용 얼음, 소화용 물, 건조용 바람, 그리고 구덩이를 파는 용도의 굴삭까지, 차례로 무형술을 발동시켜 보였다. 그리고 끝으로 "——그럼 소환술에 적합한 상태는 무엇이라 생각하느냐?"라고 레이라에게 물었다.

"소환술에 적합한 상태요……? 으음…… 해방, 일까요?"

전혀 짐작도 안 되는지 레이라는 고민 끝에 자신 없이 답했다.

"안타깝지만 틀렸다. 사실은 고정이거든."

소환술이란 계약한 여러 상대를 불러내는 술법이다. 하지만 그 효과를 정확하게 표현하자면, 계약한 여러 상대를 부르기 위한 '문'을 만드는 술법이라 해야 옳을 것이다.

그리고 그 문에는 여러 가지 중요한 술식이 새겨져 있어, 주변의 영향으로 흐트러져서는 안 된다. 그 때문에 소환술은 '고정'인 것이다.

"하지만 이 부분은 이 몸이 연구한 결과이니, 모르는 게 당연하지."

몰라도 어쩔 수 없다. 미라는 그러한 뜻을 담아 부드러운 미소를 지은 채 핵심에 관해 설명했다.

레이라가 소환술을 사용하고자 했을 때, 장기인 무형술을 사용했을 때의 감각에 이끌려 마나의 상태가 '변화'가 되어 있었다는 것이다.

그리고 이 상태는 '고정'이 적합한 소환술과의 상성이 가장 좋지 않았다.

"한 가지 술식에 익숙해지면 마나를 집속시키는 과정에서 자신도 모르게 감각에 따라 실행하기 일쑤지. 그 결과, 그대와 같이 상성이 좋지 않은 상태가 되어 불발로 끝나는 것이야."

거기까지 이야기한 미라는 소환술은 '해방'하고도 상성이 좋지 않다고 덧붙여 말했다.

"저는, 어떻게 하면 될까요?"

원인은 무형술을 사용하는 감각에 익숙해져 버린 것이다. 하지만 이제 와서 익숙해지기 전으로 돌아갈 수는 없는 일이다. 그럼 소환술을 사용하려면 어떻게 해야 할까.

레이라는 불안한 얼굴로 미라를 바라보았다.

그러자 미라는 그런 레이라를 향해 밝은 미소를 지어보였다.

"무얼, 간단하지. 무의식적으로 행하고 있는 일이니, 의식적으로 교정하면 그만이야. 이 원리를 알게 된 지금이라면 그리 어려운 일이 아닐 게야."

미라는 그렇게 말하며 레이라의 옆에 서서 "우선은 소환지점의 지정부터 해보자꾸나"라고 말하며 지도를 하기 시작했다.

"네!"

레이라는 곧바로 그렇게 답하고서 미라가 알려주는 대로, 미라의 말에 따라 소환술의 공정을 단계적으로 진행시켰다.

소환 지점을 지정한 다음에는 무엇을 소환할지를 정한다. 하지만 하나밖에 없는 레이라는 당연히 다크나이트 소환을 선택했다.

"자아, 이게 가장 중요한 공정이다. 무형술은 모두 잊고 소환술에만 집중하도록. 잘 들어라, 불변의 문과 강인한 갑옷을 이미지하는 게다. 자신이 주입하는 마나로 그것들이 만들어지는 모습을 상상해라. 그렇게 필요한 양의 마나를 집속시키는 게다."

마나 집속 공정은 모든 술식의 공통 요소이고, 그렇기에 무의식적으로 이미지가 중복되기 쉬웠다.

미라는 레이라의 집중이 흐트러지지 않도록 살며시, 그러면서도 적절하게 의식을 유도해 나갔다.

　그렇게 마나도 안정되어 드디어 소환 준비가 끝났다. 남은 일은 그것을 발현시키는 것뿐이다.

　성공인가, 아니면 지금까지처럼 실패인가. 이렇게까지 배웠음에도 실패한다면. 그런 불안감이 떠올랐는지, 레이라는 다시 한번 옆에 있는 미라를 쳐다보았다.

　미라는 자신만만하게 고개를 끄덕여 보였다. 자신이 가르쳤으니 실패할 리가 없다고 태도로 말하듯이.

　레이라는 미라의 그 얼굴을 보자 신기하게도 안심이 되었다. 겉모습은 연하인 미라가, 레이라에는 훨씬 커다란 존재로 보였다. 레이라는 마치 소환술의 신이 자신을 지켜보고 있는 듯한 느낌을 받았다.

　지금이라면 뭐든 성공할 것 같다. 미라의 도움으로 자신감을 얻은 레이라는 드디어 소환술을 발동시켰다.

　【소환술 : 다크나이트】

　지금까지 느꼈던 것과는 전혀 다른 감각이었던 탓인지, 레이라는 놀라서 한 곳을 바라보고 있었다. 그곳은 레이라가 소환 지점으로 지정한 장소였다. 그리고 그곳에는 현재, 레이라의 마나가 모여들어 마법진을 형성하고 있었다.

　검게 물든 마법진에서 갑옷 하나가 모습을 드러냈다. 미라가 소환한 잿빛 기사에 비하면 체구도 장갑도 일개 병졸 같아 보였다. 하지만 그 모습은 소환술사가 내딛는 첫걸음의 상징 그 자체였다.

"음. 대성공이다. 번듯한 다크나이트구나!"

과거에는 자신도 여기에서 시작했다는 생각에 미라는 그리움을 느끼면서도 소환술사로서 첫 걸음을 뗀 레이라를 축복했다.

레이라는 자신이 소환한 다크나이트를 바라본 채 기쁜 듯한 미소를 짓고 있었다.

"해냈구나, 레이라!"

그토록 바라던 첫 소환에 성공하자 사라는 본인보다 기뻐했고, 눈물을 글썽거리며 레이라를 끌어안았다. 그리고 "성공이야, 굉장해"라는 말을 거듭하며 레이라를 더욱 꼭 부둥켜안았다.

이런 걸 두고 여동생 바보라고 하는 걸까. 미라는 그런 생각을 하며 좋은 일을 했다는 생각에 만족스러운 미소를 지었다.

"정말로 고마워요!"

"고맙습니다!"

사라와 레이라가 나란히 미라에게 감사 인사를 했다. 뒤에 있던 그녀들의 그룹 동료들도 하나같이 감사의 뜻을 내비치고 있었다.

그것을 들은 미라는 같은 소환술사로서 당연한 일을 했을 뿐이라고 답했다. 그리고 이어서 다크나이트를 잘 운용하는 방법과 육성 방법 등을 자세하게 말하기 시작했다.

"잘 듣거라, 다크나이트의 진면목은 그 범용성과 성장에 있다──."

레이라가 소환술을 성공시켜 대단원에 접어들었다 싶었더니, 이때를 기다렸다는 듯 미라의 강의가 본격적으로 시작된 것이다.

무구정령에는 학습 능력이 있어서 가르쳐주면 검술 등을 익힐 수 있다는 것. 전투 기동 등을 가르쳐 나가면 스스로 판단해서 움직이게 된다는 것. 그리고 무엇보다도 마나가 있는 한, 얼마든지 소환할 수 있다는 것. 그러한 것들을 레이라에게 가르쳐 나갔다.

술법에 관한 이야기가 나오면 미라는 매우 수다스러워졌다. 특히 화제가 자신의 특기 분야에 관한 것일 때는 더더욱 그랬다.

레이라 본인도 소환술이 성공해서 이제 다 됐다 싶었던 참에 미라의 강의가 계속되어 처음에는 당황한 눈치였다. 하지만 그 내용, 그리고 미라의 진지한 말투를 통해 그 가르침이 중요하다는 사실을 알아챈 것인지, 얼마쯤 지나 미라의 말을 진지하게 들으며 메모를 해나갔다.

"그럼 동시 소환의 요령 말이다만, 여러 곳으로 지정한 소환 지점을 하나로 인식하는 게다. 의식은 분산시키지 말고, 그렇다고 하나로 집중하지도 말고, 여럿을 군대처럼 묶어——."

오랜만에 가르치는 보람이 있는 사냥감—— 후배를 만난 탓인지 미라의 강의는 갈수록 열기를 더해갔다. 끝에 가서는 장기인 동시 소환에 관한 것까지 언급했을 정도였다.

미라는 두 기 동시, 세 기 동시. 그리고 열 기를 동시에 소환해 보이며 지금까지 일궈낸 테크닉을 전수했다.

레이라는 그 열의에 보답하듯 막 성공한 다크나이트를 소환했지만, 동시 소환을 하기에는 역량이 턱없이 부족했다.

하지만 그것은 어쩔 수 없는 일이다. 동시 소환은 해내는 즉시 은의 연탑에 확실하게 들어갈 수 있을 정도로 고난도 기술이다. 아무리 소환술사의 최고봉에 있는 미라가 가르쳤다 해도 하루아침에 성공할 수 있을 정도로 간단한 것이 아닌 것이다.

"아으으……. 뭔가 현기증이이……."

그런 탓에 겨우 다크나이트 소환에 성공한 견습 소환술사가 해낼 수 있을 리가 없었고, 그러기 전에 레이라의 마나가 바닥나고 말았다.

"레이라, 괜찮아?"

비틀거리는 레이라를 사라가 부드럽게 안아주었다.

"응, 마나를 좀 많이 쓴 것뿐이야."

레이라는 불안한 발걸음으로 일어나려 했지만 마나를 거의 다 써버린 것인지, 눈의 초점이 흐려진 듯했다.

'호오, 이야기는 들었지만 마나가 적어지면 저렇게 되는구먼.'

HP라고 불리는 생명력이 줄어들면 그대로 생명 활동에 지장이 생기듯, MP라고 불리는 마나 역시 소모되면 감각에 영향을 미친다. 현실이 되어 변화한 중요한 요소다.

미라는 넘쳐나는 마나 덕분에 바닥날 정도로 소비해본 적이 없었다. 마키나 가디언과의 전투 등에서 상당한 양을 소비하기는 했지만, 현기증이 난 적은 없다. 아무래도 3할 정도의 부상으로 활동에 지장이 생기는 생명력과 달리, 마나에는 어느 정도 여유가 있는 모양이다.

다음에 자신의 한계를 알아보도록 할까. 미라는 레이라를 보며 그런 생각을 했다. 그러던 중에 사라가 미라에게 말했다.

"여동생에게 많은 걸 알려줘서 고마워요. 하지만 이제 한계인 것 같으니 그만 실례할게요. 이 답례는 언젠가 반드시 할게요."

사라는 진심 어린 감사의 말을 내뱉은 후, 레이라를 부축하며 동료들과 함께 도시로 돌아갔다.

"음, 아침부터 좋은 일을 했구나."

사라 일행의 뒷모습을 배웅한 후, 미라는 방황하는 소환술사를 한 명 구해냈다는 사실에 만족하며 좀 전에 툭툭 소환했던 다크 나이트를 모두 송환시켰다. 그리고 슬슬 도시로 향하려던 그때.

"그나저나 역시 A랭크인 걸. 게다가 지식도 굉장하고. 이거 믿어도 되겠어."

그런 목소리가 들려왔다.

미라가 퍼지다이스의 관계자가 아니라는 사실이 판명되고 물의 정령 소환의 편리성을 알게 되자 모여들었던 모험가들은 대부분 해산했다. 하지만 고개를 돌려보니 그 자리에는 아직 몇몇 병사들이 남아 있었다.

아무래도 좀 전까지 이어졌던 소환술 강좌를 그들도 계속 듣고 있었던 모양이다.

"오오, 무엇이냐. 아직 있었던 게냐?"

중간부터 소환술에 관한 이야기를 하느라 정신이 없었던 미라는 그들의 존재를 완전히 잊고 있었다. 그런 탓에 미라의 말에는 놀라움이 섞여 있었다.

"네, 아직 있었죠. 이 사람이 퍼지다이스에 관해 이야기하고 싶다고 해서 말입니다."

미라의 태도를 통해 완전히 잊혔다는 사실을 알아챈 것인지, 병사장은 쓴웃음을 지은 채 검은 트렌치코트를 걸친 청년을 소개했다. 듣자하니 퍼지다이스에 관해 잘 아는 인물이라는 모양이다.

소개를 받고 한 걸음 앞으로 나온 청년은 다소 부스스한 회색 머리를 지녔다. 그 얼굴은 지성적이고 어쩐지 학자 같은 인상을 풍겼다.

"만나서 반갑습니다. 율리우스라고 합니다."

고개를 숙이고서 자신을 율리우스라고 소개한 청년은 다음 순간, 호기심으로 가득한 표정을 지었다. 그리고 미라를 관찰하듯 훑어보았다.

그 눈에는 해를 끼칠 뜻이나 성희롱을 하려는 낌새는 전혀 없었고, 어쩐지 지적인 빛이 깃들어 있었다.

"그런데 그 소환술 솜씨는, 멋지군요. 수십 년 전이었다면 모를까, 지금 현재 그 정도 수준의 소환술사는 매우 보기 힘들죠. 최근에 소환술사 중에서 유명한 모험가는, 조합에서 화제가 되고 있는 그분 정도인데 말이죠."

율리우스가 그렇게 말하자 병사장도 무언가 알아챈 것인지 "응? 은발…… 소환술사……"라고 중얼거리며 미라를 쳐다보기 시작했다. 하지만 율리우스는 그런 병사장은 개의치 않고 날카로운 눈으로 미라의 특징적인 요소에 시선을 보냈다.

"그 긴 은발에 푸른 눈, 요즘 유행하는 마법소녀풍 의상, 그리고 빼어난 소환술 실력."

병사들이 혹시나 하고 술렁거리는 가운데, 그러한 요소들을 율리우스는 하나씩 확인하듯 말로 옮겨 나갔다. 그리고 간파해냈다는 듯이 미소를 지은 채 천천히 입을 열었다.

"당신은 멀리 떨어진 서쪽 대지에서 활약하신──."

"──당신이, 그 정령여왕이었습니까!"

한참 뜸을 들였다가 결론을 말하려던 율리우스의 말을 끊고 병사장이 놀란 듯한 목소리로 외쳤다. 그와 동시에 말이 끊긴 율리우스는 의기양양한 얼굴로 굳어버렸다.

"음. 아무래도 세간에서는 그렇게 부르고 있는 모양이더구나."

정령여왕. 그것은 키메라 클로젠과의 전투 끝에 미라에게 붙여진 이명이었다. 때문에 미라는 순순히 그렇게 긍정했다.

이후, 퍼지다이스에 관한 정보를 수집하려면 어느 정도 네임밸류가 있는 편이 수월할 것 같았기 때문이다.

"그러했군요! 이야아, 율리우스 씨가 그 말을 할 때까지 몰랐네. 좌우간 소문으로 들었던 것보다…… 이거 참, 그런 모험가가 협력해준다니, 드디어 승리가 보이기 시작하는구나!"

이곳에도 역시나 절세의 미녀라고 알려졌던 모양이다. 하지만 소문은 이래저래 왜곡되기 마련이다. 병사장은 그 사실을 이해했는지 소문으로 들었던 것보다 어리다는 말을 집어삼키고, A랭크 이상으로 멋진 인재가 왔다는 사실에 기쁨을 표했다.

그리고 주변에 있던 병사들도 그런 병사장과 함께 탄성을 흘렸다. 저게 지금 큰 화제가 되고 있는 정령여왕이구나, 라고 하며.

요염한 미녀를 상상했던 일부 병사들은 다소 실망한 눈치였다.

하지만 과반수는 태세 전환이 빨랐다. 소문으로 들은 것처럼 미녀는 아니었지만, 그래도 압도적인 미소녀다. 오히려 이쪽이 취향이라는 병사들도 드문드문 존재했던 모양이다.

"……만나 뵙게 되어 영광입니다. 정령여왕님."

소란스러워진 병사들을 등진 채, 율리우스는 어쩐지 떨떠름한 투로 말했다.

율리우스는 진짜와 소문의 차이를 유연한 사고로 상당히 빠른 단계에 간파해냈지만, 빙빙 돌려서 말하는 말투가 발목을 잡은 듯했다. 중요한 부분을 병사장에게 빼앗기는 바람에 다소 의기소

침해진 눈치였다.

"아~ 그게…… 뭣이냐……. 계기가 된 것은 그대의 말이었으니 말이다. 왜, 그런 것보다 퍼지다이스에 관해 이야기하고 싶다는 것을 말해주겠느냐? 응?"

율리우스의 얼굴이 확 어두워졌다. 처음 만난 사이임에도 그것만 보고 이유를 추측해낸 미라는 은근슬쩍 감싸주며 화제를 바꾸어 본론을 말하라고 재촉했다.

미라의 말을 들은 율리우스는 "그렇군요. 그러도록 하죠" 하고 어쩐지 억지로 미소를 짓는가 싶더니, 다시 진지한 얼굴로 미라와 마주했다.

"으음, 만나서 반갑습니다, 율리우스라고 합니다. 사실 저는 이래 봬도 울프 탐정사무소에서 조수 일을 하고 있습니다."

율리우스는 그렇게 인사를 건네더니 천천히 고개를 숙이고서 한 장의 종잇조각을 내밀었다. 자세히 보니 그것은 명함인 듯했다. 거기에는 분명 '울프 탐정사무소 조수 율리우스'라고 적혀 있었다.

공손한 태도로 명함을 받은 미라는 설마 또다시 판타지 세계에서 명함 문화와 조우할 줄은 몰랐다는 생각에 쓴웃음을 지었다.

그 명함의 뒷면에는 사무소의 주소와 그림다트의 인가 도장 등이 기재되어 있었다. 듣자하니 탐정업은 신뢰가 중요해서 명함이 신분증을 대신하기도 한다는 모양이다. 인가 도장을 당당하게 명함에 실어 신뢰성을 높이고 있는 것이다.

'과연. 그래서 그렇게 빙빙 돌려서 말을 했던 게로군.'

탐정 같은 존재들은 이래저래 번거로운 말투를 쓰기 마련이다. 미라는 다소 왜곡된 인식을 통해 이해했다는 듯한 태도를 내비치며 받은 명함을 깜찍한 카드 케이스에 넣었다.

또한 그 안에는 미라가 이 세계에서 처음 받은 명함도 들어 있었다. 그것은 매번 신세를 지고 있는 우대권과 함께 받은, 세드릭 디누아르의 것이었다.

"흠, 탐정이라……. 해서, 그 조수가 괴도 퍼지다이스에 관해 무슨 할 말이 있다는 게지?"

탐정과 괴도. 그 조합에서 심상치 않은 분위기를 느낀 미라는 기대로 가득한 눈으로 율리우스를 쳐다보았다.

"네, 꼭 협력해주셨으면 해서 이렇게 말을 붙였습니다."

그렇게 말한 율리우스는 마치 판매 영업이라도 하듯 말을 이었다.

율리우스의 말에 의하면 울프 소장만큼 괴도 퍼지다이스에 관해 잘 아는 이는 없다고 한다. 듣자 하니 퍼지다이스가 처음 예고장을 보냈을 때, 피해자에게 상담을 받은 것이 울프 소장이었다는 모양이다.

모험가 출신이라 실력도 있고 머리도 잘 돌아간다. 또 신망도 두터워서 어디에서 굴러왔는지 모를 괴도 따위는 상대도 안 될 것이라고 주변 사람들이 추어올렸었다는 모양이다.

하지만 소문으로 들은 대로 퍼지다이스는 무패 행진을 하고 있고, 여론은 이제 그가 의적이고 정의라고 칭송하고 있다.

그럼에도 울프 소장은 결코 포기하지 않고 그 당시부터 지금까지 연패하면서도 계속 퍼지다이스를 쫓고 있다는 모양이다.

그리고 이번에는 전에 없이 특별한 작전을 준비했는데, 그를 위한 협력자를 찾고 있었다고 한다.

"정령여왕님의 실력이라면 분명 소장님도 납득할 겁니다. 만약 협조해주지 않으신다 해도 퍼지다이스에 관한 정보는 얼마든지 제공해드리겠습니다. 아군은 많을수록 좋으니까요. 어떠신가요?"

율리우스의 눈은 똑바로 미라를 바라보고 있었다. 그 눈에서 다른 뜻은 느낄 수 없었다. 나아가 미라가 승낙하리라고 확신하는 듯한 빛으로 가득했다.

"흠. 좋다. 협조할지 말지는 자세한 이야기를 듣고 나서 결정한다 치고, 우선은 그 탐정을 만나보도록 할까."

사실 미라는 그 제안을 거절할 생각이 없었다. 도시에 막 도착한 참이기도 하고, 무엇보다도 퍼지다이스에 관한 정보는 현재 가장 필요한 것이었기 때문이다.

직접 대결을 한다 해도 상대를 얼마나 아느냐에 따라 결과는 크게 달라진다. 게임이었던 시절이라면 아무것도 모른 채로도 돌격했을 것이다. 그리고 눈과 몸으로 경험을 쌓아, 결국은 승리를 쟁취했을 것이다.

하지만 현실이 된 현재 그렇게 하면 목숨이 열 개라도 모자랄 것이다. 적을 알고 나를 알면 백 번을 싸워도 위태롭지 않다하지 않는가.

"감사합니다. 그럼 안내할 테니 이쪽으로 오시죠."

율리우스는 잠시 안도한 표정을 지어 보이더니 고개를 숙인 후, 앞장을 서듯 도시 입구를 향해 걸어났다.

미라는 왜건의 마부대에 올라타 잿빛 곰, 가디언애시를 소환했다. 애시는 지상에서 견인을 하는 데 익숙해진 눈치였다.

애시는 신이 나서 왜건 앞에 서더니 익숙한 솜씨로 견인용 기구를 자신에게 달기 시작했다. 병사들은 놀란 얼굴로 그 모습을 바라보고 있었다.

"소란스럽게 해서 미안했다."

미라는 병사장 일행에게 그렇게 말하고서 왜건을 출발시켜 율리우스를 쫓았다. 그러자 "잘 가십시오. 같이 열심히 해봅시다"라는 목소리가 등 뒤에서 들려왔다.

미라는 돌아보지 않고 왜건 옆으로 손을 내밀어 흔들어서 답했다.

'이 몸도 어른이 다 되었구나.'

솔로몬처럼 정보를 얻는 데서부터 싸움을 시작하다니. 미라는 막무가내였던 과거의 자신을 돌이켜보며 제법 성장했다고 자화자찬을 했다.

후기

노올랍게도 12권입니다!

이 책을 구입해주신 여러분에게 최대급의 감사를 드리는 바입니다!

그리고 이번에도 근사한 일러스트를 그려주신 후지 초코 선생님께는 아무리 감사 인사를 해도 부족할 정도입니다. 언제나 감사합니다!

만화판을 담당해주고 계신 스에미츠지카 선생님도 매번 근사한 만화를 그려주고 계십니다. 감사합니다!

그리고 본 작품에 관여하고 있는 많은 분들께도 감사 인사를 드리고 싶습니다!

그런고로 12권의 후기입니다. 돌이켜보면 11권 때에는 이사가 어쩌고저쩌고했었더랬죠.

그 결과가 어떻게 되었는가 하면······.

무사히 완료되었습니다~!

5월 말에 계약하고 6월 내내 짐을 옮기고 7월부터 본격적인 새 집 생활이 시작되었습니다!

이거이거, 만화책이 무진장 많아서 엄청 고생했습니다. 대체 몇 권인지 세는 게 바보 같다는 생각이 들 정도였죠······. 스무 상자 정도는 옮긴 것 같습니다.

하지만 양이 양이다 보니 상자에 넣은 채 벽장에 넣은 것이 많더군요.

방이 엄청 넓으면 좋겠지만, 현실은 그렇지가 못하니까요.

하지만 언제나 꿈꾸고는 합니다. 지금 있는 모든 만화책을 전부 진열할 수 있는 만화책 방이 있으면 얼마나 좋을까, 하고 말이죠.

마치 만화방 같은 방이 자기 집에 있다면…… 정말 최고 아닐까요!

수십 권이나 되는 그 대작 만화가 완결되면, 만화방 같은 방에서 느긋하게 쉬며 한 권씩 다시 읽는 것이 미래의 꿈 중 하나입니다.

그밖에도 마음에 드는 만화는 잔뜩 있으니, 그것도 느긋하게 다시 읽고 싶네요.

아주 나중에, 할아버지 정도의 나이가 되어서 요즘 시대의 만화를 읽으면, 그때의 나는 어떤 느낌이 들까요. 벌써부터 기대됩니다.

그 무렵에는 게임이 어디까지 진보했을지도 궁금하군요.

그 게임기의 넘버링은 10을 넘어갔을까. 그때는 어떤 게임이 나올까. VR이 주류가 되었을까. 그리고 그때의 나는 어떤 게임을 즐기고 있을까.

지금은 예상만 할 수 있는 일이지만, 미래의 자신에게는 과거의 일. 대체 미래는 어떤 세상일지 매우 궁금하네요.

현자의 제자를 자칭하는 현자 12

2020년 4월   1일 1판 1쇄 발행
2022년 1월   30일 1판 2쇄 발행

저   자 류센 히로츠구
일 러 스 트 후지 초코
옮 긴 이 정대식
발 행 인 유재옥
본 부 장 조병권
담당편집자 정영길
편 집 1 팀 이준환, 박소연
편 집 2 팀 정영길, 조찬희, 박치우
편 집 3 팀 오준영, 곽혜민, 이해빈
미   술 김보라, 박민솔
라이츠담당 한주원, 이다정, 이승희
디 지 털 박상섭, 이성호, 최서윤, 김지연
발 행 처 ㈜소미미디어
인쇄제작처 코리아피앤피
등   록 제2015-000008호
주   소 서울 마포구 토정로 222, 403호(신수동, 한국출판콘텐츠센터)
판   매 ㈜소미미디어
마 케 팅 한민지, 최정연, 박종욱
물   류 허석용
전   화 편집부 (070)4164-3962, 3963 기획실 (02)567-3388
             판매 및 마케팅 (070)4165-6888, Fax (02)322-7665

ISBN 979-11-6507-504-0 04830
ISBN 979-11-5710-460-4 (세트)